實境式

照單全收

片 字 部 錄

全部收錄

圖解韓語單字

不用背!

▶ **全書MP3一次下載**

iOS系統請升級至iOS 13後再行下載,此為大型
檔案,建議使用WIFI連線下載,以免占用流量,
並確認連線狀況,以利下載順暢。

Contents
目錄

PART 9 體育活動和競賽

PART 10 特殊場合

PART 11 傳統文化

十一大主題下分不同
地點與情境，一次囊括
生活中的各個面向！

Part 1
집 居家

作者親錄單字 MP3，
道地首爾腔，清楚易
學。

♦♦♦ Chapter1
거실 客廳

這些應該怎麼說？

Part01_01

客廳擺飾

實景圖搭配清楚標
號，生活中隨處可
見的人事時地物，
輕鬆開口說！

1 천장 [cheon-jang] n. 天花板
2 등 [deung] n. 燈
3 벽장식 [byeok-jang-sik] n. 壁飾
4 벽 [byeok] n. 牆壁
5 창문 [chang-mun] n. 窗戶

6 블라인드
　[beul-ra-in-deu] n. 百葉窗
7 텔레비전 [tel-re-bi-jeun] n. 電視
8 텔레비전 장식장
　[tel-re-bi-jeun jang-sik-jjang] n. 電視櫃

所有單字貼心加註羅馬
拼音，看到就能輕鬆唸！

10

就算中文都一樣，韓文真正的意義卻大不同，詳細解說讓你不再只學皮毛。

搭配例句，記住單字的同時也能靈活運用！

你知道嗎？

同樣是照明燈，형광등「螢光燈」、전구「電燈泡」、꼬마전구「小燈泡」有什麼不同？

형광등 [hyeong-guang-deng]（日光燈）是在真空玻璃管裡放入水銀，然後在內壁塗上熒光物質的放電燈。

천장에 달려 있는 형광등 하나가 나갔어요.
掛在天花板上的日光燈有一個壞了。

전구 [jeon-gu]（燈泡）是通電發光的器具，呈玻璃球狀。有白熾燈泡、水銀燈泡、霓虹燈泡等。

스탠드 전구 좀 바꿔 줄래요?
能不能幫我換個檯燈燈泡？

꼬마전구 [kko-ma-jeun-gu] 小燈泡主要用在手電筒、聖誕樹裝飾等。

크리스마스 트리의 꼬마전구가 정말 화려하네요.
聖誕樹的小燈泡真是華麗。

⑨ 정리함 [jeeong-ni-ham] n.
雜物箱／整理箱
⑩ 화분 [hua-bun] n. 花盆
⑪ 소파 [so-pa] n. 沙發
⑫ 쿠션 [ku-syeon] n. 靠墊
⑬ 꽃병 [kkot-bbyeong] n. 花瓶
⑭ 협탁 [hyeop-tak] n. 客廳床頭櫃
⑮ 스탠드 [seu-taen-deu] n. 檯燈

⑯ 소파 등받이
[so-pa deung-ba-ji] n. 沙發靠背
⑰ 마루 바닥
[ma-ru ba-dak] n. 地板
⑱ 카펫 [ka-pet] n. 地毯
⑲ 테이블 [te-i-beul] n. 桌子
⑳ 쟁반 [jaeng-ban] n. 托盤

常用的 3 種窗簾，韓文要怎麼說呢？

커튼
[keo-teun]
n. 窗簾

블라인드
[beul-ra-in-deu]
n. 百葉窗

롤스크린
[rol-seu-keu-rin]
n. 羅馬簾

一定要會的補充單字，讓你一目了然、瞬間學會。

◆ Tips ◆

慣用語小常識：블라인드 채용（盲採）

「블라인드 채용」是英文「blind」和漢字「採用」合成的字。這是 2017 年下半年起，韓國公共機構開始採用的用人方式，即不以履歷表上的學歷、年齡、性別、地區等為準，而是不論學歷高低、性別差異，僅以求職者的適應能力和實力為主的選人方式。

除了單字片語，還補充韓國人常用的韓語慣用語，了解由來才能真正活用！

11

除了各種情境裡會用到的單字片語，常用句子也幫你準備好。

14

你知道各知的電視節目怎麼說嗎？

1. 뉴스 [nyu-seu] n. 新聞
2. 기상 예보 [gi-sang ye-bo] 氣象預報
3. 시사 프로그램 [si-sa peu-ro-geu-raem] 時事節目
4. 교양 프로그램 [gyo-yang peu-ro-geu-raem] 教育節目
5. 퀴즈 프로그램 [kwi-jeu peu-ro-geu-raem] 益智節目
6. 음악 프로그램 [eu-nak peu-ro-geu-raem] 音樂節目
7. 예능 프로그램 [ye-neung peu-ro-geu-raem] 綜藝節目
8. 코미디 프로그램 [ko-mi-di peu-ro-geu-raem] 喜劇節目
9. 리얼리티 프로그램 [ri-eol-ri-ti peu-ro-geu-raem] 實境節目
10. 드라마 [deu-ra-ma] n. 連續劇
11. 사극 드라마 [sa-geuk deu-ra-ma] n. 古裝劇
12. 시트콤 [si-teu-kom] 情境節目
13. 홈쇼핑 [hom-syo-ping] n. 電視購物

會用到的句子

1. 볼륨 좀 낮추세요. 聲音請調小聲一點。
2. 또 홈쇼핑 봐요? 又看購物頻道嗎？
3. <JTBC> 채널로 돌려 주세요. 請轉到 JTBC 台。
4. 리모컨 좀 갖다 줄래요? 你可以幫我拿遙控器嗎？
5. 광고 시간이 너무 길어요. 廣告時間太長。
6. 우리는 이 프로그램 안 봐요. 我們不看這個節目。
7. 대부분의 사극 드라마는 주말에 해요. 大部分的古裝劇都在周末播放。
8. 이 예능 프로그램을 본 적이 있어요? 你看過這部綜藝節目嗎？
9. 요즘은 리얼리티 프로그램의 인기가 높아요. 最近實境節目人氣很高。
10. 오늘 음악 프로그램에 내가 좋아하는 아이돌이 나와요. 今天音樂節目，我喜歡的偶像會登場演出。

02 聊天、談正事

會用到的單字與片語

1. 말하다 [ma-la-da] v. 說、說話
2. 이야기하다 [i-ya-gi-ha-da] v. 說、說話
3. 수다를 떨다 [su-da-reul tteol-da] ph. 聊天
4. 고자질을 하다 [go-ja-ji-reul ha-da] ph. 打小報告、告密
5. 험담하다 [heom-dam-ha-da] v. 背後批評
6. 잡담하다 [jap-ttam-ha-da] v. 閒聊
7. 토론하다 [to-ron-ha-da] v. 討論
8. 의논하다 [ui-non-ha-da] v. 議論
9. 상담하다 [sang-dam-ha-da] v. 諮詢
10. 회의하다 [hoi-ui-ha-da] v. 會議
11. 협상하다 [hyeop-ssang-ha-da] v. 協商
12. 발표하다 [bal-pyo-ha-da] v. 發表
13. 소개하다 [so-gae-ha-da] v. 介紹
14. 칭찬하다 [ching-chan-ha-da] v. 稱讚
15. 질책하다 [jil-chae-ka-da] v. 斥責
16. 충고하다 [chung-go-ha-da] v. 忠告
17. 소식을 듣다 [so-si-geul deut-tta] ph. 聞訊
18. 소식을 전하다 [so-si-geul jeon-ha-da] ph. 傳信

Tips

험담하다 和 고자질하다 有何不同呢？
험담하다 是談論別人的缺點、弱點，고자질하다 是去告知他人的錯誤或秘密，也可以用 表達。

15

就主題單字深入解釋細微差異，了解透徹才能印象深刻！

一併解釋單字的由來與構成，完整學習才能有好效果！

通常 和中文都稱廚房，但韓語裡兩種的功能是不一樣的。 是指準備食物並且可以用餐的地方；而韓語的 同樣只能烹煮、洗滌碗盤的地方，不用來用餐。因此傳統房屋的廚房是，現代房屋的是。

就算連中文都不知道，只要看到圖就知道這個單字是什麼意思，學習更輕鬆！

其他常用於廚房象徵

전자레인지 [jeon-ja-re-in-ji] n. 微波爐

전기그릴 [jeon-gi-geu-ril] n. 電烤架

전기인덕션 [jeon-gi-in-deok-syeon] n. 電磁爐

전기밥솥 [jeon-gi-bap-sot] n. 電飯鍋

전기토스터 [jeon-gi-to-seu-teo] n. 烤麵包機

전기주전자 [jeon-gi-ju-jeon-ja] n. 快煮壺

23

Part 1
집 居家

거실 客廳

這些應該怎麼說？

Part01_01

客廳擺飾

① 천장 [cheon-jang] n. 天花板
② 등 [deung] n. 燈
③ 벽장식 [byeok-jjang-sik] n. 壁飾
④ 벽 [byeok] n. 牆壁
⑤ 창문 [chang-mun] n. 窗戶

⑥ 블라인드
[beul-ra-in-deu] n. 百葉窗
⑦ 텔레비전 [tel-re-bi-jeun] n. 電視
⑧ 텔레비전 장식장
[tel-re-bi-jeun jang-sik-jjang] n. 電視櫃

⑨ 정리함 [jeeong-ni-ham] n.
雜物箱 / 整理箱

⑩ 화분 [hua-bun] n. 花盆

⑪ 소파 [so-pa] n. 沙發

⑫ 쿠션 [ku-syeon] n. 靠墊

⑬ 꽃병 [kkot-bbyeong] n. 花瓶

⑭ 협탁 [hyeop-tak] n. 客廳床頭櫃

⑮ 스탠드 [seu-taen-deu] n. 檯燈

⑯ 소파 등받이
[so-pa deung-ba-ji] n. 沙發靠背

⑰ 마루 바닥
[ma-ru ba-dak] n. 地板

⑱ 카펫 [ka-pet] n. 地毯

⑲ 테이블 [te-i-beul] n. 桌子

⑳ 쟁반 [jaeng-ban] n. 托盤

常用的 3 種窗簾，韓文要怎麼說呢？

커튼
[keo-teun]
n. 窗簾

블라인드
[beul-ra-in-deu]
n. 百葉窗

롤스크린
[rol-seu-keu-rin]
n. 羅馬簾

◆ Tips ◆

慣用語小常識：블라인드 채용（盲採）

「블라인드 채용」是英文「blind」和漢字「採用」合成的字，這是 2017 年下半年起，韓國公共機構開始採用的用人方式，即不以履歷表上的學歷、年齡、性別、地區等為準，而是不論學歷高低、性別差異，僅以求職者的適應能力和實力為主的選人方式。

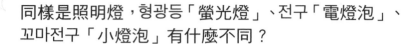

同樣是照明燈，형광등「螢光燈」、전구「電燈泡」、
꼬마전구「小燈泡」有什麼不同？

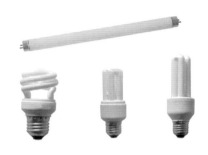

형광등 [hyeong-guang-deng]（日光燈）
是在真空玻璃管裡放入水銀，然後在內
壁塗上熒光物質的放電燈。

천장에 달려 있는 형광등 하나가 나갔어요.
掛在天花板上的日光燈有一個壞了。

전구 [jeon-gu]（燈泡）是通電發光的器
具，呈玻璃球狀。有白熾燈泡、水銀燈
泡、霓虹燈泡等。

스탠드 전구 좀 바꿔 줄래요?
能不能幫我換個檯燈燈泡？

꼬마 전구 [kko-ma-jeun-gu] 小燈泡主要
用在手電筒、聖誕樹裝飾等。

크리스마스 트리의 꼬마전구가 정말 화려하네
요.
聖誕樹的小燈泡真是華麗。

⦿⦿⦿ 01 看電視

會用到的單字與片語

Part01_02

1. 텔레비전 [tel-re-bi-jeon] n. 電視

2. 흑백 텔레비전 [heuk-ppaek tel-re-bi-jeon] n. 黑白電視

3. 컬러 텔레비전 [keol-reo tel-re-bi-jeon] n. 彩色電視

4. 디지털 텔레비전 [di-ji-teol tel-re-bi-jeon] n. 數位電視

5. 벽걸이 텔레비전 [byeok-kkeo-ri tel-re-bi-jeon] n. 壁掛式電視

6. DVD 플레이어 [di-beu-i-di peul-re-i-eo] n. DVD 播放器

7. 화면 [hwa-myeon] n. 畫面

8. 화질 [hwa-jil] n. 畫質

9. 스피커 [seu-pi-keo] n. 喇叭

10. 리모컨 [ri-mo-keon] n. 遙控器

11. 버튼 [beo-teun] n. 按鈕

12. 채널 [chae-neol] n. 頻道

13. 시청자 [si-cheong-ja] n. 觀眾

14. 시청율 [si-cheong-nyul] n. 收視率

15. 자막 [ja-mak] n. 字幕

16. 광고 [gwang-go] n. 廣告

17. 프로그램 [peu-ro-geu-raem] n. 電視節目

18. 생방송 [saeng-bang-song] n. 直播

19. 재방송 [jae-bang-song] n. 重播

20. 중계 방송 [jung-gye bang-song] n. 轉播

21. 텔레비전을 켜다 [tel-le-bi-jeo-neul kyeo-da] ph. 開電視

22. 텔레비전을 끄다 [tel-le-bi-jeo-neul kkeu-da] ph. 關電視

23. 채널을 돌리다 [chae-neo-leul dol-li-da] ph. 轉換頻道

24. 볼륨을 높이다 [bol-ryu-meul no-pi-da] ph. 把音量轉大

25. 볼륨을 낮추다 [bol-ryu-meul nat-chu-da] ph. 把音量轉小

你知道各類的電視節目怎麼說嗎？

1. 뉴스 [nyu-seu] n. 新聞
2. 기상 예보 [gi-sang ye-bo] n. 氣象預報
3. 시사 프로그램 [si-sa peu-ro-geu-raem] n. 時事節目
4. 교양 프로그램 [gyo-yang peu-ro-geu-raem] n. 教育節目
5. 퀴즈 프로그램 [kwi-jeu peu-ro-geu-raem] n. 益智節目
6. 음악 프로그램 [eu-mak peu-ro-geu-raem] n. 音樂節目
7. 예능 프로그램 [ye-neung peu-ro-geu-raem] n. 綜藝節目
8. 코미디 프로그램 [ko-mi-di peu-ro-geu-raem] n. 喜劇節目
9. 리얼리티 프로그램 [ri-eol-ri-ti peu-ro-geu-raem] n. 實境節目
10. 드라마 [deu-ra-ma] n. 連續劇
11. 사극 드라마 [sa-geuk deu-ra-ma] n. 古裝劇
12. 시트콤 [si-teu-kom] n. 情境節目
13. 홈쇼핑 [hom-syo-ping] n. 電視購物

會用到的句子

1. 볼륨 좀 낮추세요. 聲音請調小聲一點。
2. 또 홈쇼핑을 봐요? 又看購物頻道嗎？
3. <JTBC> 채널로 돌려 주세요. 請轉到 JTBC 台。
4. 리모컨 좀 갖다 줄래요? 你可以幫我拿遙控器嗎？
5. 광고 시간이 너무 길어요. 廣告時間太長。
6. 우리는 이 프로그램 안 볼래요. 我們不看這個節目。
7. 대부분의 사극 드라마는 주말에 해요. 大部分的古裝劇都在周末播放。
8. 이 예능 프로그램을 본 적이 있어요? 你看過這部綜藝節目嗎？
9. 요즘은 리얼리티 프로그램의 인기가 높아요. 最近實境節目的人氣很高。
10. 오늘 음악 프로그램에 내가 좋아하는 아이돌이 나와요.
    今天音樂節目，我喜歡的偶像會登場演出。

02 聊天、談正事

Part01_04

會用到的單字與片語

1. 말하다 [mal-ha-da] v. 說、說話
2. 이야기하다 [i-ya-gi-ha-da] v. 說、說話
3. 수다를 떨다 [su-da-reul tteol-da] ph. 聊天
4. 고자질을 하다 [go-ja-ji-reul ha-da] ph. 打小報告、告密
5. 험담하다 [heom-dam-ha-da] v. 背後批評
6. 잡담하다 [jap-ttam-ha-da] v. 閒聊
7. 토론하다 [to-ron-ha-da] v. 討論
8. 의논하다 [ui-non-ha-da] v. 議論
9. 상담하다 [sang-dam-ha-da] v. 諮詢
10. 회의하다 [hoi-ui-ha-da] v. 開會
11. 협상하다 [hyeop-ssang-ha-da] v. 協商
12. 발표하다 [bal-pyo-ha-da] v. 發表
13. 소개하다 [so-gae-ha-da] v. 介紹
14. 칭찬하다 [ching-chan-ha-da] v. 稱讚
15. 질책하다 [jil-chae-ka-da] v. 斥責
16. 충고하다 [chung-go-ha-da] v. 忠告
17. 소식을 듣다 [so-si-geul deut-tta] ph. 聞訊
18. 소식을 전하다 [so-si-geul jeon-ha-da] ph. 傳遞訊息

◆ Tips ◆

험담하다 和 고자질하다 有何不同呢？

험담^{險談}하다是談論別人的缺點、弱點；고자^{告者}질하다是去告知他人的錯誤或秘密。험담하다也可以用뒷담화하다表達。

1. 직접 이야기하세요. 請直接講。
2. 다음에 또 수다를 떨자. 改天再聊吧。
3. 동료들의 험담하지 마세요. 不要在背後說同事們的壞話。
4. 너 또 선생님한테 고자질을 했지? 你又跟老師打小報告了吧？
5. 수강료 상담하러 왔는데요. 我是來學費諮詢的。
6. 두 분이 함께 의논하세요. 兩位一起討論吧。
7. 시간을 앞당겨서 회의하지요. 提前開會吧。
8. 프레젠테이션을 발표해야 돼요. 必須要發表報告。
9. 얼마 전에 결혼했다는 소식을 들었어요.
   我聽到消息說你不久前結婚了。
10. 수업 시간에 잡담하지 마세요. 上課中，請不要閒聊。
11. 한마디로 다 말하지 못해요. 一言難盡。
12. 말하기가 좀 어려워요. 很難說。
13. 기쁜 소식을 전해 드릴게요. 我告訴你一個好消息。
14. 이 부분은 별도로 협상하지요. 這部分另行協商吧。

···03 做家事

Part01_05

바닥을 쓸다
ph. 掃地

바닥을 닦다
ph. 拖地

바닥을 밀다
ph. 擦地板

청소기로 밀다

ph. 推吸塵器

청소기를 돌리다

ph. 開啟吸塵器

먼지를 털다

ph. 撢灰塵

빨래를 하다

ph. 洗衣服

빨래를 짜다

ph. 擰乾 (洗好的衣服)

세탁기를 돌리다

ph. 用洗衣機 (洗衣服)

옷을 꺼내다

ph. 取出衣服

옷을 널다

ph. 晾衣服

옷을 다리다

ph. 熨衣服

옷을 개다

ph. 折衣服

침대를 정리하다

ph. 整理床鋪

세차를 하다

ph. 洗車

설거지를 하다
ph. 洗碗

그릇을 건조시키다
ph. 烘乾碗

가스레인지를 닦다
ph. 擦瓦斯爐

쓰레기를 버리다
ph. 倒垃圾

분리수거를 하다
ph. 資源回收

음식물 쓰레기를 버리다
ph. 倒廚餘

做家事時會用到的用具

Part01_06

빗자루
[bit-jja-ru]
n. 掃把

쓰레받기
[sseu-re-bat-kki]
n. 畚斗

대걸레
[dae-geol-re]
n. 拖把

진공청소기

[jin-gong-cheong-so-gi]

n. 吸塵器

로봇청소기

[ro-bot-cheong-so-gi]

n. 掃地機器人

먼지털이개

[meon-ji-teo-ri-gae]

n. 雞毛撢子

빨래건조대

[bbal-rae-geon-jo-dae]

n. 曬衣架

세제

[se-je]

n. 洗衣精 (粉) 、清潔劑

섬유유연제

[seo-my-yu-yeon-je]

n. 衣物柔軟精

빨래집게

[bbal-rae-jip-kke]

n. 曬衣夾

옷걸이

[ot-kkeo-ri]

n. 衣架

다리미

[da-ri-mi]

n. 熨斗

주방세제

[ju-bang-se-je]

n. 洗碗精

수세미

[su-se-mi]

n. 菜瓜布

식기건조대

[sik-kki-geon-jo-dae]

n. 瀝水架

세탁솔

[se-tak-ssol]

n. 刷子

걸레

[geol-re]

n. 抹布

휴지통

[hyu-ji-tong]

n. 垃圾桶

세탁기

[se-tak-ggi]

n. 洗衣機

드럼세탁기

[deu-reom-se-tak-ggi]

n. 滾筒洗衣機

세탁물

[se-tang-mul]

n. (要洗的、洗好的)
衣物

◆ **Tips** ◆

「옷을 널다」指將衣物攤開去曬太陽或讓風吹乾的事情。而「옷을 말리다」是指使濕衣物的水分蒸發而乾燥的事情。洗衣後的晾衣服是「옷을 널다」。

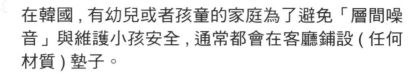

你知道嗎？

在韓國，有幼兒或者孩童的家庭為了避免「層間噪音」與維護小孩安全，通常都會在客廳鋪設（任何材質）墊子。

퍼즐매트 [peo-jeul-mae-teu] 巧拼地板
因為巧拼地板可以一片片分離，所以空間活用性相當卓越，打掃起來也很便利。

퍼즐매트를 깔아서 집안 분위기가 더 밝아졌어요.
鋪上巧拼地板之後，家裡的氛圍變得更加明亮。

폴더매트 [pol-deo-mae-teu]
折疊式巧拼地板 / 地墊
折疊式巧拼地板是一種厚度 3-5 公分，可以折疊之後打開的地板。在防止層間噪音上特別有效。

폴더매트를 깔아서 아이들이 넘어져도 안전해요.
因為鋪了地墊，小孩摔倒了也沒事。

놀이매트 [no-ri-mae-teu] 遊戲墊
當小孩拿著方塊（積木）與玩具在玩的時候，能夠有效防止雜音，可以說是韓國幼稚園與安親班裡的必備物品。

우리 놀이매트에서 블럭 쌓기 해요.
在我們的遊戲墊上玩堆積木。

주방 廚房

Part01_07

這些應該怎麼說？

廚房擺飾

① 냉장고 [naeng-jang-go] n. 冰箱

② 오븐레인지[o-beun-re-in-ji]
n. 嵌入式微波爐

③ 오븐 [o-beun] n. 嵌入式烤箱

④ 개수대 [gae-su-dae] n. 洗碗槽

⑤ 수도관 [su-do-guan] n. 水龍頭

⑥ 씽크대 [ssing-keu-dae] n. 流理臺

⑦ 상단 수납장 [sahng-dan su-nap-jjang]
n. 壁掛式櫥櫃

⑧ 인덕션 [yin-deok-syeon] n. 電磁爐

⑨ 하단 수납장 [ha-dan su-nap-jang]
n. 餐櫥櫃

⑩ 식탁 [sig-tag] n. 餐桌

⑪ 의자 [ui-ja] n. 椅子

◆ Tips ◆

漢字語的주방和純韓語的부엌有何差別?

通常주방和부엌中文都稱廚房,但韓語裡兩種的功能是不一樣的。漢字語的주방是指準備食物並且可以用餐的地方;而韓語的부엌則是只能烹煮、洗滌碗盤的地方,不用來用餐。因此傳統房屋的廚房是부엌,現代房屋的是주방。

其他常用的廚房電器

Part01_08

전자레인지
[jeon-ja-re-in-ji]
n. 微波爐

전기그릴
[jeon-gi-geu-ril]
n. 電烤架

전기인덕션
[jeon-gi-in-deok-ssyeon]
n. 電磁爐

전기밥솥
[jeon-gi-bap-ssot]
n. 電飯鍋

전기토스터
[jeon-gi-to-seu-teo]
n. 烤麵包機

전기주전자
[jeon-gi-ju-jeon-ja]
n. 快煮壺

커피머신

[keo-pi-meo-sin]

n. 咖啡機

믹서기

[mik-sseo-gi]

n. 攪拌機

과즙기

[gwa-jeup-kki]

n. 果汁機

廚房裡會用到的工具或用品

칼

[kal]

n. 刀子

과도

[gwa-do]

n. 水果刀

주방 가위

[ju-bang ga-wi]

n. 廚房剪刀

필러

[pil-reo]

n. 削皮器

도마

[do-ma]

n. 砧板

정수기

[jeong-su-gi]

n. 淨水器

주전자

[ju-jeon-ja]

n. 水壺

프라이팬

[pu-ra-i-paen]

n. 長柄平底鍋

냄비

[name-bi]

n. 鍋子

주걱

[ju-geok]

n. 飯杓

뒤집개

[dwi-jip-kkae]

n. 鍋鏟

국자

[guk-jja]

n. 湯勺

병따개

[byeong-dda-gae]

n. 開瓶器

와인 오프너

[wa-in o-peu-neo]

n. 紅酒開瓶器

통조림 따개

[tong-jo-rim tta-gae]

n. 開罐器

행주

[haeng-ju]

n. 抹布

앞치마

[ap-chi-ma]

n. 圍裙

쟁반

[jaeng-ban]

n. 托盤

오븐 장갑

[o-beun jang-gap]

n. 烤箱手套

위생 장갑

[wi-saeng jang-gab]

n. 衛生手套

냄비 받침

[name-bi bat-chim]

n. 鍋墊

알루미늄 호일

[al-ru-mi-nyum ho-il]

n. 鋁箔紙

랩

[raep]

n. 保鮮膜

비닐 봉투

[bi-nil bong-tu]

n. 塑膠袋

1. 숟가락 [sut-kka-rak] n. 湯匙
2. 젓가락 [jeot-kka-rak] n. 筷子
3. 밥그릇 [bap-kkeu-reut] n. 飯碗
4. 국그릇 [guk-kkeu-reut] n. 湯碗
5. 종지 [jong-ji] n. 加醬油的小碗
6. 반찬 그릇 [ban-chn geu-reut] n. 菜盤

7. 샐러드 포크 [sael-reo-de po-keu] n. 沙拉叉子
8. 메인 포크 [me-in po-keu] n. 主叉子
9. 냅킨 [naep-kin] n. 餐巾
10. 플레이트 [peul-re-i-teu] n. 盤子
11. 서비스 플레이트 [seo-bi-seu peul-re-i-teu] n. 大淺盤
12. 디너 나이프 [di-neo na-i-peu] n. 餐刀
13. 피시 나이프 [pi-si na-i-peu] n. 奶油刀
14. 스프 스푼 [seu-peu seu-pun] n. 湯匙

15. 빵 플레이트 [ppang peul-re-i-teu] n. 麵包盤子
16. 물컵 [mul-keop] n. 水杯
17. 와인 글라스 [wa-in geul-ra-seu] n. 葡萄酒杯

01 烹飪

各種烹調的方式,用韓文要怎麼說呢?

굽다
[gup-tta]
v. 烤

볶다
[bok-tta]
v. 炒

튀기다
[twi-gi-da]
v. 炸

데치다
[de-chi-da]
v. 汆燙

삶다
[sam-tta]
v. 水煮

찌다
[jji-da]
v. 蒸

끓이다
[kkeu-ri-da]
v. 滾煮

조리다
[jo-ri-da]
v. 熬

데우다
[de-u-da]
v. 加熱

무치다
[mu-chi-da]
v. 涼拌

비비다
[bi-bi-da]
v. 攪拌

부치다
[bu-chi-da]
v. 煎

漢字語的주방廚房和韓語的부엌有何差別？

這兩詞都是「煮」的意思，可是在韓語裡有細微的差異。삶다是將在水裡的食物煮熟的意思；而끓이다是將鍋裡或壺裡的液體加熱到滾熱的意思。所以煮雞蛋是계란을 삶다、煮肉是고기를 삶다、煮菜是야채를 삶다、煮豆醬湯是된장국을 끓이다、煮豆芽湯是콩나물국을 끓이다。

各種調味料用韓文要怎麼說呢？

Part01_12

고추장
[go-chu-jang]
n. 辣椒醬

된장
[doen-jang]
n. 大醬

쌈장
[ssam-jang]
n. 包飯醬

간장
[gan-jang]
n. 醬油

초장
[cho-jang]
n. 醋醬

소금
[so-geum]
n. 鹽

설탕
[seol-tang]
n. 糖

식초
[sik-cho]
n. 醋

고춧가루
[go-chut-kka-ru]
n. 辣椒粉

후춧가루
[hu-cht-kka-ru]
n. 胡椒粉

식용유
[si-gyong-nyu]
n. 食用油

올리브유
[ol-ri-beu-yu]
n. 橄欖油

참기름
[cham-gi-reum]
n. 芝麻油

깨
[kkae]
n. 芝麻

케첩
[ke-cheop]
n. 番茄醬

마요네즈
[ma-yo-ne-jeu]
n. 美乃滋

各種「切」法，韓文怎麼說呢？

Part01_13

다지다
[da-ji-da]
v. 切碎

자르다
[ja-reu-da]
v. 切丁

썰다
[sseol-da]
v. 切片

채썰다
[cchae-sseol-da]
v. 切絲

02 烘焙

Part01_14

烘焙時會用到什麼呢？

계량 저울
[gye-ryang jeo-ul]
n. 調理秤

계량 컵
[gye-ryang keop]
n. 量杯

계량 스푼
[gye-ryang seu-pun]
n. 量匙

조리 스푼
[jo-ri seu-pun]
n. 調理匙

반죽기
[ban-juk-kki]
n. 和麵機

거품기
[geo-pum-gi]
n. 打蛋器

반죽 롤
[ban-juk rol]
n. 擀麵棍

믹싱 볼
[mik-ssing bol]
n. 攪拌用大碗

제빵 틀
[je-bbang teul]
n. 餅乾模具

오븐 틀
[o-beun teul]
n. 烤模

머핀 컵
[meo-pin keop]
n. 杯子蛋糕模型

온도계
[on-do-gye]
n. 溫度計

체
[che]
n. 篩子

제빵 솔
[je-bbang sol]
n. 麵包刷子

짜주머니
[jja-ju-meo-ni]
n. 擠花袋

오븐 종이
[o-beun jong-i]
n. 烘焙紙

 烘焙時會用到什麼呢？

Part01_15

제빵 칼
[je-bbang kal]
n. 麵包刀

반죽 칼
[ban-juk kal]
n. 揉麵刀

페이스 트리
[pe-i-seu teu-ri]
n. 滾輪刀

피자 커터
[pi-ja keo-teo]
n. 披薩刀

你知道嗎？ ▶▶◀◀▶▶▶▶▶▶▶▶▶▶▶▶

同樣都是刨冰，「빙수」和「눈꽃빙수」的冰塊略
有不同。

빙수 [bing-su] 類似台灣的刨冰，冰塊顆
粒比較粗。電視劇中常見的 팥빙수（紅
豆冰）、과일빙수（水果冰）吃到的都
是這種粗粗的碎冰塊。上面通常會加紅
豆或水果。

여기요, 저희 팥빙수 한 그릇하고 과일빙수 한
그릇 주세요.
老闆，請給我們一碗紅豆冰跟一碗水果
冰。

눈꽃빙수 [nun-kkot-bing-su] 類似台灣的
雪花冰。這項冰品使用的冰，通常是經
過加工後凍製的冰塊。有可能是添加牛
奶，也有可能是添加巧克力。冰的口感
吃起來較為綿密。

오늘은 빙수 말고 눈꽃빙수를 먹으러 가자.
我們今天別去吃刨冰，去吃雪花冰吧。

침실 臥室

這些應該怎麼說？

Part01_16

臥室擺飾

① 스탠드 [seu-taen-deu] n. 檯燈

② 침대 머리판

[chim-dae meo-ri-pan] n. 床頭板

③ 서랍장 [seo-rap-jjang] n. 抽屜櫃

④ 옷장 [ot-jjang] n. 衣櫃

⑤ 2단 서랍장 [i-dan seo-rap-jjang]

n. 雙層抽屜櫃

⑥ 매트리스 [mae-teu-ri-seu] n. 床墊

⑦ 침대 받침대 [chim-dae bat-chim-ttae]

n. 床架

8 베개 [be-gae] n. 枕頭

9 이불 [i-bul] n. 被子

10 1인용 소파 [i-rin-nyong so-pa]
  n. 單人沙發

11 쿠션 [ku-syeon] n. 靠墊、抱枕

12 러그 [reo-geu] n. 地毯

韓國人喜愛的按摩椅

韓國影劇裡，寢室或客廳可見有別於一般沙發的按摩椅，按摩椅可説已漸漸成為韓國家庭常見的家用設備。按摩椅依功能不同，價格也有所區分。可問題在於最便宜的按摩椅至少要 100 萬韓元，而功能齊全的知名品牌則需 500 萬韓元。因此，為了減輕負擔，韓國開始出現按摩椅租賃服務，人們可以透過按摩椅租賃網站租借使用。契約最短須簽 36 個月，月租費 4 萬韓元到 10 萬韓元不等。

你知道嗎？

乳膠枕和記憶枕有什麼不一樣？木製的枕頭那麼硬，韓國人到底怎麼用它睡覺？

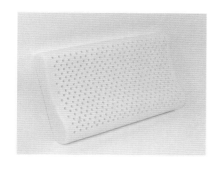

메모리폼 베개（記憶枕）跟라텍스 베개（乳膠枕）是現代社會許多人愛用的枕頭。記憶枕回彈速度慢，可以變相記憶人的頭形、睡覺習慣的高度、頭部頸部躺的位置與角度以達到分散頸部壓力的目的。乳膠枕雖然沒有記憶功效，但這款枕頭同樣可達到分散頸部壓力的目的，且乳膠枕

33

彈性好、不易變形、透氣度較佳，故這款枕頭也跟記憶型商品一般受到眾人喜愛。因記憶枕帶動的其他商品如메모리폼 매트리스（記憶床墊）等，因躺下去不會立刻回彈，可穩定支撐人體，達到舒壓的功效，使不少人紛紛拋棄傳統的彈簧床墊，選擇購買記憶床墊。可是記憶枕使用的原料為聚氨酯化工合成材料，也就是大家熟知的泡棉，這種原料防潮功能不佳、透氣性差，單就氣候上來講，溼氣重的台灣不太適合使用記憶型商品。

제가 메모리폼 베개**보다** 라텍스 베개 더 좋아해요.
比起記憶枕，我更喜歡乳膠枕。

韓國年代最久遠的木枕，出土於百濟武寧王陵王妃的棺墓。根據高麗圖經 27 卷中記載，當時的枕頭依據材料可分為죽침（竹枕）、나전침（鈿枕）、도자침（陶瓷枕）、우피침（牛皮枕）與목침（木枕）。其中因木枕躺起來溫暖且材質較其他枕頭柔軟，故喜歡使用木枕的人較多。然而，現今提到木枕，並非如古人那般拿來睡覺。韓國人喜歡的木枕，不是枕在頭下，而是放在脖子下方，用來放鬆脖子筋肉用的。

목침은 어릴 때 써 보고 불편해서 안 써 봤어요.
我小時候試躺過木枕，但躺起來不舒服就沒有用了。

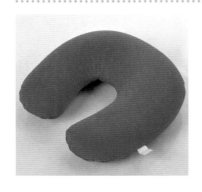

旅行必備的頸枕叫목베게或목쿠션。以往人們覺得枕頭是睡眠時的用品，只能在寢室使用，但許多人因某種因素必須長時間待在某樣交通工具內，吃喝拉撒睡全在裡面，為了讓這些人在旅途過程也能享受良好的睡眠品質，頸枕這項商品因應而生。網路上頸枕正確使用方法眾說紛紜，不論是反著用或套在脖子後面使用，頸枕的目的都是為了固定頸

部，讓人在坐著的狀態下即便睡著了，也不會讓頭部東倒西歪造成頸部壓力，進而傷到頸部神經。

장거리 비행에 목베개는 필수품이지요. 그래서는 저는 꼭 챙겨요.
頸枕是長途飛行的必需品，因此我一定會準備。

在臥室會做什麼呢？ ▶▶▶▶▶▶▶▶▶▶▶▶▶▶

•••01 換衣服

Part01_17

各種樣式的衣服，韓文要怎麼說呢？

바지
[ba-ji]
n. 褲子

반바지
[ban-ba-ji]
n. 短褲

청바지
[cheong-ba-ji]
n. 牛仔褲

면바지
[myeon-ba-ji]
n. 棉褲

치마
[chi-ma]
n. 裙子

미니스커트
[mi-ni-seu-keo-teu]
n. 迷你裙

긴 치마
[gin chi-ma]
n. 長裙

청치마
[cheong-chi-ma]
n. 牛仔裙

운동복
[un-dong-bok]
n. 運動服

양복
[yang-bok]
n. 西裝

조끼
[jo-kki]
n. 背心

스웨터
[seu-we-teo]
n. 毛衣

재킷
[jae-kit]
n. 夾克

패딩
[pae-ding]
n. 羽絨外套

트렌치 코트
[teu-ren-chi ko-teu]
n. 雙排扣風衣

코트
[ko-teu]
n. 大衣

티셔츠
[ti-syeo-cheu]
n. T 恤

와이셔츠
[wa-i-syeo-cheu]
n. 襯衫

블라우스
[beul-ra-u-seu]
n. 罩衫

원피스
[won-pi-seu]
n. 連身裙、洋裝

Part01_18

各類內衣褲的韓文要怎麼說呢?

브래지어
[beu-rae-ji-eo]
n. 胸罩

팬티
[paen-ti]
n. 內褲

삼각팬티
[sam-gak-paen-ti]
n. 三角褲

사각팬티

[sa-gak-paen-ti]

n. 四角褲

거들

[geo-deul]

n. 馬甲

보정 속옷

[bo-jeong so-got]

n. 塑身衣

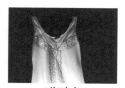

캐미솔

[kae-mi-sol]

n. 小可愛

슬립

[seul-rip]

n. 連身襯裙

러닝 셔츠

[reo-ning syeo-cheu]

n. 運動背心

속바지

[sok-ppa-ji]

n. 底褲

속치마

[sok-chi-ma]

n. 半身襯裙

잠옷

[ja-mot]

n. 睡衣

양말

[yang-mal]

n. 襪子

스타킹

[seu-ta-king]

n. 絲襪

스카프

[seu-ka-peu]

n. 絲巾

벨트

[bel-teu]

n. 皮帶

가방/백

[ga-bang/baek]

n. 包包

핸드백

[haen-deu-baek]

n. 手提包

클러치백

[keul-reo-chi-baek]

n. 手拿包

서류 가방

[se-ryu ga-bang]

n. 公事包

안경

[an-gyeong]

n. 眼鏡

선글라스

[seon-geul-ra-seu]

n. 太陽眼鏡

모자

[mo-ja]

n. 帽子

야구모자

[ya-gu-mo-ja]

n. 棒球帽

가죽 장갑

[ga-juk jang-gap]

n. 皮手套

손모아 장갑

[son-mo-a
jang-gap]

n. 連指手套

목도리

[mok-tto-ri]

n. 圍巾

넥워머

[nek-wo-meo]

n. 脖套

반지

[ban-ji]

n. 戒指

귀걸이

[gwi-geo-ri]

n. 耳環

목걸이

[mok-kkeo-ri]

n. 項鍊

브로치

[beu-ro-chi]

n. 胸針

신발

[sin-bal]

n. 鞋子

슬리퍼

[seul-ri-peo]

n. 拖鞋

운동화

[un-dong-hwa]

n. 運動鞋

구두

[gu-du]

n. 皮鞋

02 化妝

Part01_20

常用的化妝用品，韓文要怎麼說呢？

1. 메이크업 베이스
   [me-i-keu-eop be-i-seu] n. 妝前乳
2. BB크림[bi-bi keu-rim] n. BB 霜
3. 콤팩트[kom-paek-teu] n. 粉餅
4. 에어쿠션 [e-eo-ku-syeon] n. 氣墊粉餅
5. 파운데이션 [pa-un-de-i-syeon] n.
   粉底液
6. 컨실러 [keon-sil-reo] n. 遮瑕膏
7. 파우더 [pa-u-deo] n. 蜜粉
8. 아이섀도우 [a-i-syae-do-u] n. 眼影
9. 아이라이너 [a-i-ra-i-neo] n. 眼線液
10. 아이라이너 펜슬
    [a-i-ra-i-neo pen-seul] n. 眼線筆
11. 마스카라 [ma-seu-ka-ra] n. 睫毛膏
12. 블러셔 [beul-reo-syeo] n. 腮紅
13. 립스틱 [rip-sseu-tik] n. 口紅
14. 립글로스 [rip-kkeul-ro-seu] n. 唇蜜
15. 립라이너 [rim-na-i-neo] n. 唇線筆
16. 틴트 [tin-teu]n. 唇釉

Part01_21

常用的各種刷具，韓文要怎麼說呢？

파운데이션 브러쉬
[pa-un-de-i-syeon
beu-reo-swi]
n. 粉底刷

컨실러 브러쉬
[keon-sil-reo
beu-reo-swi]
n. 遮瑕刷

아이섀도우 브러쉬
[a-i-syae-do-u
beu-reo-swi]
n. 眼影刷

블러셔 브러쉬
[beul-reo-syeo
beu-reo-swi]
n. 腮紅刷

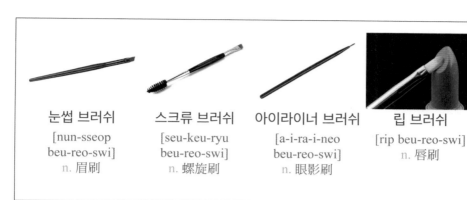

눈썹 브러쉬	스크류 브러쉬	아이라이너 브러쉬	립 브러쉬
[nun-sseop beu-reo-swi] n. 眉刷	[seu-keu-ryu beu-reo-swi] n. 螺旋刷	[a-i-ra-i-neo beu-reo-swi] n. 眼影刷	[rip beu-reo-swi] n. 唇刷

常用的保養品，韓文要怎麼說呢？

Part01_22

1. **메이크업 리무버**
[me-i-keu-eop ri-mu-beo] n. 卸妝

2. **클렌징 오일** [keul-ren-jing o-il] n. 卸妝油

3. **폼클렌징** [pom-keul-ren-jing] n. 泡沫洗面乳

4. **스킨** [seu-kin] n. 化妝水

5. **로션** [ro-syeon] n. 乳液

6. **선크림** [seon-keu-rim] n. 防曬乳

7. **수분 크림** [su-bun keu-rim] n. 補水面霜

8. **보습 크림** [bo-seup keu-rim] n. 保濕面霜

9. **영양 크림** [yeong-yang keu-rim] n. 潤膚霜、滋養霜

10. **미백 크림** [mi-baek keu-rim] n. 美白霜

11. **한방 크림** [han-bang keu-rim] n. 漢方乳霜

12. **주름 개선 크림**
[ju-reum gae-seon keu-rim] n. 抗皺面霜

13. **핸드 크림** [haen-deu keu-lim] n. 護手霜

14. **바디 로션** [ba-di ro-syeon] n. 身體乳液

15. **마스크팩** [ma-seu-keu-paek] n. 面膜

說到「睡覺」你會想到什麼呢？

1. 잠 [jam] n. 睡
2. 낮잠 [nat-jjam] n. 午睡
3. 늦잠 [neut-jjam] n. 睡懶覺、賴床
4. 쪽잠 [jjog-jjam] n. 瞇一會兒
5. 새벽잠 [sae-byeog-jjam] n. 晨覺
6. 초저녁잠 [cho-jeo-nyeog-jjam] n. 早睡
7. 자다 [ja-da] v. 睡覺
8. 졸다 [jol-da] v. 打盹
9. 잠을 자다 [ja-meul ja-da] ph. 睡覺
10. 잠이 들다 [ja-mi deul-da] ph. 入睡
11. 잠이 깨다 [ja-mi kkae-da] ph. 醒來
12. 깊은 잠을 자다
    [gi-peun ja-meul ja-da] n. 熟睡
13. 날을 새우다 [na-reul sae-u-da] ph.
    熬夜
14. 하품을 하다 [ha-pu-meul ha-da]
    ph. 打呵欠
15. 새벽형 인간 [sae-byeo-kyeong in-gan]
    ph. 習慣早起的人
16. 저녁형 인간 [jeo-nyeo-kyeong in-gan]
    ph. 習慣晚起的人
17. 불면증 [bul-myeon-jjeung] n. 失眠症
18. 잠을 잘 못 자다 [ja-meul jal mot jja-
    da] ph. 沒睡好
19. 단잠을 자다 [dan-ja-meul ja-da] n. 睡
    得很香
20. 하루 종일 잠을 자다
    [ha-lu jong-il ja-meul ja-da] ph. 整天
    睡覺

常見的睡姿，韓文要怎麼說呢？

반듯하게 누워서 자다
ph. 仰睡
（睡在某人的背上）

옆으로 누워서 자다
ph. 側睡
（睡在某人的側邊）

엎드려서 자다
ph. 趴睡
（趴在書桌上睡覺）

關於「夢」有哪些片語呢？

Part01_24

1. 꿈 n. 夢
2. 꿈을 꾸다 ph. 作夢
3. 길몽을 꾸다 ph. 作吉祥的夢
4. 악몽을 꾸다 ph. 作惡夢
5. 개꿈을 꾸다 ph. 作白日夢
6. 달콤한 꿈을 꾸다 ph. 作甜美的夢
7. 꿈이 이루어지다 ph. 美夢成真
8. 좋은 꿈을 꾸다 ph. 作個好夢

◆ Tips ◆

解夢中所說的，象徵吉祥的夢是什麼？

解夢是對夢境給予解釋，並判斷好壞的一項
行為。那麼，怎樣的夢算是吉祥的夢？在韓
國，吉祥的夢有夢見大便、豬、自己死亡或
見到屍體、去世的父母或祖先等。大便象徵
財物，豬象徵興旺，死亡象徵新的開始，父
母祖先的笑臉象徵吉利臨門，是一種預示的
夢。

어제 돼지꿈 꿨어요. 기쁜이 좋아요.
我昨天夢見了豬，好高興。

43

화장실 浴廁

這些應該怎麼說？

Part01_25

浴廁擺飾

1. **샤워 부스** [sya-wo bu-seu] n. 淋浴間
2. **샤워기** [sya-wo-gi] n. 蓮蓬頭
3. **거울** [geo-ul] n. 鏡子
4. **수건 걸이** [su-geon geo-ri] n. 毛巾架
5. **타월** [ta-wol] n. 浴巾
6. **수납 공간** [su-nap gong-gan] n. 收納盒、置物盒
7. **선반** [seon-ban] n. 檯面
8. **손 세정제** [son se-jeog-je] n. 洗手乳
9. **콘센트** [kon-sen-teu] n. 插座

⑩ 비데 [bi-de] n. 免治馬桶

⑪ 휴지걸이 [hyu-ji-geo-li] n. 衛生紙架

⑫ 두루마리 휴지 [du-lu-ma-ri hyu-ji]
　　n. 捲筒式衛生紙

⑬ 세면대 [se-myeon-dae] n. 洗臉台

⑭ 세면대 수건 [se-myeon-dae su-geon]
　　n. 洗臉台毛巾

⑮ 바닥 [ba-dak] n. 地板

⑯ 깔개 [kkal-gae] n. 地墊

「廁所」的韓文有哪些說法？

韓文中廁所的說法有五種。首先是韓語和漢字複合而成的뒷간（-間），這是廁所的委婉說法，類似古代廁所高雅的說法「涸藩」。其次是변소（便所），即我們所說的廁所，但這個廁所是指僅供大小便的地方。第三個說法是화장실（化妝室），這是現今委婉稱呼廁所的說法，但它除了供如廁者大小便之外，還可供如廁者整理妝容，是結合廁所與化妝室的空間。第四是外來語레스트룸（Restroom），中文為盥洗室、洗手間，這個用法主要用於百貨公司等公共場所。第五是佛教寺廟裡的廁所해우소，台灣這邊會稱為淨房或架房，而在韓國當地則稱為解憂所。

Part01_26

常用的盥洗用品

1. 비누 [bi-nu] n. 肥皂
2. 폼 클렌징 [pom keul-ren-jing] n. 洗面乳
3. 비누 받침 [bi-nu bad-chim] n. 肥皂架
4. 샴푸 [syam-pu] n. 洗髮精
5. 린스 [rin-seu] n. 潤絲
6. 트리트먼트 [teu-ri-teu-meon-teu] n. 護髮

7. 샤워 캡 [sya-wo kaep] n. 浴帽
8. 샤워 젤 [sya-wo jel] n. 沐浴乳
9. 바디 로션 [ba-di ro-syeon] n. 身體乳液
10. 빗 [bit] n. 梳子
11. 수건 [su-geon] n. 手帕
12. 타월 [ta-wol] n. 浴巾
13. 샤워 폼 [sya-wo pom] n. 沐浴泡沫
14. 샤워스폰지 [sya-wo-seu-pon-ji] n. 沐浴海綿
15. 세숫대야 [se-sut-ttae-ya] n. 洗臉盆

16. 치약 [chi-yak] n. 牙膏
17. 칫솔 [chit-ssol] n. 牙刷
18. 전동 칫솔 [jeon-dong chit-ssol] n. 電動牙刷
19. 치실 [chi-sil] n. 牙線
20. 가글 [ga-geul] n. 漱口水
21. 면도기 [myeon-do-gi] n. 刮鬍刀
22. 전동 면도기 [jeon-dong myeon-do-gi] n. 電動刮鬍刀
23. 쉐이빙폼/면도 크림 [sue-i-bing-pom/myeon-do keu-rim] n. 刮鬍膏
24. 면도날 [myeon-do-nal] n. 刮鬍刀片

◆Tips◆

목욕和샤워有什麼不一樣呢？

목욕跟샤워指的都是洗澡，差別在於一個是有浴缸可泡澡的洗澡，一個是站著沖水的沖澡。一般我們說목욕，指的是晚上回家後放熱水洗澡，包括洗頭、洗臉、洗身體等，把整個人清洗一遍；而샤워指的則是用蓮蓬頭沖洗身體，不使用浴缸。通常是健身後、游泳後或天氣太熱的時候，為了消除身上的黏膩感、避免運動後一身汗臭味或是游泳後做的簡單清潔，這種打開蓮蓬頭像下雨一般清洗身體的方式即稱為샤워。

너무 더워서 가볍게 샤워했다.
太熱了，所以稍微沖了一下澡。

02 上廁所

常見的衛浴及廁所用品

욕조
[yok-jjo]
n. 浴缸

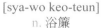
샤워 커튼
[sya-wo keo-teun]
n. 浴簾

비데
[bi-de]
n. 免治馬桶

변기
[byeon-gi]
n. 馬桶

손 건조기
[son geon-jo-gi]
n. 烘手機

헤어 드라이기
[he-eo deu-ra-i-gi]
n. 吹風機

목욕 가운
[mo-gyeok kka-un]
n. 浴袍

욕실 슬리퍼
[yok-ssil seul-ri-peo]
n. 浴室拖鞋

미끄럼방지 매트
[mi-kkeu-reom-bang-ji mae-teu]
n. 止滑墊

배수구
[bae-su-gu]
n. 排水孔

디퓨저
[di-pyu-jeo]
n. 擴香

방향제
[bang-hyang-je]
n. 芳香劑

◆ Tips ◆

生理期及女性的衛生用品，韓文怎麼說呢？

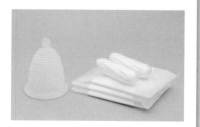

受電視廣告影響，韓國不知從什麼時候開始有了「나 생리 중이야（我月經來了）」、나 오늘 그 날이야（我今天來例假）、나 마법에 걸렸어.（我中魔法了）這些表達生理期的說法。這麼說，即使是韓國男生，如果不太用心可能也聽不懂。除此之外，韓國的生理用品種類也變多了，除原有的 생리대（衛生棉）之外，還有游泳時使用的 탐폰생리대（衛生棉條）。而最近因注重環保可重複使用的 생리컵（月亮杯），使用人數也在急速增加中。

清潔馬桶的用具有哪些呢？

변기솔
[byeon-gi-sol]
n. 馬桶刷

뚫어뻥
[ttu-reo-ppeong]
n. 通便器

변기 세정제
[byeon-gi se-jeong-je]
n. 馬桶清潔劑

욕실 세정제
[yok-ssil se-jeong-je]
n. 浴室清潔劑

小孩子的大小便，韓語要怎麼說？

大人在跟小孩子說話時常會不自覺使用疊字，或是為了讓孩子便於理解跟表達自己的意思，教導小朋友說話時會盡量使用簡單的字詞。譬如一對父母想問自己的孩子是不是想大小便，通常會跟孩子說「要不要噓噓？」、「要不要尿尿？」、「要不要嗯嗯？」、「要不要便便」等，韓國也是這個樣子。為了讓孩子能輕鬆理解、吸收之後加以應用，韓國的父母、長輩跟孩子說話時，會盡可能使用最簡單又能表達意義的單字。譬如尿尿會說「쉬」，便便會說「응가」。下次如果聽到韓國小朋友跟爸爸說：「아빠，나 쉬，쉬」，你就知道小朋友想講的不是「把拔我想休息」，而是「把拔我想噓噓」；若是聽到韓國小朋友跟媽媽說：「엄마，나 응가，응가」，你就知道小朋友在跟媽媽說「馬麻我想嗯嗯」。

Part 2

교통 交通

Chapter 1

지하철 地鐵站

Part02_01

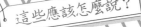
這些應該怎麼說？

地鐵站配置

① 플랫폼 [peul-raet-pom] n. 月台

② 안내판 [an-nae-pan] n. 標示板

③ 엘리베이터 [el-ri-be-i-teo] n. 電梯

④ 타는 곳 [ta-neun got] n. 月台

⑤ 승객 [seung-gaek] n. 乘客

⑥ 손잡이 [son-ja-bi] n. 扶手

⑦ 계단 [gye-dan] n. 樓梯

⑧ 안전선 [an-jeon-seon] n. 候車安全線

⑨ 시각장애인 점자블럭

[si-gak-jjang-ae-in jeom-jja-beul-
leog] n. 導盲磚

⑩ 커피 자동판매기

[keo-pi ja-dong-pan-mae-gi]

n. 咖啡自動販售機

◆ Tips ◆

韓國地鐵站內有咖啡販賣機

韓國的地鐵和台灣的捷運規定不同，台灣捷運站只有黃線之外的區域可以飲食，一旦進入黃線區域內，包括月台跟車廂一律禁止飲食；但韓國地鐵站則沒有這項限制。在韓國的地鐵站，不論票口內外皆可飲食，因此除了每個車站票口外的商店之外，內部都會有餅乾、飲料等自動販售機，以及韓劇中常常看到的 커피 자동판매기 [keo-pi ja-dong-pan-mae-gi]（咖啡自動販賣機）。咖啡販賣機不單單只販售咖啡而已，通常還會有柚子茶、熱巧克力、抹茶那堤等飲料，選擇幅度大，且未滿一千韓元的消費也可以用信用卡、簽帳金融卡等卡片付款，非常便利。

在地鐵站會做什麼呢？

Part02_02

◆◆◆ 01 ─ 進站

買票的地方會出現什麼呢？

1 노선도 [no-seon-do] n. 路線圖

2 승차권 자동발매기 및 충전기
[seung-cha-kkwon ja-dong-bal-mae-gi mit chung-jeon-gi]
n. 車票自動售票機和自動加值機

3 스크린 [seu-keu-rin] n. 畫面

4 신분증 올려 놓는 곳
[sin-bun-jeung ol-lyeo non-neun got]
n. 身分證放置處

5 교통카드 충전하는 곳
[gyo-tong-ka-deu chung-jeon-ha-neun got]
n. 交通卡放置處

6 지폐 넣는 곳 [ji-pye neon-neun got]
n. 紙鈔放入口

7 지폐 나오는 곳 [ji-pye na-o-neu got]
n. 紙鈔吐出口

8 동전 넣는 곳
[dong-jeon neon-neun got]
n. 銅板放入口

9 직원과 통화 [ji-gwon-gwa tong-hua]
n. 對講機

10 지폐·동전·영수증 나오는 곳
[ji-pye dong-jeon yeong-su-jeung na-o-neun got]
n. 紙鈔、零錢、收據吐出口

你知道嗎？ ▶▶ ◀◀▶▶▶▶ ▶▶▶▶▶ ▶▶ ◀

韓國首爾何時開始使用單次塑膠票卡？

其實，韓國從開始使用單次塑膠票卡至今，並沒有經過多長時間。近年來，全球各地環保意識紛紛抬頭，過去韓國使用的傳統紙票卡因無法回收再利用，造成一定數量的垃圾汙染環境，相當不環保。鑒於響應環保，韓國自 2009 年 5 月 1 日起不再使用傳統紙票卡，改為使用塑膠票卡。但目前首爾以外的地區，有些地方仍在使用紙票卡。

◆ Tips ◆

生活小知識：韓國的 T-money 卡

韓國的 T-money 卡類似台灣的悠遊卡，可以在全韓國地下鐵路、便利商店、商店等購物或충전하다 [chung-jeon-ha-da]（加值）。地鐵和公車都可使用 T-money 卡，但地鐵轉乘公車或公車轉乘地鐵時，如果卡片餘額不足，就沒有轉乘的優惠。不要覺得沒有轉乘優惠就沒有轉乘優惠吧，在韓國搭乘地鐵時，若卡片內餘額不足，地鐵是無法刷卡出站的。所以韓國地鐵站票口內通常會設置自動加值機，當你要出站時，如被告知卡片餘額不足，請先到一旁的加值機加值，再來就可以出站了。不過，雖然有自動加值機，大家最好還是時時留意自己的卡片餘額，不然在尖峰時段突然發現餘額不足無法進出站，不只浪費自己的時間，也會造成顛峰時段其他人的困擾。

一次性票卡為什麼要內含保證金？

韓國的地鐵票，即便是一次性票卡，購買時票價也會涵蓋保證金。也就是購買一次單程票，購票者須支付一次 500 韓元보증금 [bo-jeung-geum]（保證金）的意思。這是因為早期韓國使用的一次性車票為紙票卡，為避免造成環境汙染與財政浪費，韓國政府在一次性票卡的價格裡加入了保證金。如此一來，乘客出站後，為了取回票卡裡的保證金，就會將票卡投入보증금환급기（保證金退款機），以達到單程票票卡回收並重複利用的目的。即便現在韓國地鐵的一次性票卡已從紙票卡轉換成塑膠票卡，這項保證金制度依然存在，就是為了避免浪費的情形發生。

···02 候車、搭車

在月台及車廂裡常見的韓文

1. 타는 곳 [ta-neun got] n. 月台
2. 안전선 [an-jeon-seon] n. 安全線
3. 장애인 점자블럭

   [jang-ae-in jeom-jja-beul-reok]

   n. 盲人點字版
4. 스크린도어 [seu-keu-rin-do-eo]

   n. 月台安全門

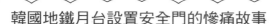

5. 안내 게시판 [an-nae ge-si-pan] n. 引導資訊
6. 광고 모니터 [gwang-go mo-ni-teo] n. 廣告機、電子看板
7. 휴대용 비상 조명등 [hyu-dae-yong bi-sang jo-myeong-deng] n. 攜帶型緊急照明燈

韓國地鐵月台設置安全門的慘痛故事

韓國地鐵月台上之所以會設置候車安全門,其重要契機是在 2003 年 6 月 26 日上午 10 點發生的一個事件。當時正在會賢站候車的中年婦女,被一個流浪漢從背後推落月台致死,該婦女的丈夫向法院提出設置月台安全門訴願,並向各報社媒體發送妻子在路線上死亡的照片,強調設置安全門的重要性,希望不要讓妻子白白死亡,也希望不要再有相同的憾事發生。後來這件事獲得廣大群眾的回響,韓國終於在 2005 年 10 月於地鐵 2 號線寺堂站設置了第一道安全門,直至 2009 年為止,首爾地鐵 1 至 8 號線全線設置完畢。

8. 객실 [gaek-ssil] n. 車廂
9. 승객 [seung-gaek] n. 乘客
10. 노약자석 [no-yak-jja-seok] n. 博愛座
11. 임산부 배려석

    [im-san-bu bae-ryeo-seok] n. 孕婦席
12. 손잡이 [son-ja-bi] n. 把手
13. 선반 [seon-ban] n. 置物架

14. 통로 [tong-no] n. 車廂通道
15. 광고 게시판 [gang-go ge-si-pan] n. 廣告牌
16. 비상 정지 버튼 [bi-sang jeong-ji beo-teun] n. 緊急停車按鈕
17. 소화기 [so-hua-gi] n. 滅火器

在月台及車廂裡常見的會話短句

1. 열차가 곧 들어오니 안전선 밖으로 물러나 주십시오.
列車即將進站,請退至安全線後。
2. 승객이 하차 후 탑승해 주십시오. 請先下車,後上車。
3. 스크린도어에 기대지 마십시오. 請勿倚靠安全門。
4. 출입문쪽에 기대지 마십시오. 請勿倚靠車門。
5. 이번 역은 OOO입니다. 내리실 문은 왼쪽입니다. 下一站是○○○站,左側開門。
6. O호선으로 갈아타실 승객께서는 이번 역에서 하차하시기 바랍니다. 轉乘○號線的旅客請在本站下車。
7. 다음 역은 OOO입니다. 下一站是○○○站。
8. 내리실 때 승강장 사이에 발이 빠지지 않도록 주의하십시오.
下車時請注意月台間隙。
9. 열차 이용에 불편을 드려 대단히 죄송합니다. 造成您搭乘的不便敬請見諒。
10. 오늘도 저희 열차를 이용해 주셔서 대단히 감사합니다. 歡迎再度搭乘。

◆◆◆ 03 出站

Part02_04

這些應該怎麼説呢?

1. 출입구 [chu-rip-kku] n. 票口
2. 비상 출입구 [bi-sang chu-lib-gu] n. 緊急出入口
3. 통로 [tong-no] n. 出入通道
4. 카드 대는 곳 [ka-deu dae-neun got] n. 票卡感應處
5. 표 넣는 곳 [pyo neon-neun got] n. 票卡投入處
6. 출구 표시 [chul-gu pyo-si] n. 出口標示
7. 주변 지역 안내도 [ju-byeon ji-yeok an-nae-do] n. 位置圖

기차역 火車站

這些應該怎麼說？

Part02_05

購票大廳配置

1 기차역 [gi-cha-yeok] n. 火車站

2 표 사는 곳 [pyo sa-neun got] n. 售票處

3 창구 [chang-kku] n. 櫃檯

4 매표소 직원 [mae-pyo-so ji-gwon] n. 售票員

5 승객 [seung-gaek] n. 乘客

6 열차 시간표 [yeol-cha si-gan-pyo] n. 列車時刻表

你知道嗎？

首爾車站廣場和首爾車站後站

首爾車站周邊真的很大，觀光客搭計程車前往首爾車站時，最好說去서울역 광장 [seo-ul-nyeok gwang-jang]（首爾車站廣場）或서울역 뒤쪽 [seo-ul-nyeok dwi-jjok]（首爾車站後站）。觀光客想去首爾車站大概有三種目的，一是要搭火車，二是要去樂天購物中心逛逛，三是要去體驗韓國獨有的汗蒸幕찜질방 [jjim-jil-bang]。若目的是前面兩者，您就要跟計程車司機說：「기사님, 서울역 광장으로 가 주세요.」若是要去被蒸烤一下，那就說：「기사님, 서울역 뒤쪽으로 가 주세요.」這樣子您就不必繞來繞去折騰一番了。

◆ Tips ◆

이미 기차는 떠났어.「火車已經開走了」?

電視劇或日常生活中，我們常聽到有些人聊天聊著就跟對方說「이미 기차는 떠났어.」。這句話單看字面的意思是「火車已經開走了」，常用來比喻「事情已經發生，沒有迴轉的餘地。」若是被男朋友或女朋友甩了，因而懊惱後悔要求復合時，周遭的朋友會說：「이미 기차는 떠났어. 후회해도 소용없어.」你死了這條心吧。

那麼，相同意思還有其他表達方式嗎？當然有囉。除了慣用語「이미 기차는 떠났어.」，我們還可以用俗語表達「한 번 엎지른 물은 다시 주워 담지 못한다.」，這句話是中文的覆水難收，若要用成語表達，可以說「복수난수（覆水難收）」、「복수불반분（覆水不返盆）」。

가 : 꼭 이혼해야 돼? 내가 잘못했어.
　　非得離婚嗎？我錯了。
나 : 이미 기차는 떠났어. 후회해도 소용없어.
　　사인해.
　　太遲了，你後悔也沒用，簽字吧。

··· 01 進站

Part02_06

售票機上的按鍵，韓文怎麼説呢？

1. **자동발매기** [ja-dong-banl-mae-gi]
   n. 售票機
2. **화면** [hua-myeon] n. 畫面
3. **운임표** [u-nim-pyo] n. 票價表
4. **지폐 투입구** [ji-pye tu-ip-kku]
   n. 紙鈔放入口
5. **지폐 반환구** [ji-pye ban-huan-gu]
   n. 退鈔口
6. **동전 투입구** [dong-jeon tu-ip-kku] n.
   硬幣投入口

7. **표 나오는 곳** [pyo na-o-neun got]
   n. 取票口

韓國鐵道公社官網購票教學

韓國鐵道公社官網購買的火車票可分為兩種，一種是승차권간편예매（車票簡易購票），一種是기차여행검색（火車旅遊搜尋）。승차권간편예매僅單純販售車票，跟台鐵訂票的方式類似，購票人須選擇출발역（出發站）、도착역（抵達站）、출발일（出發日期）、시간（時間）跟인원（票數），接著點選승차권 예매（預購車票），就會出現所有符合購票者要求時段的車次。而기차여행검색則是火車票搭配住宿、旅遊行程一起販售的旅遊商品。選擇여행테마（旅遊主題）、여행지역（旅遊地區）、跟출발일（出發日期），再點選기차여행 검색（搜尋火車旅遊），就會出現符合購票者要求的火車旅遊行程。但目前火車旅遊網路購票僅開放韓國國人使用，外國旅客若想購買火車旅遊行程，須現場購票。

Part02_07

韓國火車票的各種標記

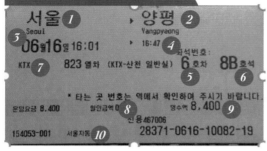

5 객차 번호 [gaek-cha beon-ho]
n. 車廂號碼

6 좌석 번호 [jwa-seok beon-ho]
n. 座位號碼

7 열차 종류 [yeol-cha jong-nyu]
n. 車輛種類

8 할인 금액 [ha-rin geu-maek]
n. 折扣金額

9 요금 [yo-geum] n. 金額

10 구입 장소 [gu-ip jang-so]
n. 購票地點

1 출발지 [chul-bal-jji] n. 出發地

2 도착지 [do-chak-jji] n. 目的地

3 출발 일시 [chul-bal il-ssi] n. 出發日期

4 도착 일시 [do-chak il-ssi] n. 抵達時間

◆ Tips ◆

韓國火車的種類有哪些呢？

鐵路按運行時間可分為高鐵 KTX（Korea Train Express）[kei-ti-ek-sseu]、KTX- 산천 [kei-ti-ek-sseu-san-cheon]（高鐵 – 山川號）、새마을 [sae-ma-eul]（新鄉村號）、무궁화 [mu-gung-hua]（無窮花號）等四種。從首爾搭高鐵到釜山需 2 小時 50 分，新鄉村號需 4 小時 30 分，無窮花號則需 5 小時 30 分。

首先，以電力運行的 KTX 號從 2004 年開始營運，時速可達 300 公里。KTX 是法國技術製作；KTX– 山川號則是由韓國技術製作，兩者速度一樣。因 KTX– 山川號是以旅行為目的製作的，座位會比 KTX 舒適。新鄉村號時速為 150 公里，座位稍有不便，但化妝室由男女共用改為男廁、女廁，較能顧及衛生。歷史悠久的無窮花號雖然速度慢又沒特別服務，但因為價格低廉，現今仍為大眾所喜愛。相關路線站名、票價可上韓國鐵道公社網站查詢。（http://www.letskorail.com/）

時刻表上有哪些資訊呢？韓文怎麼說呢？

列車抵達時刻表螢幕左起是도착시간 [do-chak-si-gan]（抵達時間）、출발지 [chul-bal-jji]（起點）、열차종류 [yeol-cha-jong-nyu]（車種）、내리는 곳 [nae-ri-neun got]（下車處）等。韓國的出發時間和抵達時間非常正確，如果誤點，會有廣播，因此列車時刻表是值得參考的。

••• 02 等車、搭車

Part02_08

◀ 等車時，這些應該怎麼說？

1. 플랫폼 [peul-raet-pom] n. 月台
2. 엘리베이터 [el-ri-be-i-teo] n. 電梯
3. 고객 대기실 [go-gaek dae-gi-sil] n. 乘客候車室
4. 승객 [seung-gaek] n. 乘客
5. 줄 서는 곳 [jul seo-neun got] ph. 排隊的地方
6. 기차 [gi-cha] n. 火車
7. 안전선 [an-jeon-seon] n. 候車線
8. 선로 [seol-ro] n. 軌道

◆ Tips ◆

在韓國，火車車廂有哪幾種呢？

・KTX 車廂種類

韓國高鐵座位分為특실 [teuk-ssil]（商務艙）和일반실 [il-ban-sil]（一般車廂），兩者票價大約差 1 萬 5 千韓元，商務艙的座位比一般車廂的座位寬敞，提供水、報紙、耳機等，並於門口備有書報供乘客閱覽。

・ 北韓平壤火車內部

北韓和中國國境相鄰，往來列車屬長途運行，所以列車內有臥鋪。以後若北韓和南韓間有鐵路運行，可以從韓國搭火車前往中國、俄國、歐洲等地，也就會有臥鋪車出現在南韓的鐵路列車上。

在月台及車廂裡常見的韓文

1. 부산행 KTX티켓 한 장 주세요. 請給我一張往釜山的高鐵票。
2. 편도는 한 장에 얼마예요? 請問單程票一張多少錢？
3. 특실 티켓 두 장 주세요. 請給我兩張頭等艙車票。
4. 통로 말고 창쪽 자리로 주시겠어요. 請給我靠窗的座位，不要靠走道的位子。
5. 다음 열차는 언제쯤 오나요? 下一班列車什麼時候會到？
6. 내일 첫 차가 몇 시예요? 明天的首班車是幾點？
7. 마지막 열차 시간은 몇 시예요? 末班車時間是幾點？

8. 티켓을 잘못 샀는데 환불이 가능해요? 我買錯票了，可以退票嗎？

9. 방금 티켓을 구매했는데 시간 변경이 가능할까요?
我剛剛買了車票，可以改時間嗎？

10. 잠시만요. 좀 나갈게요. 不好意思，我要出去。

03 出站

Part02_09

這些應該怎麼説呢？

1 시간 전광판 [si-gan jeon-gwang-pan] n. 時刻表

2 개찰구 [gae-chal-gu] n. 驗票閘門

3 나가는 방향 [na-ga-neun bang-hyang] ph. 出口方向

4 장애인 통로 [jang-ae-in tong-no] n. 無障礙閘門

5 출구 [chul-gu] ph. 出口

你知道嗎？

服務中心提供哪些服務呢？

首爾車站的안내 데스크 [an-nae de-seu-keu]（旅遊資訊桌）備有列車商品、鄰近觀光資訊導覽手冊，這些旅遊資訊翻譯成世界各種語言文字，做成輕薄便利的旅遊小冊子供各國觀光客取閱。

出口附近提供哪些服務呢？

首爾車站是眾多遊客出入的代表性場所，因此這裡有比其他地方更多的 물품 보관함 [mul-pum bo-gwan-ham]（置物櫃）。置物櫃的大小有小有大，當您想到附近走走、購物、吃飯而不想拖著龐大的箱子滿街跑的時候，可以將隨身行李暫時寄放在置物櫃，輕裝前往。

出口附近有哪些轉乘的交通工具呢？

首爾車站是首爾的交通樞紐，是韓國國內外人士往來最頻繁的地方，因此不管是由廣場方向或後站方向出站，站外都有택시 [taek-ssi]（計程車）、버스 [beo-seu]（公車）或지하철 [ji-ha-cheol]（地鐵）等大眾運輸交通工具可以利用，是交通非常便利的地方。

버스 정류장 公車站

這些應該怎麼說？

Part02_10

公車站配置

1 고속버스 터미널
[go-sok-ppeo-seu teo-mi-neol]
n. 高速巴士轉運站

2 고속버스 [go-sok-ppeo-seu]
n. 高速巴士

3 버스 정차하는 곳
[beo-seu jeong-cha-ha-neun got]
ph. 公車停車處

4 버스 안내판
[beo-seu an-nae-pan]
n. 智慧型站牌

5 출입구 [chu-rip-kku] n. 出入口

6 기다리는 곳 [gi-da-ri-neun got]
ph. 候車處

7 줄 서는 곳 [jul seo-nen got]
ph. 候車線

8 승객 [seung-gaek] n. 乘客

Part02_11

버스
[beo-seu]
n. 公車

마을 버스
[ma-eul beo-seu]
n. 社區公車

2층 버스
[i-cheng beo-seu]
n. 雙層巴士

투어 버스
[tu-eo beo-seu]
n. 觀光巴士

공항 버스
[gong-hang beo-seu]
n. 機場巴士

유치원 버스
[yu-chi-won beo-seu]
n. 幼稚園校車

◆ Chapter3
버스 정류장 公車站

♦Tips♦

公車票購票機

從抵達仁川機場的那一刻起，我們就要和無人售票系統（公車票）售票機버스티켓 [beo-seu-ti-ket] 打交道了。雖然和當地人進行言語交流很重要，但近年來機場大肆推動自動化服務，熟悉科技帶來的機器的操作也很重要。若想請別人幫忙的話，就這樣說：

실례지만, 버스티켓 구매 좀 도와 주시겠어요?
抱歉，請問可不可以幫我買張巴士票？

▶▶▶▶ ▶▶ ▶ ▶▶ ▶▶ ▶ ▶ ▶

01 等公車

Part02_12

候車亭常見的東西該怎麼說呢？

1. 정류장 [jeong-nyu-jang] n. 公車站
2. 도착 시간 안내 [do-chak si-gan an-nae]
   n. 到站時刻表（公車智慧型站牌）
3. 노선도 [no-seon-do] n. 路線圖
4. 승객 [seung-gaek] n. 乘客
5. 벤치 [ben-chi] n. 長椅
6. 차도 [cha-do] n. 車道
7. 인도 [in-do] n. 人行道
8. 버스 번호 [beo-seu beon-ho] n. 路線號碼
9. 노선 경로 [no-seon gyeong-no] n.
   公車路線圖
10. 출입문 [chu-rim-mun] n. 公車車門

公車顏色的代表意義

파란색 버스 [pa-ran-saek beo-seu]（藍色公車）是 간선 버스 [gan-seon beo-seu]（幹線公車），是連接市中心和副市中心幹線的中長距離巴士。

초록색 버스 [cho-log-saeg beo-seu]（草綠色公車）是 지선 버스 [ji-seon beo-seu]（支線公車），為短程公車，用來輔助長距離公車不能到達的地方。

빨간색 버스 [bbal-gan-saek beo-seu]（紅色公車）是 광역 버스 [gwang-yeok beo-seu]（廣域公車），是連接大都市和周邊衛星都市的長距離公車，代表性的路線是首爾市、京畿道、仁川等地。

上車刷卡

當我們匆匆忙忙上車，刷 T-Money 卡沒刷好時，刷卡機就會一直說：카드를 다시 대 주십시오.（請再次感應卡片）。此時，刷卡機的語音會特別響亮，令人尷尬不已。所以，上下車刷卡時，要記得把卡片放在白色部分，讓機器讀到卡片。

02 上公車

Part02_13

乘車有哪些相關用語呢？

버스를 기다리다
ph. 等公車

버스가 도착하다
ph. 公車到站

줄을 서다
ph. 排隊

버스를 타다/내리다
ph. 上（下）車

버스 요금 결제
ph. 付公車費

버스가 출발하다
ph. 公車離站

◆ Tips ◆

前門上車，後門下車

韓國的公車規定由前門上車、後門下車。當然，乘客流量較大的站別也會
有人從前門下車，但如此一來乘客上車的時間便會拉長，司機會不太高興。
如果你還來不及下車車門就關了的話，此時請記得對司機說：

기사님, 아직 못 내렸어요. 뒷문 좀 다시 열어 주세요.
司機先生，還有人沒下車，請再開一下後門。

公車內這些人事物的韓文怎麼說呢？

Part02_14

버스 기사
[beo-seu gi-sa]
n. 公車司機

운전석
[un-jeon-seok]
n. 駕駛座

앞문
[am-mun]
n. 前門

노약자석
[no-yak-jja-seok]
n. 博愛座

좌석
[jwa-seok]
n. 座位

단말기
[dan-mal-gi]
n. 刷卡感應機

손잡이
[son-ja-bi]
n. 拉環

기둥
[gi-dung]
n. 扶手

비상용 해머
[bi-sang-nyong hae-meo]
n. 逃生鎚

03 下公車

公車到站時會用到哪些單字呢？

버스 정류장

[beo-seu jeong-nyu-jang]

n. 公車站

정차역 안내 표시

[jeong-cha-yeok
an-nae pyo-si]

n. 到站跑馬燈

하차 대기

[ha-cha dae-gi]

n. 等候下車

뒷문

[dwin-mun]

n. 後門

버스가 정차하다

[beo-seu-ga jeong-
cha-ha-da]

ph. 公車靠站

하차 버튼

[ha-cha beo-teun]

n. 下車鈴

◆ Tips ◆

如果沒有交通卡

身上沒帶 T-Money 卡時，車上還有傳統的投幣箱 요금함 [yo-geum-ham]（現金箱）可以投現，但是若連零錢都沒有的話，對自己跟司機來說都是難堪的事。所以，搭公車前最好準備一些零錢。

기사님, 현금으로 내도 되지요?

司機先生，可以付現金吧？

（下方照片中巴士站電子看板顯示）
7021 저상 2분 7212 저상 8분
7025 저상 2분 7611 2분
곧도착:7017 (여유)

可能會用到什麼句子呢？

1. 실례지만, 이 버스 도착 안내 표시 맞아요?
   不好意思，請問這個公車到站時刻表是對的嗎？

2. 홍대에 가려면 이쪽에서 타는 거 맞아요? 要去弘大的話，是在這邊搭車對嗎？

3. 현금으로 낼게요. 얼마예요? 我付現，多少錢呢？

4. 이번 역에서 내리면 돼요? 這一站下車就可以了嗎？

5. 다음 역에서 갈아타면 되지요. 下一站換乘就可以了。

6. 두 정거장만 더 가서 내리면 지하철로 갈아탈 수 있지요.
   過兩站後再下車，就可以換地鐵。

7. 내려서 반대 방향이 맞아요? 下車後往回走對嗎？

8. 기사님, 세워 주세요. 司機先生，請停車。

◆◆◆ **Chapter4**

공항 機場

這些應該怎麼說？

Part02_16

出境大廳配置

❶ 출국장 [chul-gug-jjang] n. 出境大廳

❷ 체크인하는 곳

[che-keu-in-ha-neun got]

ph. 報到櫃檯

❸ 대기하는 곳 [dae-gi-ha-neun got]

ph. 候機處

❹ 승객 [seung-gaek] n. 乘客

❺ 출국 심사 줄 [chul-guk sim-sa jul]

ph. 出境審查線

❻ 출국 심사하는 곳

[chul-guk sim-sa-ha-neun got]

ph. 出境審查區

❼ 트렁크 [teu-reong-keu] n. 行李箱

❽ 안내 요원 [an-nae yo-won] n. 服務職員

◆ Tips ◆

慣用語小常識：飛行篇

비행기 태우지 마세요！別給我戴高帽子。

當對方稱讚言過其實，誇得天花亂墜的時候，被稱讚的人會感到不好意思、不知所措，此時可以說「너무 비행기 태우지 마세요．」，直譯是「不要讓我搭飛機。」，比喻「不要太讓我高興、不要太讓我得意忘形。」大家是否想過，為什麼要請對方別給自己戴高帽子，是用「비행기 태우다」這個慣用語，而不是汽車、火車、機車之類的交通工具呢？這是因為「비행기」代表空中，其他的交通工具諸如「汽車、火車、機車」等代表的是陸地。而要形容對方把自己誇得飄飄然，讓自己宛如飄上天似的，相對應的交通工具中只有「飛機」相符，這就是「비행기 태우지 마세요！」的由來。

A. 오늘 화장도 옷 스타일도 굉장히 예쁜데요.

　　妳今天化妝、衣服都超級美的！

B. 평소하고 똑같은데 왜 그러세요. 비행기 태우지 마세요.

　　跟平時一樣的啦，不要太誇我了。

在機場會做什麼呢？

01 登記報到、安檢

Part02_17

報到前，需要準備哪些物品呢？

　　報到有兩種方法，一是櫃台報到，一是自助報到。若走櫃台報到，請先準備好護照「여권 [yeo-kkwon]」、電子機票「E-ticket」到辦理登機手續的地方辦理；若走自助報到「셀프 체크인 [sel-peu che-keu-in]）」，報到櫃檯前的自動報到機均有中文介面，操作時不必擔心。

可能會用到什麼句子呢？

1. 체크인 하려고 하는데요. 我要報到。

2. 한 분이십니까? 一位嗎？

3. 가방은 하나입니까? 一件行李嗎？

4. 여권 좀 보여 주시겠습니까? 可以給我看一下護照嗎？

5. 가방의 무게가 초과입니다. 무게를 좀 맞춰 주시겠습니까?
   您的行李超重，要不要調整一下？

6. 가방 안에 여기 사진에 있는 위험한 물건들 없으시지요?
   行李裡面沒有照片裡這些危險物品吧？

7. 좌석은 창쪽과 통로쪽 어느 쪽으로 도와 드릴까요? 您的座位要靠窗或走道？

8. 창쪽으로 배정해 주세요. 請幫我安排靠窗的位子。

9. 여기 탑승 시간까지 탑승해 주시기 바라겠습니다.
   請在這個登機時間之前前往登機。

10. 잠시 저쪽에서 짐이 통과되는 것을 기다려 주십시오. 請到那邊等候行李通過。

◆ Tips ◆

生活小常識：機票篇

機票的種類有哪些？

韓國航空公司的座位和其他航空公司沒什麼不同，依艙等分為經濟艙「이코노미 [i-ko-no-mi]」、商務艙「비즈니스 [bi-jeu-ni-seu]」、頭等艙「퍼스트 [pei-seu-teu]」三種。而機票也跟別的航空公司一樣，可選擇購買單程票「편도 [pyeon-do]」或來回票「왕복 [wang-bok]」，且年齡介於 0 到 13 歲（虛歲）的小朋友也可購買兒童票。

出境時，航班資訊看板上的韓文有那些呢？

1 출발 예정 시간

[chul-bal ye-jeong si-gan]

n. 航班起飛時間

2 항공사 [hang-gong-sa] n. 航空公司

3 편명 [pyeon-myeong] ph. 航班編號

4 도착지 [do-chak-jji] n. 目的地

5 탑승구 번호 [tab-sseung-gu beon-ho]

ph. 登機口編號、登機門編號

6 출발 변경 시간

[chul-bal byeon-gyeong si-gan]

n. 出發變更時間

7 탑승 준비 [tap-sseung jun-bi] ph. 前往登機

8 지연 [ji-yeon] n. 誤點

◆ **Tips** ◆

生活小常識：自助報到與自動通關

目前仁川機場大多都採取自助服務，從報到辦理登機手續到掛行李，皆可自行操作完成。只要旅客入境韓國後前往申請，便可享受快速通關的便利。韓國政府為了讓外國旅客能更加快速進出韓國，2019 年 7 月更公告，滿 17 歲以上且停留時間不超過 90 天，且入境時登錄過指紋和臉部者，出境時，即便事先不申請，也可經由快速通關自動通關。如此一來，不僅可避免乘客擁擠造成混亂，還能加快客流量，提升機場服務效率。

登機證上有哪些韓文呢？

1. 탑승권 [tap-sseung-kkwon]
   n. 登機證

2. 승객 이름 [seung-gaek i-reum]
   n. 乘客姓名

3. 출발지 [chul-banl-jji] ph. 出發地

4. 도착지 [do-chak-jji] n. 目的地

5. 탑승 시간 [tap-sseung si-gan]
   n. 登機時間

6. 탑승구 [tap-sseung-gu] n. 登機口

7. 좌석 번호 [jwa-seok beon-ho]
   n. 座位號碼

8. 편명 [pyeon-myeong] n. 航班編號

02 在飛機上

機艙內常見的韓文有哪些？

1. 기내 [ki-nae] n. 機內

2. 선반 [seon-ban] n. 行李置物櫃

3. 선반 뚜껑 [seon-ban ttu-kkeong]
   n. 行李置物櫃蓋子

4. 창쪽 [chang-jjok] n. 靠窗

5. 통로쪽 [tong-no-jjok] n. 靠走道

6 모니터 [mo-ni-teo] n. 螢幕

7 리모컨 [ri-mo-keon] n. 遙控器

8 이어폰 꽂는 곳

[ii-eo-pon kkon-neun got] ph.

耳機孔

9 금연 표시 [geu-myeon pyo-si] n.
禁菸警示燈

10 안전벨트 [an-jeon-bel-teu] n. 安全帶

11 안전벨트 착용 표시

[an-jeon-bel-teu cha-gyong pyo-si]

ph. 安全帶警示燈

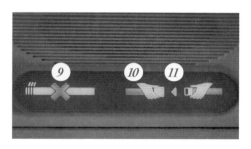

◆ Chapter4
공항 機場

12 팔걸이 [pal-geo-ri] n. 扶手

13 기내식 선반 [ki-nae-sik seon-ban] n.
餐桌

14 컵 놓는 곳 [keop non-neun got] ph.
置杯處

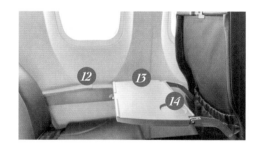

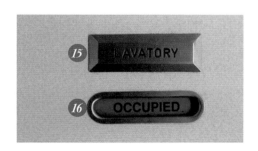

15 화장실 [hua-jang-sil] n. 洗手間

16 사용 중 [sa-yong jung] n. 使用中

機上供餐時，常用的韓文有哪些？

・空服員這麼說

1. 저희 비행기는 잠시 기내식 서비스를 시작하도록 하겠습니다.
   各位旅客，我們即將開始供應機上餐點。

2. 식판을 내려주시겠습니까? 可以請您把餐桌放下來嗎？

3. 고객님, 채식 주문하신 것 맞으시지요. 먼저 드리도록 하겠습니다.
   先生 / 小姐，您訂素食吧？先給您。

4. 어머님, 유아의 기내식부터 먼저 드리도록 하겠습니다.
   這位媽媽，先給您寶寶的餐點。

5. 닭고기와 생선 중에 무엇으로 하시겠습니까? 您要雞肉或魚排？

6. 밥과 면 중에서 무엇으로 하시겠습니까? 您要米飯或麵食？

7. 음료는 무엇으로 하시겠습니까? 您要喝什麼飲料？

8. 커피 드시겠습니까? 您要喝咖啡嗎？

9. 차 드시겠습니까? 您要喝茶嗎？

10. 잠시만요. 바로 갖다 드리도록 하겠습니다. 請稍候，馬上為您送來。

・旅客這麼說

1. 저는 소고기로 주세요. 請給我牛肉。

2. 저는 면으로 주세요. 請給我麵。

3. 빵 좀 더 주실 수 있으세요? 可以再給我麵包嗎？

4. 저도 고추장 하나 주세요. 我也要辣椒醬。

5. 저는 한국 맥주 주세요. 我要韓國啤酒。

6. 커피 좀 더 주시겠어요? 可以再給我一些咖啡嗎？

7. 물 좀 더 주세요. 請再給我一杯水。

8. 제 것도 치워주세요. 我的也請倒滿。

Part02_21

03 入境出關、拿行李

飛機抵達目的地時，要如何依指示入境呢？

飛機抵達目的地後，如圖片所示，請先查看「수하물 찾는 곳 [su-ha-mul chan-neun got]（行李提領處）」，找到自己乘坐的班機編號，依照指示號碼前往該處等候行李，這樣才不會等不到自己的行李。然而有時候因行李箱過於相似，會發生誤取行李的狀況，此時不要驚慌，請到「수하물 분실 신고 [su-ha-mul bun-sil sin-go]（行李遺失申報）」進行申報，清楚向工作人員描述自己的行李，這樣找回的可能性滿高的。

제 가방이 다른 사람의 가방과 바뀐 것 같아요.
我的行李箱好像被人拿錯了。

過海關時，常用的韓文有哪些？

- **海關職員**

1. 홍콩에서 출발하셨습니까? 您是從香港出發的嗎？
2. 양손의 검지를 대 주십시오. 請將雙手食指按壓在上面。
3. 이쪽 카메라를 봐 주세요. 請看這邊的相機。
4. 여행 목적이 무엇입니까? 您旅行的目的是什麼？
5. 이 주소는 누구의 주소입니까? 這地址是誰的？
6. 소지하고 있는 현금이 얼마 정도입니까? 您攜帶多少現金？
7. 얼마 동안 머무를 예정입니까? 您預定停留多久？
8. 전화 번호를 바르게 써 주십시오. 請正確填寫您的電話號碼。
9. 여기에 입국 전 경유한 나라가 있습니까? 您入境韓國前去過哪些國家？
10. 신고하실 물품이 있으십니까? 您有要申報的物品嗎？

◆ Chapter4 공항 機場

- 入境者

1. 홍콩에서 출발했습니다. 我是從香港出發的。
2. 입국 목적은 자유 여행입니다. 我是來自助旅行的。
3. 이 주소의 호텔에서 묵을 것입니다. 我要在這個地址的旅館住宿。
4. 한국 친구가 있습니다. 我有韓國朋友。
5. 한국 친구의 전화 번호입니다. 這是韓國朋友的電話。
6. 일주일 머무를 것입니다. 我要停留一週。
7. 한국에 입국하기 전 경유한 나라가 없습니다. 我入境韓國之前沒去過別的國家。
8. 신고할 물품이 없습니다. 我沒有要申報的物品。

◆ Tips ◆

出入境章逐漸走入歷史

您喜歡蒐集各國出入境章嗎？就像集郵一樣，許多人前往各國旅遊時，都喜歡蒐集海關人員蓋在護照上的章戳作為紀念。但近年來各國政府為解決機場擁擠問題紛紛推行自動通關，旅客只要掃瞄護照後進行人臉與指紋辨識，便可用最短的時間快速通關。全程自動化服務，省略掉海關人工查驗蓋戳章的步驟，讓許多以蒐集出入境為樂趣的旅客大失所望。但告訴大家一個好消息，即便使用自動通關，大家還是可以到查驗櫃檯補蓋當次出入境查驗章戳喔。一來省去各國資料庫連線不及時造成的麻煩，又可以達到蒐集章戳的樂趣，何樂而不為呢？

Part02_22

飛機降落抵達目的地時，航班資訊看板上的韓文有哪些？
入境過程中又會用到哪些單字呢？

① 국제선 도착 [guk-jje-son do-chak] n. 國際線抵達

② 예정 시각 [ye-jong si-gak] n. 預定抵達時間

③ 변경 시각 [byon-gyong si-gak] n. 變更後抵達時間

④ 출발지 [chul-bal-jji] n. 出發地

⑤ 항공사 [hang-gong-sa] n. 航空公司

⑥ 편명 [pyon-myong] n. 航班編號

⑦ 벨트 [bel-teu] n. 行李轉盤編號

⑧ 상태 [sang-tae] n. 航班狀態

⑨ 도착 [do-chak] n. 抵達

⑩ 지연 [ji-yon] n. 誤點

◆ Chapter4
공항 機場

11. 입국 [ip-kkuk] n. 入境
12. 입국 심사 [ip-kkuk sim-sa] n. 入境審查
13. 탑승교 [tap-sseung-gyo] n. 空橋
14. 수하물 분실 신고 [su-ha-mul bun-sil sin-go] n. 行李遺失申報

15. 캐러셀 [kae-reo-sel] n. 行李輸送帶
16. 공항 카트 [gong-hang ka-teu] n. 機場手推車
17. 짐 찾는 곳 [jim chan-neun got] ph. 行李領取處
18. 환승 [hwan-seung] n. 轉機
19. 대기선 [dae-gi-seon] n. 行李等候線

◆ Tips ◆

韓國海關申報的額度

若你興沖沖為朋友準備禮物，卻因不小心攜帶超過免申報額度的物品入境而吃上罰鍰，是一件非常掃興的事。因此造訪韓國前，請務必留意入境時，外幣現鈔、香水、菸酒的免申報額度。若超過限額，請依法申報，否則會被課徵不少罰鍰。

Part02_23

取行李時會用到哪些韓文呢？

1. 가방이 나오다 ph. 行李出來了
2. 가방을 들다 ph. 提行李
3. 트렁크를 끌다 ph. 拉行李箱
4. 배낭을 메다 ph. 背背包
5. 가방을 싣다 ph. 裝載行李

6. 짐을 쌓다 ph. 堆行李
7. 여행 가방을 옮기다 ph. 搬行李箱
8. 트렁크 커버를 벗기다 ph. 拿掉行李箱套

拿行李時可能會用到的句子

1. 짐 나오는 곳이 어디예요? 請問行李領取處在哪裡？
2. 몇 번 벨트로 가야 돼요? 要到幾號行李轉盤？
3. 짐이 아직 안 나온 것 같아요. 行李好像還沒出來。
4. 저희 가방 하나가 아직 안 나왔어요. 我們還有一個行李沒出來。
5. 제 가방이 안 보여요. 沒看到我的行李。
6. 실례지만, 기다려도 제 짐이 보이지 않는데 어떻게 하죠?
   不好意思，我等半天都沒看到我的行李，請問該怎麼辦？
7. 수하물 분실 신고를 하려면 어디로 나가야 돼요? 請問要到哪裡申報行李遺失？
8. 수하물 분실 신고 하는 데까지 좀 안내해 주시겠어요?
   您能不能帶我去行李遺失申報服務處？
9. 한국어를 잘 못해요. 중국어나 영어로 말씀해 주시겠어요?
   我不會說韓語，您能不能說中文或英語？
10. 제 가방은 빨간색 트렁크 종류예요. 我的行李是紅色行李箱。

◆ Tips ◆

首爾仁川機場第二航廈

為因應逐年增加的旅客，韓國從 2018 年 1 月 18 日起啟用第二航廈。從原本的一個航廈分成兩個，即第一航廈「제1여객 터미널 [je il yeo-gaek teo-mi-neol]」和第二航廈「제2여객 터미널 [je ii yeo-gaek teo-mi-neol]」。第二航廈專供大韓航空、美國 Delta 航空、法國 Air France、荷蘭的 KLM 航空公司使用，藉此舒緩航廈的擁擠。

도로 道路

這些應該怎麼說?

Part02_24

道路配置

1 차도 [cha-do] n. 車道、馬路

2 인도 [in-do] n. 人行道

3 횡단보도 [hoeng-dan-bo-do] n.
行人穿越道

4 정지선 [jeong-ji-seon] n. 停止線

5 중앙선 [jung-ang-seon] n. 車道中線

6 1차선 [il-cha-seon] n. 內側車道

7 2차선 [i-cha-seon] n. 中內車道

8 3차선 [sam-cha-seon] n. 中外車道

9 4차선 [sa-cha-seon] n. 外側車道

10 가로수 [ga-ro-su] n. 行道樹

11 유턴 구간 [yu-teon gu-gan] n.
迴轉區

12 가로등 [ga-ro-deng] n. 路燈

慣用語小常識：馬路篇

앞에 똥차가 먼저 가야지! 「前面那台水肥車得先開走才行？」

深受儒家思想影響，韓國「長幼有序」的觀念根深蒂固，這個觀念同時反映在了婚事上。其實台灣這邊也是，傳統一點的家庭會認為弟妹比兄姊早婚代表家裡沒規矩，但隨著平均結婚年齡上修，父母擔心不結婚的兄姊會影響要結婚的弟妹，因此許多家庭已不是那麼介意這項傳統。有句諺語大家耳熟能詳，「佔著茅坑不拉屎」。因「長幼有序」導致後面弟妹無法結婚，那個不結婚的兄姊就像「佔著茅坑不拉屎」的那個人，害後面想上廁所的人憋得臉紅耳赤。那這跟水肥車「똥차」又有什麼關係呢？

以前的路都小小一條，大大的水肥車只要一停，後面的車子都別想過了。因此韓國人使用「똥차」來比喻「過了適婚年齡卻不結婚的人」，意即早該結婚卻不結婚的人，卡在那裡擋了後面要結婚之人的路。「똥차（水肥車、破車）＝윗사람（上位者）＝혼기를 놓친 윗사람（過適婚年齡的上位者）」，當大的不想結婚，做父母的逼不了大的就逼小的，而小的也還不想結婚時，就會拿前面還沒結婚的兄姊當擋箭牌，把長幼有序端出來，但這其實不過只是藉口罷了。

가: 너 아직 결혼 안 해?

　　你還不結婚嗎？

나: 앞에 똥차가 먼저 가야지. 똥차도 못 가고 있는데 내가 어떻게 먼저 가.

　　當然要等兄姊先結婚我才能結啊，他們不結我怎麼結？

　　（直譯：前面的水肥車要先開走啊！水肥車不開走我怎麼走？）

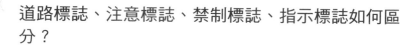

道路標誌、注意標誌、禁制標誌、指示標誌如何區分？

首先「주의 표시 [ju-i pyo-si]（警告標誌）」是黃底、三角形紅框。大多用在平交道、十字路口、三叉路口等處。

「금지 표시 [geum-ji pyo-si]（禁止標誌）」是表示限制和禁止的標誌，是以白底、紅圈或紅底為主。如禁止超車、禁止暫停區、禁止停車區等。

「지시 표시 [ji-si pyo-si]（指示標誌）」以藍底白色圖案為主，是指示道路通行法等事項的標誌。如表示幼兒保護區、腳踏車專用道、停車場等。

「관광지 표시 [gwan-gwang-ji pyo-si]（觀光地標誌）」在韓國以褐底、白字表示。若在路上見到這個標誌，可以親身去體驗一下。

Part02_25

공사 중

[gong-sa jung]
n. 施工中

T자형 도로

[ti-jja-hyeong
do-ro]
n. T 形道路

미끄럼 주의

[mi-kkeu-leom
ju-i]
n. 小心路滑

과속 방지 턱

[gwa-sok bang-
ji teok]
n. 減速帶

진입 금지

[ji-nip geum-ji]
n. 禁止進入

직진 금지

[jik-jjin geum-ji]
n. 禁止直行

유턴 금지

[yu-teon geum-ji]
n. 禁止迴轉

최저 속도 제한

[choe-jeo sok-tto
je-han]
n. 最低限速

보행자 전용 도로

[bo-haeng-ja jeo-
nyong do-ro]
n. 行人專用道

자전거 전용

[ja-jeon-geo
jeo-nyong]
n. 自行車專用道

주차장

[ju-cha-jang]
n. 停車場

버스 전용

[beo-seu jeo-nyong]
n. 公車專用道

Part02_26

1. 사거리 [sa-geo-ri] n.
   十字路口
2. 코너 [ko-neo] n. 轉角
3. 주차금지구역
   [ju-cha-geum-ji-gu-yeok] n.
   禁止停車區
4. 횡단보도
   [hoeng-dan-bo-do] n.
   行人穿越道、斑馬線
5. 차선 [cha-seon] n. 車道線
6. 가로등 [ga-ro-deng] n. 路燈
7. 신호등 [sin-ho-deng] n.
   紅綠燈
8. 인도 [in-do] n. 人行道

◆ **Tips** ◆

韓國街景的一大特色，立在路口的超大遮陽傘 그늘막

大家去韓國的時候，有發現路口這個大大的遮陽傘嗎？韓國近年來紛紛於路口設立超大遮陽傘，讓路人等紅綠燈時，可以暫時躲避烈日摧殘。原本這種設立在路邊提供路人遮陽的東西都是設立 천막（帳篷）[cheon-mak]，但這幾年開始紛紛換成圖中這種超大遮陽傘。據說這個主意是某位首爾區廳長提出，試辦之後反應良好，因此將這項公共設施拓展至全國各地。目前南至釜山街口大部分都已設立這種大型遮陽傘，是不是覺得台灣也很需要呢？

要怎麼用韓文表達各種走路方式呢？

・ **快走**

上下班通勤時間，很多人為了趕車會走得很快，但又不到小跑步的程度。這種走得比平常走路還要快的走法叫做「빨리 걷다 [bbal-ri geot-tta]」。

빨리 걸어, 신호등 바뀐다.

走快一點，要紅燈了。

・ **慢走**

當我們跟朋友一起旅遊、逛街，或跟同事中午外出用餐時，通常走路的速度都不會很快。這種慢條斯理的走路方式，韓文叫做「천천히 걷다 [cheon-cheo-ni geot-tta]」。

이 벚꽃 좀 봐. 우리 천천히 걸으면서 감상하자.

看看這櫻花，我們慢慢走欣賞吧。

・ **牽著手走**

情侶、朋友、家人之間，為了表示彼此關係親密，走在路上常會手牽著手。或是某人為了保護誰的安全，也會牽著對方的手走路。這種牽著手走路的韓文說法是「손을 잡고 걷다 [so-neul jap-kko geot-tta]」。

횡단보도 건널 때 위험하니까, 엄마 손을 잡고 건너자.

過馬路的時候危險，牽著媽媽的手走。

• 爬坡

韓國因地形關係，道路起伏大，處處可見坡道언덕 [eon-deog]。爬坡道的韓文是「언덕을 올라가다 [eon-deo-geul ol-ra-ga-da]」。若你跟朋友說우리 올라가자，朋友可能會一頭霧水，因為這種說法表達得不夠清楚，可能會造成誤會。所以，當你要表達「我們爬坡上去吧」的時候，最好還是把「坡道」兩個字一起說出來會比較好。

여기서부터 언덕이야. 우리 천천히 언덕을 올라가 보자.
從這裡開始是坡道，我們慢慢走上去吧。

• 下坡

跟爬坡道上去一樣，當你跟朋友說「我們下去吧」的時候，為了避免語意不清，請記得不要只說내려가다，而是把坡道一起說出來，說「우리 언덕을 내려가자 [u-li eon-deo-geul nae-reo-ga-ja]」。如果下坡時身上穿著韓服，記得稍微把裙子提起來，或是走得小心一點，不然很容易踩到裙襬跌倒喔。

우리 천천히 언덕을 내려가 보자.
我們慢慢走下去吧。

• 行軍、行進

大家有想過嗎？許多人列隊移動，或軍人列隊長距離移動的韓文是什麼？걷다？보행하다？都不是喔。這種團體列隊長距離移動的韓文叫행군하다 [haeng-gun-ha-da]（行軍）」、행진하다 [haeng-jin-ha-da]（行進）」。所以，如果我們要跟韓國人介紹儀隊行進，也可以用這兩個字。

군인들의 행군 너무 멋있지 않아요?
你不覺得軍人行軍真是帥爆了嗎？

◆◆◆ 02 開車

Part02_27

● 汽車的「各項構造」韓文怎麼說？

● 외부 外部

1 라디에이터 그릴
[ra-di-e-i-teo geu-ril] n. 散熱裝置

2 헤드라이트 [he-deu-ra-i-teu] n.
大燈、車頭燈

3 번호판 [beon-ho-pan] n. 車牌

4 방향 지시 등 [bang-hyang ji-si deung]
n. 方向燈

5 뒷 범퍼 [dwit beom-peo] n. 後保險桿

6 배기관 [bae-gi-gwan] n. 排氣管

7 차체 [cha-che] n. 車體

8 창문 [chang-mun] n. 車窗

9 쿼터 창문 [kwo-teo chang-mun] n.
三角窗

10 타이어 [ta-i-eo] n. 輪胎

11 손잡이 [son-ja-bi] n. 車門把手

12 연료통 [yeol-ryo-tong] n. 油箱

13 사이드 미러 [sa-i-deu mi-reo] n.
後視鏡

14 차 문 [cha mun] n. 車門

15 뒷 타이어 [dwit ta-i-eo] n. 後輪

16 휠 [hwil] n. 輪胎鋼圈

17 보닛 [bo-nit] n. 引擎蓋

18 앞면 유리 [am-myeon yu-ri] n.
前擋風玻璃

19 선루프 [soen-ru-peu] n. 汽車天窗

20 차 지붕 [cha ji-bung] n. 車頂

◆ Chapter5 도로 道路

93

● 내부 內部

① 핸들 [haen-deul] n. 方向盤

② 계기판 [gye-gi-pan] n. 儀表板

③ 클랙슨 [keul-raek-sseun] n. 喇叭

④ 와이퍼 스위치 [wa-i-peo seu-wi-chi]
　 n. 雨刷開關

⑤ 스테레오 [seu-te-re-o] n. 音響系統

⑥ 벤틸레이터 [ben-til-re-i-teo] n.
　 通風口

⑦ 손잡이 [son-ja-bi] n. 車門把手

⑧ 자동 버튼 [ja-dong beo-teun] n.
　 自動按鈕

⑨ 브레이크 페달 [beu-re-i-keu pe-dal]
　 n. 煞車踏板

⑩ 운전석 [un-jeon-seok] n. 駕駛座

⑪ 핸드 브레이크
　 [han-deu beu-re-i-keu] n. 手煞車

⑫ 기어 변속기 [gi-eo byeon-sok-kki]
　 n. 排檔桿

⑬ 보조석 [bo-jo-seok] n. 副駕駛座

⑭ 수납 공간 [su-nap gong-gan] n.
　 收納空間

跟汽車有關的單字片語

1. 헤드라이트를 켜다 ph. 開大燈
2. 번호판을 달다 ph. 懸掛車牌
3. 방향 지시 등을 깜빡이다 ph. 方向燈一閃一閃
4. 뒷 범퍼가 찌그러지다 ph. 後保險桿歪了
5. 타이어에 바람이 빠지다 ph. 輪胎漏氣
6. 연료통에 기름을 넣다 ph. 加油到汽車油箱
7. 차 지붕을 닦다 ph. 擦車頂
8. 사이드 미러를 접다 ph. 收後照鏡
9. 선루프를 열다 ph. 打開汽車天窗
10. 핸들을 돌리다 ph. 轉方向盤
11. 클랙슨을 누르다 ph. 按喇叭
12. 안쪽 손잡이를 당기다 ph. 拉車門內側把手
13. 브레이크를 밟다 ph. 踩煞車
14. 운전석에 앉다 ph. 坐在駕駛座上

汽車儀表板上的相關標示韓文怎麼說？

1. RPM 게이지 [al-pi-em ge-i-ji] n. 引擎轉速表
2. 온도계 [on-do-gye] n. 溫度表
3. 연료계 [yeol-ryo-gye] n. 油表
4. 속도계 [sok-tto-gye] n. 時速表
5. 마일계 [ma-il-gye] n. 里程表

◆ Chapter6
도로
道路

자동차/승용차

[ja-dong-cha/
seung-yong-cha]

n. 自用小客車、轎車

경차

[gyeong-cha]

n. 小型車

밴

[baen]

n. 箱型車

전기차

[jeon-gi-cha]

n. 電動車

승합차

[seung-hap-cha]

n. 麵包車

트럭

[teu-reok]

n. 小貨車

지프차

[ji-peu-cha]

n. 吉普車

세단

[se-dan]

n. 四門房車

리무진

[ri-mu-jin]

n. 大型豪華轎車

스포츠카

[seu-po-cheu-ka]

n. 跑車

캠핑카

[kaem-ping-ka]

n. 露營車

오픈카

[o-peun-ka]

n. 敞篷車

Part02_31

시동을 걸다
ph. 發動

엔진을 확인하다
ph. 確認引擎

에어컨을 켜다
ph. 開冷氣

에어백을 확인하다
ph. 確認安全氣囊

와이퍼를 조절하다
ph. 調整雨刷

핸들을 조절하다
ph. 調整方向盤

기어를 변경하다
ph. 換檔

속도를 높이다
ph. 加速

속도를 늦추다
ph. 減速

후진하다
ph. 倒車

길가에 주차하다
ph. 路邊停車

차고에 주차하다
ph. 車庫停車

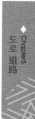
◆ Chapter5
도로 道路

직진	좌회전	우회전	유턴
[jik-jjin]	[jwa-hoe-jeon]	[u-hoe-jeon]	[yu-teon]
n. 直行	n. 左轉	n. 右轉	n. 迴轉

···03 騎機車或腳踏車

Part02_32

機車的「各項構造」韓文怎麼說？

1. 핸들 [haen-deul] n. 機車把手
2. 스탠드 [seu-taen-deu] n. 機車側柱
3. 헤드라이트 [he-deu-ra-i-teu] n. 大燈、車頭燈
4. 방향지시등 [bang-hyang-ji-si-deung] n. 方向燈
5. 흙받이 [heuk-ppa-ji] n. 擋泥板
6. 타이어 [ta-i-eo] n. 輪胎
7. 완충장치 [wan-chung-jang-chi] n. 避震器
8. 연료탱크 [yeol-ryo-taeng-keu] n. 油箱
9. 좌석 [jwa-seok] n. 座位
10. 미등 [mi-deung] n. 車尾燈
11. 배기관 [bae-gi-gwan] n. 排氣管
12. 소음기 [so-eum-gi] n. 消音器

◆ Tips ◆

生活小常識：機車篇

한국의 음식 배달 문화 韓國的外賣配送文化

機車就只有車子本身，若發生交通意外，除了頭上戴安全帽保護頭部，其餘身體部位完全暴露在危險中，因此韓國人皆視騎機車為一種危險行為。但機車實在非常便利，且韓國有非常多的巷弄小路，只有機車才方便穿梭其中，因此對講求快速跟效率的韓國人來說，這種交通工具拿來送外賣最適合不過。所以走在韓國街頭若看到有人摩托車，除了很偶爾會看到重機之外，看到的摩托車幾乎都是送外賣的車。韓國的外賣文化非常先進，即使足不出戶，電話或 APP 點餐都能配送到府。餐館的炸醬麵既便宜又吃得飽，是許多韓國人喜歡點的外賣之一，即使只叫一碗也能外送。下次到韓國旅遊時，不妨在住宿旅館體驗一下外送服務，你會對韓國外送服務的便利讚嘆不已。

腳踏車的「配備」及「各項構造」韓文怎麼說？

Part02_33

● 자전거 용품 腳踏車配備

자전거 헬멧
[ja-jeon-geo hel-met]
n. 自行車安全帽

자전거 신발
[ja-jeon-geo sin-bal]
n. 自行車鞋

자전거 선글라스
[ja-jeon-geo
seon-geul-ra-seu]
n. 自行車太陽眼鏡

자전거 장갑
[ja-jeon-geo jang-gap]
n. 自行車手套

자전거 물통
[ja-jeon-geo mul-tong]
n. 自行車水壺

자전거 자물쇠
[ja-jeon-geo ja-mul-ssoe]
n. 自行車鎖

Chapter5 도로 道路

99

● 자전거 구조 各項構造

1. 바구니 [ba-gu-ni] n. 車籃子
2. 핸들 [haen-deul] n. 把手
3. 브레이크 레버 [beu-re-i-keu le-beo] n. 煞車
4. 바퀴살 [ba-kwi-ssal] n. 輪輻
5. 바퀴 [ba-kwi] n. 車輪
6. 밸브 [bael-beu] n. 氣閥
7. 안장 [an-jang] n. 自行車座墊

8. 페달 [pe-dal] n. 自行車踏板
9. 체인 [che-in] n. 車鏈
10. 브레이크 [beu-re-i-keu] n. 煞車
11. 기어 [gi-eo] n. 齒輪
12. 바퀴 축 [ba-kwi chuk] n. 輪軸

13. 외륜 [oe-ryun] n. 外胎
14. 타이어 [ta-i-eo] n. 輪胎
15. 벨 [bel] n. 車鈴

Part02_34

各種腳踏車用韓文怎麼説？

도로용 자전거
[do-ro-yong ja-jeon-geo]
n. 公路車

산악 자전거
[sa-nak ja-jeon-geo]
n. 登山車

여성용 자전거
[yeo-seong-yong
ja-jeon-geo]
n. 淑女車

세발 자전거
[se-bal ja-jeon-geo]
n. 兒童三輪車

모토크로스
[mo-to-keu-ro-seu]
n. 公路越野車

접이식 자전거
[jeo-bi-sik ja-jeon-geo]
n. 摺疊車

Part 3
학교 學校

♦♦♦ **Chapter1**

캠퍼스 校園

Part03_01

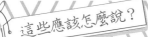

這些應該怎麼說？

校園配置

1 학교 [hak-kkyo] n. 學校

2 교실 [gyo-sil] n. 教室

3 교무실 [gyo-mu-sil] n. 辦公室

4 화단 [hua-dan] n. 花圃

5 스탠드 [seu-taen-deu] n. 觀眾席

6 육상트랙 [yuk-ssang-teu-raek] n. 田徑跑道

7 축구장 [chuk-kku-jang] n. 足球場

8 농구장 [nong-gu-jang] n. 籃球場

你知道嗎？ ▶▶▷◀◁▷▷▷▶▷▷▷▷▶▷▶

学교 시설（學校設施）還有哪些呢？韓文怎麼說？

Part03_02

1. 화장실 [hwa-jang-sil] n. 洗手間
2. 강당 [gang-dang] n. 禮堂
3. 실내 체육관 [sil-rae che-yuk-kkwan] n.
   室內體育館
4. 운동장 [un-dong-jang] n. 運動場
5. 양호실 [yang-ho-sil] n. 保健室
6. 실내 수영장 [sil-rae su-yeong-jang] n.
   室內游泳池

1. 교장실 [gyo-jang-sil] n. 校長室
2. 교감실 [gyo-gam-sil] n. 副校長室
3. 교무실 [gyo-mu-sil] n. 教務處
4. 총무부 [chong-mu-bu] n. 總務處
5. 인사부 [in-sa-bu] n. 人事室
6. 회계부 [hoe-gye-bu] n. 會計室
7. 선생님 휴게실 [seon-saeng-nim hyu-ge-sil]
   n. 教師休息室
8. 숙직실 [suk-jjik-ssil] n. 值班室
9. 진로 상담실 [jil-ro sang-dam-sil] n.
   職涯發展中心、輔導室
10. 학부모 상담실 [hak-ppu-mo sang-dam-sil] n. 家長諮詢室
11. 인쇄실 [in-swae-sil] n. 印刷輸出中心
12. 경비실 [gyeong-bi-sil] n. 警衛室

1. 교실 [gyo-sil] n. 教室
2. 음악실 [eu-mak-ssil] n. 音樂教室
3. 미술실 [mi-sul-sil] n. 美術教室
4. 과학실 [gwa-hak-ssil] n. 實驗室
5. 어학실 [eo-hak-ssil] n. 語學教室
6. 도서실 [do-seo-sil] n. 圖書館、閱覽室
7. 방송실 [bang-song-sil] n. 視聽教室
8. 컴퓨터실 [keom-pyu-teo-sil] n. 電腦教室

◆ Tips ◆

打造無粉筆灰的健康教學環境

如今在韓國校園，분필 [bun-pil]（粉筆）已成為追憶之物。隨著科技發展，以前學校使用的黑板都改成 강화유리스크린칠판 [gang-hua-yu-ri-seu-keu-rin-chil-pan]（強化玻璃白板）或 화이트보드 [hwa-i-teu-bo-deu]（白板），因此不再會有粉筆灰飛揚，危害師生健康的情況發生，也不會再看到值日生下課揮板擦、清板溝或打掃板擦機的場景了。

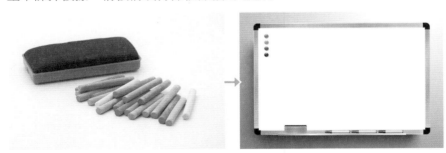

在學校會做什麼呢?

Part03_03

01 — 上學

上學的時候需要些什麼呢?

책가방

[chaek-kka-bang]

n. 書包

교재

[gyu-jae]

n. 教材

공책/노트

[gong-chaek/no-teu]

n. 筆記本

연습장

[yeon-sseup-jjang]

n. 習作本、作業簿

필통

[pil-tong]

n. 鉛筆盒

필통 주머니

[pil-tong ju-meo-ni]

n. 筆袋

교복

[gyo-bok]

n. 制服

체육복

[che-yuk-ppok]

n. 體育服

所需的文具用品

지우개

[ji-u-gae]

n. 橡皮擦

화이트

[hwa-i-teu]

n. 白膠

투명풀

[tu-myeong-pul]

n. 膠水

딱풀

[ttak-pul]

n. 口紅膠

칼

[kal]

n. 美工刀

가위

[ga-wi]

n. 剪刀

자

[ja]

n. 尺

각도기

[gak-tto-gi]

n. 量角器

컴파스

[keom-pa-seu]

n. 圓規

스템플러

[seu-tam-peu-reo]

n. 釘書機

스템플러 심

[seu-tem-peul-leo sim]

n. 釘書針

계산기

[gye-san-gi]

n. 計算機

스카치 테이프

[sue-ka-chi te-i-peu]

n. 透明膠帶

양면 테이프

[yang-myeon te-i-peu]

n. 雙面膠

포스트 잇

[po-seu-teu it]

n. 便利貼

클리어 파일

[keul-ri-eo pa-il]

n. 文件

♦ Tips ♦

韓國的學期制度

韓國的學年有兩個學期，第一學期在 3 ～ 7 月，第二學期在 8 ～ 1 月，中間有寒暑假。學制是 초등학교（小學）6 年，중학교（初中）3 年，고등학교（高中）3 年。小學到初中是免費的義務教育，但韓國成人 90% 以上是高中畢業，是世界上教育水準高的國家之一。

Part03_04

筆的種類有哪些，韓文怎麼說？

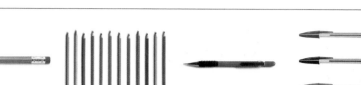

연필
[yeon-pil]
n. 鉛筆

색연필
[saeng-nyeon-pil]
n. 彩色鉛筆

샤프
[sya-peu]
n. 自動鉛筆

볼펜
[bol-pen]
n. 原子筆

사인펜
[sa-in-pen]
n. 簽字筆

형광펜
[hyeong-gwang-pen]
n. 螢光筆

크레파스
[keu-re-pa-seu]
n. 蠟筆

매직
[mae-jik]
n. 魔術筆

◆Tips◆

生活小常識：大學的慶典文化

韓國大學分為4年制大學和2年制專科大學，大部分4年制大學的學校慶典會辦在春季5月，2年制專科大學則辦在秋季9月。因此，如果有大學生說：「우리 학교 축제는 봄이야.（我們學校慶典在春天）」，就可以知道他是4年制大學的學生；如果對方說：「우리 학교 축제는 가을이야.（我們學校慶典在秋天）」，就知道他是專科大學的學生了。

校園裡常見的教職員有哪些？韓文怎麼說呢？

● 유치원 幼稚園

1. 원장님 [won-jang-nim] n. 園長
2. 부원장님 [bu-wong-jang-nim] n. 副園長
3. 실장님 [sil-jang-nim] n. 室長
4. 주방 선생님 [ju-bang seon-saeng-nim] n. 廚房工作人員
5. 기사님 [gi-sa-nim] n. 司機

● 초등학교、중학교、고등학교 中小學

1. 교장 선생님 [gyo-jang seon-saeng-nim] n. 校長
2. 교감 선생님 [gyo-gam seon-saeng-nim] n. 副校長
3. 학년 주임 선생님 [hang-nyeon ju-im seon-saeng-nim] n. 年級主任
4. 담임 선생님 [da-mim seon-saeng-nim] n. 班導師
5. 국어 선생님 [gu-geo sen-saeng-nim] n. 國文老師
6. 영어 선생님 [yeong-eo seon-saeng-nim] n. 英文老師
7. 수학 선생님 [su-hak seon-saeng-nim] n. 數學老師
8. 과학 선생님 [gwa-hak seon-saeng-nim] n. 科學老師
9. 역사 선생님 [yeok-ssa seon-saeng-nim] n. 歷史老師

10. 사회 선생님 [sa-hoe seon-saeng-nim] n. 社會老師
11. 생물 선생님 [saeng-mul seon-saeng-nim] n. 生物老師
12. 지리 선생님 [ji-ri seon-saeng-nim] n. 地理老師
13. 도덕 선생님 [do-deok seon-saeng-nim] n. 道德老師
14. 음악 선생님 [eu-mak seon-saeng-nim] n. 音樂老師
15. 미술 선생님 [mi-sul seon-saeng-nim] n. 美術老師

16. **체육 선생님** [che-yuk seon-saeng-nim] n. 體育老師

17. **무용 선생님** [mu-yong seon-saeng-nim] n. 舞蹈老師

18. **양호 선생님** [yang-ho seon-saeng-nim] n. 保健老師

19. **상담 선생님** [sang-dam seon-saeng-nim] n. 諮商中心老師

20. **영양사 선생님** [yeong-yang-sa seon-saeng-nim] n. 營養師老師

21. **학교 경찰관** [hak-kkyo gyeong-chal-gwan] n. 校警

22. **경비원 아저씨** [gyeong-bi-won a-jeo-ssi] n. 警衛人員

●대학교 大學

1. **총장님** [chong-jang-nim] n. 大學校長

2. **학과장님** [hak-kkwa-jang-nim] n. 系主任

3. **교수님** [gyo-su-nim] n. 教授

4. **부교수님** [bu-gyo-su-nim] n. 副教授

5. **지도 교수님** [ji-do gyo-su-nim] n. 指導教授

6. **강사** [gang-sa] n. 講師

7. **행정 직원** [haeng-jeong ji-gwon] n. 行政人員

8. **아르바이트생** [a-reu-ba-i-teu-saeng] n. 工讀生

Part03_06

校園裡各年級學生的韓文怎麼說？

●유치원、초등학교、중학교、고등학교 幼稚園、小學、國中、高中

1. **유치원생** [yu-chi-wong-saeng] n. 幼稚園學生

2. **초등학생** [cho-deng-hak-ssaeng] n. 小學生

3. **중학생** [jung-hak-ssaeng] n. 國中生

4. **고등학생** [go-deng-hak-ssaeng] n. 高中生

● 대학교、대학원 大學、研究所

1. 대학생 [dae-hak-ssaeng] n. 大學生
2. 대학원생 [dae-ha-gwon-saeng] n. 研究生
3. 재수생 [jae-su-saeng] n. 重考生
4. 휴학생 [hyu-hak-ssaeng] n. 休學生
5. 복학생 [bo-kak-ssaeng] n. 復學生
6. 대학교 1학년 [dae-hak-kkyo il hang-nyeon]
   n. 大學一年級
7. 대학교 2학년 [dae-hak-kkyo i hang-nyeon]
   n. 大學二年級
8. 대학교 3학년 [dae-hak-kkyo sam hang-nyeon]
   n. 大學三年級
9. 대학교 4학년 [dae-hak-kkyo sa-hang-nyeon]
   n. 大學四年級
10. 졸업생 [jo-reop-ssaeng] n. 畢業生
11. 석사 과정 [seok-ssa gwa-jeong] n. 碩士班

12. 박사 과정 [bak-ssa gwa-jeong]
    n. 博士班
13. 교환 학생 [gyo-hwan hak-ssaeng]
    n. 交換學生
14. 외국인 학생
    [oi-gu-gin hak-ssaeng] n. 外籍生
15. 룸 메이트 [rum me-i-teu] n. 室友
16. 동창생 [dong-chang-saeng]
    n. 畢業校友

♦ **Tips** ♦

生活小常識：常聽到的隱語表現「딩」

在韓國連續劇與娛樂節目當中，如果有人水準較低或對某件事情不夠了解、熟練的時候，大家常會用某些話語來替代原本的標準用語，其中大家常常聽到的「○딩 [ding]」就是隱語之一。譬如초딩 [cho-ding]（小學生）、[jung-ding]（國中生）、고딩 [go-ding]（高中生）、대딩 [dae-ding]（大學生）、직딩 [[jik-tting]（上班族）等。雖然無法確切知道「딩」這個用法是從何時開始，但從「大眾文化字典」裡記錄關於「딩」的用法可以得知，「딩」源自「初等、中等、高等」中「等（등)」的漢字發音，不過這個說法也有待考察。「딩」屬於俗語，並非正規用語，這樣的隱語通常帶有輕視、看不起的涵義在內，因此大家在電視上看到藝人被稱為「○딩 [ding]」時，好笑之餘也不要忘記，這樣的稱呼方式其實挺沒禮貌的。除非彼此關係極為親近，或是自嘲時可以這麼說之外，平時不要隨便稱呼別人「○딩

[ding]」。因為就社會語言意義來看，這種說法比起表達親近感，被稱呼者受到輕視的感受更為強烈。所以，大家了解這是什麼意思就好，平常不要隨便亂用，以免不知不覺中冒犯到他人就得不償失了。

너는 말하는 게 왜 이렇게 초딩 같이 유치하냐?

你說的話怎麼像小學生這麼幼稚呀？

너는 초딩처럼 할 줄 아는 게 뭐냐?

你像個小學生一樣，你到底會什麼啊？

02 校內商店與餐廳

校內商店和餐廳的韓文怎麼說？

Part03_07

● 매점 合作社

學生下課時間大多會前往學校合作社購買 과자 [gua-ja]（餅乾）、음료수 [eum-nyo-su]（飲料）、吃起來方便的 빵 [ppang]（麵包）、김밥 [gim-ppap]（紫菜包飯）或 떡볶이 [tteok-ppo-kki]（辣炒年糕）等充飢，這些食物統稱為 간식（零食）。而 간식 還有另一個說法，叫 군것질 [gun-kkeot-jil]。

우리 쉬는 시간에 매점에 가자.
我們下課去合作社吧。

● 간식류 零食類

과자
[gua-ja]
n. 餅乾

사탕
[sa-tang]
n. 糖果

막대사탕
[mak-ttae-sa-tang]
n. 棒棒糖

껌
[kkeom]
n. 口香糖

카라멜
[ka-ra-mel]
n. 牛奶糖

젤리
[jel-ri]
n. 軟糖

아이스크림
[a-i-seu-keu-rim]
n. 冰棒

아이스크림 콘
[a-i-seu-keu-rim kon]
n. 霜淇淋

요거트
[yo-geo-teu]
n. 優格

● 음료수류 飲料類

생수
[saeng-su]
n. 礦泉水

탄산 음료
[tan-san eum-nyo]
n. 汽水

에너지 드링크
[e-neo-ji deu-ring-keu]
n. 能量飲料

우유
[u-yu]
n. 鮮奶

주스
[ju-seu]
n. 果汁

버블티
[beo-beul-ti]
n. 珍珠奶茶

◆◆◆ **Chapter2**

교실 教室

這些應該怎麼說？

Part03_08

走廊配置

① **복도** [bok-tto] n. 走廊
② **복도 창문** [bok-tto chang-mun] n.
　走廊窗戶
③ **신발장** [sin-bal-jjang] n. 鞋櫃
④ **교실 뒷문** [gyo-sil dwin-mun] n.
　教室後門
⑤ **교실 간판** [gyo-sil gan-pan] n.

教室招牌
⑥ **벽면** [byong-myoen] n. 牆壁
⑦ **천장판** [cheon-jang-pan] n. 天花板
⑧ **화분** [hwa-bun] n. 花盆
⑨ **창틀** [chang-teul] n. 窗框
⑩ **마루 바닥** [ma-ru ba-dak] n. 地板

「功課」的韓文怎麼說？

在韓國學校裡，作業、功課的韓文叫숙제 [suk-jje]（宿題）。如果只有學校作業那還算幸運，因為韓國學生還會有補習班的作業。作業可分為받아쓰기 숙제 [ba-da-sseu-gi ssuk-jje]（聽寫作業）、독후감 숙제 [do-ku-gam suk-jje]（心得感想）、글짓기 숙제 [geul-jit-kki suk-jje]（寫作作業）、일기 쓰기 숙제 [il-gi sseu-gi suk-jje]（日記作業）等。可是現在許多學校漸漸不讓學生寫日記作業了，因為日記作業有侵犯個人私生活之嫌，牽涉到人權問題。只能說時代真的變了。而大學以上的作業稱為리포트 [ri-po-teu] 或보고서 [bo-go-seo]（報告），報告又可分成개인별 리포트 [gae-in-byeol ri-po-teu]（個人報告）、조별 리포트 [jo-byeol ri-po-teu]（小組報告）、그룹 리포트 [geu-rup ri-po-teu]（團體報告）等。

◆ Tips ◆

文化小常識：學校廁所篇

빨간 휴지 줄까? 파란 휴지 줄까?
「你要紅色衛生紙呢？還是要藍色衛生紙呢？」

每間學校似乎都會有幾個무서운 전설 [mu-seo-un jeon-seol]（恐怖傳說）或괴담 [goe-dam]（鬼怪奇談）。韓國有很多學校，所在地曾是韓戰後設立的公墓。因為經濟開發和新學校的設立，當時剷平了不少公墓，許多位於山坡地的學校其實早期都是墓地。或許是因為這個緣故，校園內常聽到許多奇聞怪談。譬如在老舊廁所蹲完馬桶之後，聽到有人問：「你要紅色衛生紙呢？還是要藍色衛生紙呢？」乍聽之下也許不覺得害怕，可是當你進入老舊廁所時，就會不自覺想起而感到毛骨悚然。

귀신이 빨간 휴지 줄까? 파란 휴지 줄까?라고 물어보면 절대 대답하지 마.
대답하는 순간 죽으니까.
當你聽到有人問你要紅色衛生紙呢？還是要藍色衛生紙時，絕對不要回答，一回答就死定了。

在教室會做什麼呢？

Part03_10

教室內配置

1. 교훈판 [gyo-hun-pan] n. 校訓
2. 모니터 [mo-ni-teo] n. 電視螢幕
5. 칠판 [chl-pan] n. 黑板
4. 게시판 [ge-si-pan] n. 佈告欄
5. 교탁 [gyo-tak] n. 講桌

6. 전등 스위치 [jeon-deung seu-wi-chi] n. 電燈開關
7. 책상 [chaek-ssang] n. 課桌
8. 의자 [ui-ja] n. 課椅

上課時有哪些常做的事呢？

Part03_11

출석부
[chul-sseok-ppu]
n. 點名簿

질문하다
[jil-mun-ha-da]
v. 提問

토론하다
[to-ron-ha-da]
v. 討論

대답하다
[dae-da-pa-da]
v. 回答

손을 들다
[so-neul deul-da]
ph. 舉手

발표하다
[bal-pyo-ha-da]
v. 報告

칠판에 쓰다
[chil-pa-ne sseu-da]
ph. 黑板上寫字

숙제를 제출하다
[sug-jje-reul je-chul-ha-da]
ph. 交作業

조별 활동
[jo-byel hwal-ttong]
ph. 小組活動

벌을 서다
[beo-reul seo-da]
ph. 受罰

수업이 끝나다
[su-eo-bi kkeun-na-da]
ph. 下課

하교하다
[ha-gyo-ha-da]
v. 放學

常用句子

1. 수업을 시작하겠습니다. 我們開始上課。
2. 출석을 부르겠습니다. 現在來點名。
3. 교과서를 펴세요. 請翻開課本。

4. 먼저 복습을 하겠습니다. 我們先來複習一下。

5. 숙제를 보여 주세요. 請給我看作業。

6. 칠판 내용을 필기하세요. 請抄下黑板上寫的內容。

7. 다시 한 번 설명해 주세요. 請再解釋一遍。

8. 이해가 됐습니까? 了解了嗎？

9. 선생님, 질문이 있습니다. 老師，我有問題。

10. 정답을 대답해 보세요. 請回答。

11. 수업을 끝내도록 하겠습니다. 在…前下課。

12. 쉬는 시간에 화장실을 다녀오세요. 下課休息時間去上廁所。

Part03_12

> **翹課的韓文怎麼說呢？**

通常學生沒去上課的話，韓文可以用「수업에 결석하다 [su-eo-be gyeol-sseo-ka-da]（缺席）」、「수업에 빠지다 [su-eo-be bba-ji-da]（缺課）」來表達；但若是沒有特殊理由，純粹只是不想去上課而缺席時，韓文就會說「땡땡이 치다 [ttaeng-ttaeng-i chi-da]（翹課）」。

날씨도 좋은데 우리 오늘 오후 수업 땡땡이 칠까?
天氣很好，我們今天下午翹課好不好？

◆ **Tips** ◆

生活小常識：修課篇

大學開始鑽研的學習活動叫 전공 [jeon-gong]（主修），現在韓國除了藝術、體育等特殊才藝學系會在一年級就敲定主修之外，其他科系大一通常都是上通識課程，二年級才開始按自己意願選擇主修。若學生覺得自己時間、能力還可以負擔更多，也可依自身能力選擇另一個主修，稱為 복수 전공 [bok-ssu jeon-gong]（雙主修）。同樣的，若學生有本事提早修完學分，在成績、學分、其他各項要求達到學校規定的前提下，可選擇提前畢業。選課方面，一定要修習的科目叫 필수 과목 [pil-ssu gwa-mok]（必修課），不修也可以的科目則叫 선택 과목 [seon-taek gwa-mok]（選修課）。

선배, 이번에 필수 과목은 몇 학점을 신청했어요?
前輩，您這次選了幾個必修學分？

02 考試

你知道嗎？

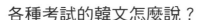

各種考試的韓文怎麼說？

● 校園考試

考試依其重要性或範圍，可分為시험（試驗）、쪽지 시험（隨堂測驗）、고사（考試）或테스트（TEST）。首先，考試統稱為시험 [si-heom]，每學期的兩次大型考試，分別是중간 고사 [jung-gan go-sa]（期中考）和기말 고사 [gi-mal go-sa]（期末考）。大考舉行前，老師不定時會對學生進行쪽지 시험 [jjok jji-si heom]（隨堂測驗），也就是我們說的小考，這個쪽지 시험還有另外一個說法，即外來語音譯的테스트 [te-seu-teu]。而小學生因為還在打母語基礎，除了隨堂測驗、期中考、期末考之外，還多了一個받아쓰기 시험 [ba-da-sseu-gi si-heom]（聽寫考試）。

● 國家考試

韓國原有三種高級公務員考試，사법 고시 [sa-beop go-si]（司法考試）、외무 고시 [oe-mu go-si]（外交資格考試）與 행정 고시 [haeng-jeong go-si]（行政考試）。2009 年 5 月律師考試法制定，附則規定現有之司法考試僅施行至 2017 年便要廢除，原因是司法考試與憲法相衝突，未能達到憲法上的平等、選擇職業之自由並侵犯考生之公務擔任權。如今韓國人若想擔任司法人員，除了必須取得法學院碩士學歷並符合應試資格之外，為避免「고시 낭인（萬年考生）」出現，甚至還限制可報考次數。

●外語考試

韓國人最常考的外語能力考試有英語、日語跟中國語。英語考試種類繁多，最常見的有토플（TOEFL）、아이엘츠（雅思）、텝스（TPES）、SAT、GRE、토셀（TOSEL）、토익（多益）等；일본어 능력 시험 [il-bo-neo neung-nyeog si-heom]（日語能力考試）有 JPT、JLPT 等；韓語考試有한국어 능력 시험 [han-gu-geo neung-nyeok si-heom]（韓語能力測驗 TOPIK）跟국어 능력 인증 시험 [gug-eo neung-nyeog in-jeung si-heom]（國語能力認證考試 TOLK）；中國語考試則有중국어 능력 시험 [jung-gu-geo neung-nyeok si-heom]（中國語檢定測驗 HSK）。

考試時，常見的狀況有哪些？

Part03_14

시험지를 나누어 주다
ph. 發考卷

시험을 보다
ph. 考試

문제를 풀다
ph. 解題

OMR카드에 마킹하다
ph. 在電腦卡上畫卡

정답을 찍다
ph. 猜答案

채점하다
ph. 評分

커닝 쪽지를 만들다
ph. 做作弊紙條

커닝하다
v. 作弊

커닝 쪽지를 돌리다
ph. 傳遞作弊紙條

◆ Tips ◆

考前祝福的禮品文化

韓國有一個考前祝福文化，為了祝朋友考大學或公務員順利高中，會在考生考試前贈送禮品給予祝福。近年來送禮物給考生會贈送巧克力，以前則是贈送有黏性的엿 [yeot]（麥芽糖）或떡 [tteot]（糕餅），因為韓語裡說考上是시험에 붙어라（黏上榜單 / 考試通過）。不過也有人會送포크（叉子）給考生，因為考上的另一個說法是시험을 잘 찍어라（好好作答）。찍다有砍樹、照相、點胭脂、蓋章、蓋指紋、圈點文章的意思，시험을 잘 찍어라直譯是「考試好好點」，意思就是「好好的把答案畫在答案卡上、好好把答案寫在答案卷上」。而現今之所以改送巧克力，實則隱含補充體力之意，有祝福考生保持良好狀態上考場的涵義。

이거 받아. 행운의 포크야. 모르는 문제 있으면 잘 찍어야 돼.
這個拿著，這是幸運叉子。若有題目看不懂，一定要慎選作答。

보건실 保健室

這些應該怎麼說？

Part03_15

保健室配置

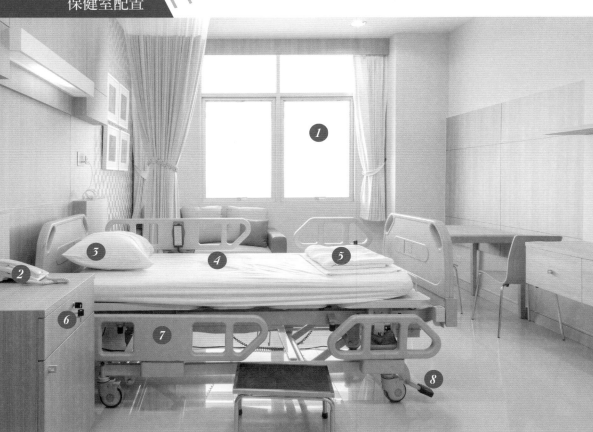

1 보건실 [bo-geon-sil] n. 保健室

2 내선 전화기 [nae-seon jeon-hua-gi]
n. 內線電話

3 베게 [be-ge] n. 枕頭

4 병상 [byeong-sang] n. 病床

5 덮는 이불 [deom-neun i-bul] n. 被子

6 물품 서랍장 [mul-pum seo-rap-jjang]
n. 抽屜櫃

7 낙상 방지 고정대
[nak-ssang bang-ji go-jeong-dae] n.
護欄

8 높이 조절 [no-pi jo-jeol] n. 高度調整

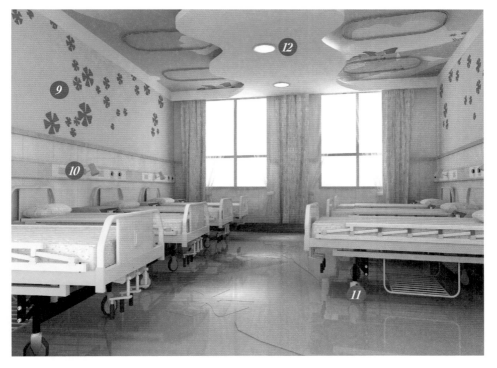

⑨ 어린이 보건실 [eo-ri-ni bo-geon-sil]
n. 兒童保健室

⑩ 보조등 [bo-jo-deung] n. 輔助燈

⑪ 이동 바퀴 [i-dong ba-kwi] n. 滑輪

⑫ 천장 등 [cheon-jang deung] n.
雲幕燈

◆ Tips ◆

考前祝福的禮品文化

韓國學校裡的保健室「보건실」[bo-geon-sil] 原本稱為養護室「양호실」[yang-ho-sil]。若說過去「養護室」這個詞彙，業務理念是以傳染病預防跟簡單疾病治療之健康管理及事後處置為主；那麼，現今「保健室」的業務理念，則是考量到孩童與孩童活動之周邊環境，且與地區、社會整體時代變遷有關。故養護室改稱保健室，養護老師改稱保健老師，不過是順應時代潮流的一個名稱變動罷了。

오늘 감기몸살이 심해서 체육 시간에 보건실에 가서 쉬었어요.
我今天感冒很嚴重，體育課時就到保健室休息了。

01 包紮治療

Part03_16

受傷了要怎麼用韓文説呢?

베이다
[be-i-da]
v. 被割傷

뭉치다
[mung-chi-da]
v. 拉傷

삐다
[ppi-da]
v. 扭傷

탈골이 되다
[tal-go-ri doe-da]
ph. 脫臼

멍이 들다
[meong-i deul-da]
ph. 瘀青

골절되다
[gol-jjeol-doe-da]
v. 骨折

경련
[gyeong-nyeon]
n. 抽筋

데이다
[de-i-da]
v. 燙傷

在保健室的基本治療方式有哪些?

붕대를 감다
ph. 纏繃帶

밴드를 붙이다
ph. 貼 OK 繃

파스를 붙이다
ph. 貼藥布

얼음 찜질을 하다

ph. 冰敷

요오드를 바르다

ph. 擦碘酒

소독을 하다

ph. 消毒

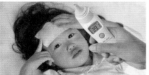

열을 재다

ph. 量體溫

약을 먹다

ph. 吃藥

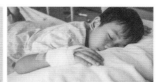

휴식을 취하다

ph. 休息

基本的醫療用品有哪些？韓文怎麼說？

들것

[deul-kkeot]

n. 擔架

목발

[mog-ppal]

n. 拐杖

청진기

[cheong-jin-gi]

n. 聽診器

체온계

[che-on-gye]

n. 體溫計

귀 온도계

[gwi on-do-gye]

n. 耳溫槍

혈압 측정기

[hyeo-rap cheuk-jjeong-gi]

n. 血壓計

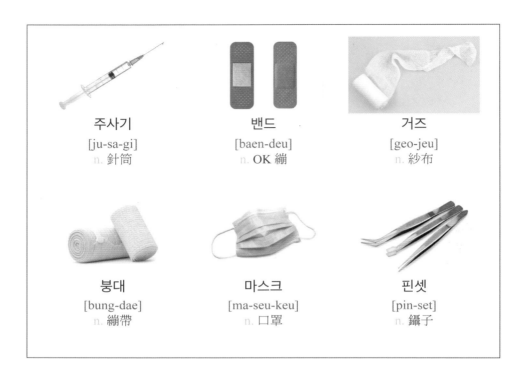

주사기
[ju-sa-gi]
n. 針筒

밴드
[baen-deu]
n. OK 繃

거즈
[geo-jeu]
n. 紗布

붕대
[bung-dae]
n. 繃帶

마스크
[ma-seu-keu]
n. 口罩

핀셋
[pin-set]
n. 鑷子

···02 休息

Part03_17

常見的身體不適症狀有哪些呢？

두통
[du-tong]
n. 頭痛

치통
[chi-tong]
n. 牙齒痛

생리통
[saeng-ni-tong]
n. 生理痛

위통
[wi-tong]
n. 胃疼

열이 나다
[yeo-ri na-da]
n. 發燒

구토를 하다
[gu-to-reul ha-da]
n. 嘔吐

Part03_18

有哪些舒緩不適的基本藥物呢？

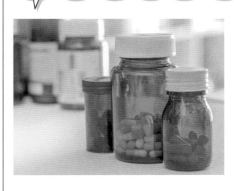

1. 알약 [al-ryak] n. 藥丸
2. 물약 [mul-ryak] n. 藥水
3. 가루약 [ga-ru-yak] n. 藥粉
4. 캡슐약 [keep-ssyu-ryak] n. 膠囊
5. 기침약 [gi-chim-nyak] n. 咳嗽藥
6. 진통제 [jin-tong-je] n. 止痛藥
7. 해열제 [hae-yeol-jje] n. 退燒藥
8. 아스피린 [a-seu-pi-rin] n. 阿斯匹靈

두통이 너무 심할 때는 진통제를 복용하는 편이에요.
頭痛非常厲害時，一般會服用止痛藥。

127

강당 禮堂

這些應該怎麼說？

Part03_19

禮堂配置

❶ 강당 [gnag-dang] n. 禮堂
❷ 좌석 [jwa-seok] n. 座席
❸ 통로 [tong-no] n. 通道
❹ 테이블 [te-i-beul] n. 桌子
❺ 사회자석 [sa-hoe-ja-seok] n. 司儀台
❻ 계단 [gyeo-dan] n. 臺階
❼ 연단 [yeon-dan] n. 講台
❽ 연단 아래 [yeon-dan a-rae] n. 台下

慣用語小常識：舞台篇

내가 제일 잘나가 「我是最好的」

雖然這不是正式的慣用語，但因為偶像
團體歌名的緣故，這句話廣為大家所知。
當我們站在台上成為焦點，面對聽眾、
觀眾耳目集中的情況時（例如公演、演
講、發表等），總會感到緊張。為了克
服這項心理障礙，表演者要建立내가 제
일 잘나가 [nae-ga je-il jal-ra-ga]（我是最好的）的信念。只要能克服上台的
恐懼與壓力，建立自信，表演就會得到聽眾、觀眾的信賴。

Part03_20

> 在禮堂常舉辦什麼活動呢？

1. 입학식 오리엔테이션
   [i-pak-ssik o-li-en-te-i-syeon]
   n. 新生輔導

2. 입학식 [i-pak-ssik] n. 入學典禮

3. 졸업식 [jo-reop-ssik] n. 畢業典禮

4. 개교 기념일 행사 [gae-gyo gi-nyeo-mil haeng-sa] n. 校慶

5. 교내 축제 [gyo-nae chuk-jje] n. 校內慶典

6. 각종 대회 [gak-jjong dae-hoe] n. 各種比賽

7. 각종 발표회 [gak-jjong bal-pyo-hoe] n. 各種發表會

8. 초청 강연회 [cho-cheong gang-yeon-hoe] n. 特邀演講

在禮堂會做什麼呢？

01　開週會

Part03_21

開週會時常做的事有哪些？韓文怎麼說？

조회
[jo-hoe]
n. 朝會

상을 받다
[sang-eul bat-tta]
ph. 領獎

교장 선생님 훈화
[gyo-jang seon-saeng-nim hun-hua]
n. 校長訓話

학생 체조
[hag-ssaeng che-jo]
n. 學生體操

學校常見的會議有哪些種類？韓文怎麼說？

在韓國，小學到高中都有所謂的아침 조회 [a-chlm jo-hoe]（朝會）。有的學校是一週一次，有的是一個月一次；有的在講堂或操場舉行，有的在教室舉行。不僅如此，小學到大學，開學典禮之前都會舉辦신입생 오리엔테이션 [si-nip-ssaeng o-ri-en-te-i-syeon]（新生說明會），就學期間也有讓學生家長了解學校生活狀況的학부모 오리엔테이션 [hak-ppu-mo o-ri-en-te-i-syeon] 或학부모 설명회 [hak-ppu-mo seonl-myeong-hoe]，意思是家長說明會。

此外，初中階段另有고등학교 진학전형설명회 [go-deng-hak-kkyo jin-hag-jeon-hyeong-seol-myeong-hoe]（高中申請入學說明會），高中階段也有대학교 진학전형설명회 [dae-hak-kkyo jin-hak-jeon-hyeong-seol-myeong-hoe]（大學申請入學說明會），大學則有취업 설명회 [chwi-eop seol-myeong-hoe]（就業說明會），或是大學和企業共同舉辦的취업 박람회 [chwi-eop bang-nam-hoe]（就業博覽會）。

오늘 아침 조회는 강당에서 진행하도록 하겠습니다.
今天的朝會在禮堂舉行。

학부모 설명회에 와 주신 학부모님, 진심으로 감사드립니다.
謹向蒞臨家長說明會的家長們致上萬分謝意。

수업 끝났어? 우리 오후에 있는 취업 설명회 들으러 같이 갈래?
下課了嗎？我們下午要不要一起去看就業博覽會？

你知道嗎？

完美的演講需要什麼元素呢？

韓語俗諺裡有這麼一句話，「말 한마디로 천 냥 빚을 갚는다.（一句話償還千兩債）」。要讓許多人聽了而撼動心弦實在不是容易的事，只有細心考慮到對方的談話才具有說服力。那麼，要怎樣才是好的談話技術呢？

● 인사 問候
演講或上課的成功與否，關鍵在於如何破題。若一開始就太嚴肅、太緊張的話，不只自己累，聽眾也累，大家的注意力便會散渙。因此一開始先來個輕鬆的問候，譬如「안녕하세요.（大家好）」、「식사하셨어요?（用餐了嗎？）」，接着感謝大家蒞臨參與，譬如「이렇게 와 주셔서 감사합니다.（感謝能夠大駕光臨。）」、「바쁘신데도 이렇게 와 주셔서 진심으로 감사드립니다.（非常感謝百忙之中撥冗蒞臨。）」等，可以先這樣跟聽眾打聲招呼，緩和一下氣氛。

● 도입 開場白
跟觀眾做完簡單 인사 [in-sa]（問候）之後，接着就可以進入 도입 [do-ib]（開場白）的部分，介紹接下來要發表的 주제 [ju-je]（主題）。講者在逐一介紹的過程中，可以透過現場觀察得知聽眾反應。觀眾也能在這個階段了解

到今天這場演講或課程的主題為何、重點是什麼,先有點心理準備。而講者抓到聽眾的喜好之後,便能靈機應變,現場調整原先準備好的內容以符合聽眾胃口。

● 주제 내용 **演講內容**

不管學校或職場,講者的 주제 내용 [ju-je nae-yong](主題內容)必須是整場演講或課堂最精華的部分。在這一塊,講者必須將主要內容加以濃縮,用簡單明瞭的方式進行 프레젠테이션 [peu-re-jen-te-i-syeon](簡報)。也就是說,講者要在一定時間內,用最有效率的表達方式將今日重點傳達給觀眾知曉,這樣的表現方式會比以前按稿子、按課本死板板地念要來得生動有趣。

● 결론 **結論**

談話到了 결론 [gyeol-ron](結論)時,演講也差不多進入尾聲。此時要將講過的內容做個 재확인 [jae-hwa-gin](回顧),再次強調今日的重點與目的。講者也可以透過「마지막으로 우리 지금까지의 강의 내용을 재확인 해 보도록 하겠습니다.(最後來回顧一下所說內容。)」這句話,讓聽眾知道演講即將結束。

● 질의응답 **QA 時間**

當講者準備的演講內容告一個段落之後,結束時可以說「제가 준비한 내용은 여기까지입니다. 지금부터는 질의응답 시간을 갖도록 하겠습니다.(我準備的演講內容就到這裡,接下來是觀眾提問時間。)」,然後給聽眾一點時間發問。通常一場講座、論文發表或公司簡報到了最後,都會提供一些時間給坐在下方的人提問,藉由與下方觀眾之間的互動交流,讓該次演講畫上完美的句號。

Part03_24

演講的時候會出現哪些人呢？韓文怎麼說？

연설자

[yeon-seol-jja]

n. 演講人

사회자

[sa-hoe-ja]

n. 司儀

청중

[cheong-jung]

n. 聽眾

演講時會用到的設備，韓文怎麼說呢？

발표자석

[bal-pyo-ja-seok]

n. 演講台

블루투스

[beul-ru-tu-seu]

n. 藍牙耳機

마이크

[ma-i-keu]

n. 麥克風

휴대용 마이크

[hyu-dae-yong
ma-i-keu]

n. 小蜜蜂

Part 4
업무 장소 工作場所

사무실 辦公室

這些應該怎麼說?

Part04_01

辦公室配置

1. 사무실 [sa-mu-sil] n. 辦公室
2. 블라인드 [bul-ra-in-deu] n. 百葉窗
3. 환풍구 [hwan-pung-gu] n. 通風口
4. CCTV [si-si-ti-beu-i] n. 監視器
5. 컴퓨터 [keon-pyu-teo] n. 電腦
6. 키보드 [ki-bo-deu] n. 鍵盤
7. 전화기 [jeon-hua-gi] n. 電話機
8. 책상 [chaek-ssang] n. 辦公桌
9. 의자 [ui-ja] n. 椅子
10. 프린터기 [peu-rin-teo-gi] n. 印表機
11. 쓰레기통 [sseu-re-gi-tong] n. 垃圾桶
12. 마우스 [ma-u-seu] n. 滑鼠

> 「上、下班打卡」的韓文該怎麼說呢？

　　為了考核員工出勤狀況並有個依據核算職員薪資，通常上下班都是要打卡的。這麼做公司不僅可達到監督員工出勤狀況，員工也可憑打卡紀錄保障自身權益。早期的打卡方式都是打출퇴근 기록카드 [chul-toe-geun gi-rok-ka-deu]（出勤卡），這種打卡方式會有一台출퇴근기록기（打卡機）跟一張出勤卡。但隨著時代變遷，打卡的方式不斷改變。現在在韓國，出勤卡幾乎已步入歷史，取而代之的是전자카드 [jen-ja-ka-deu]（電子感應卡）或世界各機場使用的지문인식기 [ji-mun in-sik-kki]（指紋辨識器）。科技日新月異，如今有些政要機關、研究單位甚至採用홍채 인식기 [hong-chae in-sik-kki]（虹膜辨識器）管制進出。

　　那麼，不同方式的打卡，韓文又該怎麼說呢？首先，最早期的「電腦卡打卡」，韓文是카드를 찍다 [ka-deu-leul jjik-tta]。如今廣為使用的「電子感應卡打卡」，口語同樣會說카드를 찍다，但當卡片感應不良時，機器會要求打卡人카드를 대다 [ka-deu-leul dae-da]（感應卡片）。而使用「指紋辨識器」打卡，韓文要說지문인식기에 손가락을 갖다 대다 [ji-mun-in-sik-kki-e son-kka-ra-geul gat-tta dae-da]；使用「虹膜辨識器」打卡，韓文要說홍채인식기에 얼굴을 갖다 대다 [hong-chae-in-sik-kki-e eol-gu-reul gat-tta dae-da]。與此同時，機器會要求對方눈을 가까이 대 주세요 [nu-neul ga-kka-i dae ju-se-yo]。

01 接電話

Part04_02

跟電話相關的動作有哪些？

전화를 받다
ph. 接電話

버튼을 누르다
ph. 撥號

전화를 돌려 주다
ph. 轉接電話

통화를 하다
ph. 通話

메모를 남기다
ph. 留言

전화를 끊다
ph. 掛斷電話

◆ Tips ◆

韓語的「分機」應該怎麼說呢？

名片上，電話號碼後常會看到井字號接幾個簡短數字，井字號後方銜接的號碼，指的就是一個機構裡的구내 번호 [gu-nae beon-ho]（分機號碼），或稱為내선 번호 [nae-seon beon-ho]（內線電話）。當外來訪客無法進入公司內部，須透過外面的電話聯繫辦公室裡的人；或是同公司職員距離遙遠必須靠內線電話聯繫時，均可直接撥這個號碼找到要找的對象。因此，公司接待大廳常會放一座電話，旁邊貼張紙條寫著「급한 경우 저희 부서 내선 번호로 직접 전화를 주시면 감사하겠습니다.（若有緊急情況，煩請直接撥我們部門分機號碼）。」如此一來，外來人員若要找內部人員，撥個電話就可以聯繫上了。

실례지만, 홍보부로 연결 부탁드리겠습니다.
不好意思，麻煩請接宣傳部。

실례지만, 홍보부의 내선 번호가 어떻게 되지요?
不好意思，請問宣傳部分機號碼是幾號？

電話上的按鍵，韓文怎麼說？

Part04_03

1 수화기 [su-hua-gi] n. 話筒

2 버튼 [beo-teun] n. 電話鍵

3 전화벨 울림 표시 등

[jeon-hua-bel ul-rim pyo-si deung]

n. 來電顯示燈

4 줄 [jul] n. 電話線

5 별 표 버튼 [byeol pyo beo-teun]

n. 米字鍵

6 샵 버튼 [syap beo-teun] n. 井字鍵

7 음성 소거 버튼 [eum-seong so-geo beo-teun] n. 靜音鍵

8 재다이얼 버튼 [jae-da-i-eol beo-teun] n. 重撥鍵

韓語的「分機」應該怎麼說呢？

如同我們可以從字跡看出一個人的性格，講電話也可看出一個人的修養。我們打電話時，雖然因彼此之間的親密程度、年齡輩分、目的等，用字遣詞上本就有所不同，但在談話語氣和語調高低方面也會不自覺透露出自己的涵養。尤其在韓國這種階級嚴謹的國家，一切還是以注重禮節為宜。譬如確認話法「지요?（～吧）」，當對話的對象是須要尊敬的對象時，可以加個尊待語，說「양 교수님이시지요?（楊教授吧。）」；當對話的對象只須使用一般的敬語時，可以說「거기 한국대학교지요?（那裡是韓國大學校吧。）」。

★問候＋表明身分

電話接通時，先跟對方打招呼並表明身分是基本的電話禮儀。若什麼都不說，劈頭就講我要找誰，會顯得相當無禮。因此大家可以先說句簡單的問候語，然後再說自己是誰。

그 동안 안녕하셨지요? 저 김 부장입니다.
這段期間是否一切安好？我是金部長。

잘 지내셨지요? 저 박 대리입니다.
過得好嗎？我是朴代理。

건강하시지요? 저 회계부 이 차장입니다.
身體都還好嗎？我是會計部的李次長。

★說明去電目的

1. 介紹完自己的名字後，就可以直接說明你想找的人。
   전화를 건 사람 : 여보세요. 거기 한국대학교지요? 박효정 씨 계세요?
   發話人：喂？請問是韓國大學嗎？朴曉慶小姐在嗎？
   전화는 받는 사람 : 제가 박효정인데요.
   受話人：我就是朴曉慶。

2. 如果對方不在，可以留言，再請對方回電。
전화는 받는 사람 : 지금 박효정 씨 자리에 없는데요. 누구라고 전해 드릴까요?
受話人：朴曉慶小姐現在不在位子上，要告訴她您是哪一位嗎？

3. 如果是撥打公司的電話號碼，總機通常會告知對方的分機號碼後，再幫忙轉接。
전화는 받는 사람 : 잠시만 기다려 주십시오. 박효정 씨 자리는 723번인데 제가 돌려드리겠습니다.
受話人：請稍等，朴曉慶小姐的分機是 723，我幫您轉接。
전화를 건 사람 : 네,감사합니다.
發話人：好的，謝謝。

4. 如果遇到對方忙線中，可以稍後再撥。
전화는 받는 사람 : 여보세요. 박효정 씨가 지금 바쁘셔서 전화를 받을 수 없을 것 같은데요.
受話人：喂？朴曉慶小姐現在好像在忙，沒辦法接電話。
전화를 건 사람 : 아, 그래요. 그러면 제가 다시 전화를 걸게요. 감사합니다.
發話人：啊，這樣啊。那我稍後再撥。謝謝。

5. 談話中如果遇到收訊不好，不要直接掛斷電話，可以先告知對方收訊不好，再重打一次。
전화를 건 사람 : 지금 수신 상태가 별로 안 좋은 것 같은에요. 제가 다시 걸게요.
發話人：現在訊號似乎不太好，我再重打一次。

6. 萬一不小心打錯電話，不要直接掛斷，應該要有禮貌的說聲抱歉，再掛斷電話。
전화를 건 사람 : 죄송합니다. 전화를 잘못 걸었습니다.
-> 發話人：不好意思，我打錯了。

★結束通話

結束通話時，除了說再見之外，還有以下表達方式。
전화는 건 사람 : 통화를 할 수 있어서 기분이 좋았어요.
發話人：能夠跟你通電話，感覺非常高興。
전화를 받는 사람 : 전화해 주셔서 감사합니다. 오늘 하루도 즐거운 하루 보내시기를 바라겠습니다.
受話人：謝謝您的來電，祝您有個愉快的一天。

··· 02 寄電子郵件

韓文的電子郵件怎麼寫呢？

電子郵件的寫作要領、形式、文體等可作為判斷一個人的基準，這裡我們來了解一下基本的電子郵件相關字彙。

---

1 보내는 사람 : company88@gamail.com

2 받는 사람 : jyp@gamail.com

3 참조 : TWjyp@gamail.com

4 숨은 참조 : TWjyp88@gamail.com

5 제목 : 출장 관련

6 첨부 파일 : 출장 비용 예산 파일 (15KB)

7 박효정 과장님께,

8 출장 관련 안내 말씀을 드리겠습니다.
이번 출장은 4 박 5 일 일정입니다.

9 출장 관련 문의가 있으실 시 언제든 말씀해 주시기 바라겠습니다.

10 즐거운 하루 보내십시오.

11 담당자 김보경

12 한국 회사

13 0988-888888

14 company88@gamail.con

★ 머리글 郵件開頭

當我們打開電子信箱準備寫信時，郵件開頭那邊可以看到收件者、副本、密件副本、主旨、附件等內容，有些電子郵件上方還可填寫寄件者要顯示的郵件地址。

1 보내는 사람 [bo-nae-neun sa-ram] 寄件者

一般電子郵件都是登入信箱後進行撰寫，因此不會有寄件者欄位需要填寫郵件地址。但有些電子郵件信箱可能整合了好幾個信箱在一起，因此寄件人寄件時，可以從這個地方挑選要用哪一個電子郵件地址寄送。

2 받는 사람 [ban-neun sa-ram] 收件者

若此處沒有正確填寫，信件有可能無法寄送；若填錯地址，則有可能收到系統郵件告知寄送失敗。有時候為了備份，也可以選擇填入自己的郵件地址寄給自己。可能這個功能太常用了，네이버 메일 [ne-i-beo me-il] 還有一個功能叫做내게쓰기 [nae-ge-sseu-gi]（寫給自己），用戶只要在撰寫郵件的畫面點一下내게쓰기，就可以只輸入標題跟信件內容把郵件寄給自己。

3 참조 [cham-jo] 副本抄送

副本抄送是為了讓非主要人員得知信件內容以達到告知的目的，這個功能在公司行號裡經常使用。譬如 A 職員寫信給廠商，為了讓主管曉得他要聯繫廠商的這件事情，可以在副本抄送填入主管的電子郵件。同樣的，若有其他相關人員需要看到這項內容，也可一併將郵件地址填在此欄位。

4 숨은 참조 [su-meun cham-jo] 密件副本抄送

和副本一樣，密件副本抄送也是為了讓非主要人員得知信件內容以達到告知的目的。不過考量到個人隱私，為避免電子郵件外洩，寄件時選擇숨은참조，信件寄出後，收件者不會知道這份信件有密件副本抄送給其他人，這有時候也是寄件人保護自己的一種手段。

5 제목 [je-mog] 主旨

信件的主旨非常重要，如今每個人的電子信箱幾乎被各種 E-MAIL 塞得滿滿的，甚至天天跟垃圾郵件、廣告信件並列在收件匣裡。若有個簡單明瞭、直切要點的信件主旨，就不怕自己的信淹沒在信箱中，讓人漏看了。若寄件對象是親近的朋友，也可以標為무제 [mu-je]（無題）或是不輸入主旨直接寄送。如此一來，對方收到沒有主旨的郵件時，主旨處會顯示제목 없음 [je-mog eob-seum]（無標題）。

6 첨부 파일 [cheom-bu pa-il] 附件

電子郵件最常夾帶的就是文書檔、圖檔、簡報檔等，每家公司可夾帶附件的大小上限不一，如果檔案太大，夾帶之前最好壓縮一下。我們在撰寫信件內容時，可順帶告知對方有 첨부된 파일 [cheom-bu-doen pa-il]（夾帶附件）提醒對方點閱。如果寄信之後發現漏夾檔案，可補寄告訴對方剛才的信件 첨부된 파일이 없습니다 . ／파일이 첨부되지 않았습니다 .（沒有夾帶到附件）。此外，有夾帶附件最好要提醒對方，畢竟有些附件有 열람 제한 기간（下載期限），超過時間便無法讀取。此時可以貼心的提醒收件人 첨부된 파일 열람 기한이 제한됩니다 .（夾帶的附件有下載期限），請對方於期限內下載完畢。

★ 호칭 稱呼

以往寫電子郵件，不論中文英文，開頭通常都會寫 Dear 某某人。那麼，韓文書信 **7** 開頭部分又該怎麼寫呢？有可能是 사랑하는 ○○에게（親愛的○○）、존경하는 ○○에게（令人尊敬的○○）。但若今天寫的是商業書信，請一定要用對方的職位來稱呼以表示尊重，譬如 김부장님께（金部長）、이차장님께（李次長）。假如對方只是普通職員，可以用全名加上～님께或一般的～씨께，譬如이호선님께、강호씨께。而問候語的部分，因為是書信往來，所以使用書面語的안녕하십니까會比使用口語的안녕하세요來得得體，信件內容也應以書面語撰寫為宜。

★ 본론 正文

8 正文第一段請簡單扼要點出寫信重點，然後說明內容。書寫的內容要考慮是否有明確傳達主要目的，是否能讓對方了解自己的意向等。

9 若希望對方決定什麼事項，最好可以說고려해 주시기 바랍니다 .（盼您考慮。）或긍정적으로 생각해 주시기 바랍니다 .（希望能積極考慮。）這樣可以讓對方再次認真思考。

★ 맺는 말 結尾敬語

10 信件最後通常會給對方一個簡單的結尾敬語，例如祝對方健康、幸福或其他帶有祝福之意的鼓勵話語。譬如건강한 하루 보내시기를 바라겠습니다 .（祝您有個健康愉快的一天。）或축복의 나날이기를 바라겠습니다 .（祝您天天幸福。）

★ 보내는 사람 연락처 寄件人資訊

為了讓收件者能與自己聯繫，通常商業書信往來，信件末端會附上簽名。簽名內容包含寄件者的**⑪**이름 [i-reum]（姓名）、직위 [ji-gwi]（職位）、**⑫**회사명 [hoe-sa-myoeng]（公司名）、**⑬**연락 번호 [yel-rak beon-ho]（連絡電話）、**⑭**이메일 주소 [i-me-il ju-so]（電子信箱）等。

⋯03 處理文件資料

Part04_05

常見的文書處理用品有哪些？

복사기
[bok-ssa-gi]
n. 影印機

스캐너
[seu-kae-neo]
n. 掃描機

팩스
[paek-sseu]
n. 傳真機

분쇄기
[bun-swae-gi]
v. 碎紙機

노트북
[no-teu-buk]
v. 筆電

공유기
[gong-yu-gi]
n. 分享器

종이 재단기
[jong-i jae-dan-gi]
n. 裁紙機

글루건
[geul-ru-geon]
n. 打膠槍

서류철
[seo-ryu-cheol]
n. 文件夾

압정
[ap-jjeong]
n. 圖釘

클립
[keul-rip]
n. 迴紋針

클립집게
[keul-rip-jjip-kke]
n. 長尾夾

會用到的句子

1. 이 자료 다섯 부만 복사해 주시겠어요? 這份資料可以幫我印五份嗎？
2. 여기 틀린 부분 다시 첨삭하세요. 這裡錯的部分請再修訂一下。
3. 이 문서 파일을 부장님께 전달해 드리세요. 請將這個文書檔傳給部長。
4. 회의 전까지 모든 자료 출력해서 책상에 올려 놓으세요.
   請在開會之前把所有的資料印出來，放到桌上。
5. 컴퓨터가 갑자기 꺼셔서 작업하던 문서가 다 날아갔어요.
   電腦突然關機，正在做的檔案都不見了。
6. 컴퓨터가 악성 바이러스에 감염된 것 같아요. 電腦好像中毒了。
7. 프린터기 잉크가 다 된 것 같은데요. 印表機好像沒墨水了。
8. 문서를 날짜 별로 정리한 후 다시 보고하세요. 文件按日期排列之後再重新報告。

電腦的基本文書處理操作有哪些？

Part04_06

컴퓨터를 켜다/끄다
ph. 開 / 關電腦

자판을 치다
ph. 打字

USB를 꽂다
ph. 插入 USB

인터넷을 검색하다
ph. 網路搜尋

인터넷 쇼핑하다
ph. 網路購物

이메일을 보내다/받다
ph. 寄 / 收電子郵件

저장하다
v. 存檔

다운로드를 하다
ph. 下載

프린트를 하다
ph. 列印

✦✦✦ Chapter2
회의실 會議室

這些應該怎麼說？

會議室配置

① 회의실 [hoe-ii-sil] n. 會議室

② 스크린 [seu-keu-lin] n. 投影布幕

③ 유리 화이트보드
[yu-ri hwa-i-teu-bo-deu] n. 玻璃白板

④ 소형 탁자 [so-hyeong tak-jja] n.
小桌子

⑤ 회의 테이블 [hoe-ui te-i-beul] n.
會議桌

⑥ 빔 프로젝트 [bim peu-ro-jek-tteu] n.
投影機

⑦ 의자 [ui-ja] n. 椅子

⑧ 콘센트 [kon-sen-teu] n. 插座

Part04_07

◆ Chapter2
회의실 會議室

會議室裡還有哪些常見的設備？

소형 마이크
[so-hyeong ma-i-keu]
n. 小型麥克風

스피커
[seu-pi-keo]
n. 喇叭

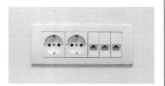

콘센트
[kon-sen-teu]
n. 插座

프레젠테이션 리모컨
[peu-re-jen-te-i-syeon
ri-mo-keon]
n. 簡報遙控器

무선 마우스
[mu-seon ma-u-seu]
n. 無線滑鼠

◆Tips◆

慣用語小常識：會議篇

한 목소리로 찬성하다 / 반대하다
「用一道聲音贊成 / 反對」？

開會時我們總會聽到各種聲音，經過一番討論要做決定時，若無人反對、全場一致表達同意，韓文要說「한 목소리로 찬성하다」[han mok-sso-ri-ro chan-seong-ha-da]（一致通過）；若大家都反對，全場一致表達不同意，韓文要說「한 목소리로 반대하다」[han mok-sso-ri-ro ban-dae-ha-da]（一致反對）。

자 , 그럼 오늘 회의에 대한 결론은 한 목소리로 찬성한 것으로 하겠습니다.
好，那我宣布今天的會議結果全場一致通過。

在會議室會有哪些事？ ▶▶▶▶ ▶ ▶ ▶ ▶ ▶ ▶ ▶ ▶

Part04_09

···01 開會

開會時常見的人、物有哪些，韓文怎麼説？

●人

1. 리더 [ri-deo] n. 領導人
2. 참석자 [cham-seok-jja] n. 出席者
3. 발언인 [ba-reo-nin] n. 發言人
4. 제조업자 [je-jo-eop-jja] n. 廠商
5. 고객/바이어 [go-gaek/ba-i-eo] n. 客戶
6. 팀 멤버 [tim mem-beo] n. 團隊成員
7. 서기 [seo-gi] n. 會議記錄

●物

1. 방음설비 [bang-eum-seol-bi] n. 隔音設備
2. 노트북 [no-teu-buk] n. 筆電
3. 테블리PC [te-beul-ri pi-si] n. 平板電腦
4. 녹음설비 [no-geum-seol-bi] n. 錄音設備
5. 서류 [seo-ryu] n. 文件
6. 보고서 [bo-go-seo] n. 報告
7. 회의 기록 [hoe-ii gi-rok] n. 會議紀錄

이사회

[i-sa-hoe]
n. 董事會會議

화상통화 회의

[hwa-sang-tong-hwa hoe-ii]
n. 視訊會議

전화 회의

[jeon-hua hoe-ii]
n. 電話會議

소그룹 회의

[so-geu-rup hoe-ii]
n. 小組會議

워크샵

[wo-keu-syap]
n. 工作坊 / 研討會

프레젠테이션 발표

[peu-re-jen-te-i-syeon bal-pyo]
n. 簡報

프로젝트 회의

[peu-ro-jeok-teu hoe-ii]
n. 專案會議

판매 회의

[pan-mae hoe-ii]
n. 銷售會議

기획 회의

[gi-hoek hoe-ii]
n. 企劃會議

你知道嗎？ ▷▶◀▶▶▶▶ ▷▶ ◀▷▶▶▶ ▷ ▶▶

미팅、세미나、컨퍼런스、워크샵 這幾個外來語都有「會議、集會」的意思，差別在哪裡？

在韓國，「미팅」[mi-ting]（會議、集會）一詞被用來表達公司內部的簡單會議之前，已被用來表達交友聯誼這種以社交為目的的聚會，或男女相親、介紹的場合。

「세미나」[se-mi-na]（研討會）是指專業人士之間的研討會，也可稱為발표회（發表會）、연구회（研究會）、토론회（討論會）。

「컨퍼런스」[keon-peo-reon-seu]（正式會議）的性質和「세미나」相似，但時間更長且規模更大。

「워크샵」[wo-keu-syap]（工作坊）主要是大學、研究所或研究單位就特定議題舉辦的討論會議。這種活動通常是理論與實務操作一起進行，在工作坊舉辦過程中，參與學生和授課人士會不斷進行交流。

Part04_11

會議上常做的事有哪些呢？

논쟁하다

[non-jaeng-ha-da]

v. 爭論

소통하다

[so-tong-ha-da]

v. 溝通

시범을 보이다

[si-beo-meul bo-i-da]

ph. 示範

협상하다

[hyeop-ssang-ha-da]

v. 協商

회의 기록을 작성하다

[hoe-ii gi-ro-geul
jak-sseong-ha-da]

ph. 做會議記錄

마치다

[ma-chi-da]

v. 結束（會議）

02 接待客戶

Part04_12

接待客戶的基本流程有哪些呢？

마중을 하다

ph. 迎接

숙소를 배정해 드리다

ph. 安排住宿

웃으며 이야기하다

ph. 寒暄

악수를 하다

ph. 握手

명함을 교환하다

ph. 交換名片

자기소개를 하다

ph. 自我介紹

회사를 구경 시켜주다

ph. 帶～參觀

사업 이야기를 하다

ph. 談生意

비즈니스 회의를 하다

ph. 舉行商務會議

계약서에 대해서 토론하다

ph. 討論合約

사인을 하다

ph. 簽署合約

계약서를 체결하다

ph. 簽訂了合約

◆Tips◆

韓語的「分機」應該怎麼說呢？

商務往來常要到機場接送機，當你要送客戶去機場時，請跟對方說 공항까지 모셔다 드리다（送您到機場）；如果送機對象是親密關係的人，可以說～데려다 주다（陪你去）。不過，若是商務往來，就算關係再好，還是要說～모셔다 드리다比較好。

오후 3시 비행기시지요? 저희가 공항까지 모셔다 드리겠습니다.
（您是三點的飛機吧？我們送您到機場去。）

會用到的句子

1. 어서 오십시오. 오시느라고 고생이 많으셨습니다. 歡迎，您一路舟車勞頓了。

2. 오래 기다리게 해 드려서 죄송합니다. 抱歉讓您久等了。

3. 저쪽에 차를 대기해 놓았습니다. 이쪽으로 오시지요.
   我們的車子在那邊恭候，請往這邊走。

4. 오시는 데 불편한 점은 없으셨습니까? 짐은 제가 옮기도록 하겠습니다.
   來的路上沒碰到不方便的事情吧？行李我來搬。

5. 괜찮으시다면 명함을 교환해도 되겠습니까? 이것은 제 명함입니다.
   方便的話，我們能交換一下名片嗎？這是我的名片。

6. 저희가 마련해 드린 숙소에서는 편안하셨습니까? 我們為您準備的住處還可以嗎？

7. 귀 회사와 함께 협력할 수 있게 돼서 진심으로 기쁩니다.
   能夠跟貴公司合作真是榮幸。

8. 협상 후에도 필요하신 것들이 있으시면 언제든 연락 주시기 바랍니다.
   達成協議後如果有任何需要的，請隨時聯絡。

9. 두 회사가 앞으로도 서로에게 좋은 파트너가 되었으면 합니다.
   希望我們兩家公司未來會成為絕佳的合作夥伴。

10. 안녕히 돌아가십시오. 똑 연락을 드리도록 하겠습니다.
    請慢走，我們會盡快聯繫您。

은행 銀行

這些應該怎麼說？

Part04_13

銀行換錢窗口擺設

1 환전 창구 [hwan-jeon chang-kku] n.
換錢窗口

2 비상 전화기 [bi-sang jeon-hwa-gi] n.
緊急電話

3 현금인출기（ATM）
[hyeon-geum-in-chul-gi] n.
自動提款機

4 광고 모니터 [gwang-go mo-ni-teo]
n. 廣告顯示器

5 비밀번호 단말기
[bi-mil-beo-no dan-mal-gi] n.
密碼小鍵盤

6 창구 직원 [chang-kku ji-gwon]
n. 櫃員

⑦ 환율표시기 [hwa-nyul-pyo-si-gi] n. 牌告匯率

⑧ 컴퓨터 모니터
[keom-pyu-teo mo-ni-teo] n.
電腦螢幕

⑨ 차단봉 [cha-dan-bong] n. 紅龍柱

⑩ 대기선 [dae-gi-seon] n. 等候線

Part04_14

銀行裡還有哪些常見的事物呢？

금고
[geum-go]
n. 金庫

비상벨
[bi-sang-bel]
n. 警鈴

현금인출기
[hyen-geum-in-chul-gi]
n. 自動提款機

통장
[tong-jang]
n. 存摺

개인 금고
[gae-in geum-go]
n. 保險櫃

도장
[do-jang]
n. 印鑑

현금 운송차
[hyen-geum un-song-cha]
n. 運鈔車

보안 요원
[bo-an yo-won]
n. 警衛

◆ Tips ◆

生活小常識：인터넷 뱅킹

韓國最早開始使用通信設備處理金融業務的時間可追朔至 1989 年，當時顧客透過金融資訊網得知服務專線，經由撥打電話的方式向銀行詢問金融交易情況、各國外匯匯率或其他金融商品，藉此獲取語音或銀行客服人員的金融服務。後來隨著網路普及，銀行端開始將通訊服務的業務從電話拓展至網際網路，一開始是인터넷 뱅킹（網路銀行），近年來則又新增了모바일뱅킹（手機銀行）。如今大半業務都可自行透過인터넷 뱅킹跟모바일 뱅킹處理完畢，對銀行來說可節省人事成本與物力，對顧客來說可隨時隨地達到即時交易，可謂雙贏。

저는 평소에 인터넷 뱅킹을 자주 사용해요.
我經常使用網路銀行。

컴퓨터와 핸드폰으로 언제, 어디에서나 인터넷 뱅킹을 사용해요.
我透過電腦和行動電話，隨時隨地都可使用網路銀行。

在銀行會做什麼呢？

▶▶▶▶▶ ▶▶▶ ▶▶▶ ▶▶

··· 01 開戶、存／提款

臨櫃有哪些服務？會用到哪些韓文單字、片語呢？

하나 전자금융서비스 신청서(고객용)

신청 구분			

(申請表單內容)

● 계좌 개설 開戶

1. **신규거래 신청서**
[xin-gyu-geo-rae sin-cheng-seo] n.
開戶申請書

2. **통장** [tong-jang] n. 存摺

3. **현금인출카드**
[hyen-geum-in-chul-ka-deu] n.
提款卡

4. **도장** [do-jang] n. 印章

5. **사인** [sa-in] n. 簽名

6. **정기예금** [jeong-gi-ye-geum] n.
定期存款

7. **자유예금** [ja-yu-ye-geum] n.
自由存款

8. **보통예금** [bo-tong-ye-geum] n.
活期存款

ㅎ 하나은행

● 입금 存款

9. **입금하실 때** [ip-kkeum-ha-sil ttae]
ph. 存款時

10. **무통장입금**
[mu-tong-jang-ip-kkeum] n.
無摺存款

11. **타행송금** [ta-haeng-song-geum] n.
跨行轉帳

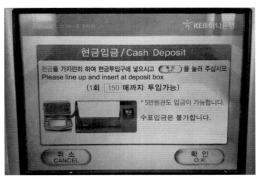

12. 수표발행 [su-pyo-bal-haeng] n. 支票發行

13. 계좌 번호 [gye-jwa beon-ho] n. 帳號

14. 금액 [geu-maek] n. 金額

15. 예금주 [ye-geum-ju] n. 存戶

16. 입금인 [ip-kkeu-min] n. 存款人

17. 성명 [seong-myeng] n. 姓名

18. 주민등록번호 [ju-min-deung-nok-beon-ho] n. 身份證號碼

19. 은행명 [eun-haeng-myeng] n. 銀行名稱

● **출금 提款**

20. 찾으실 때 [cha-jeu-sil ttae] ph. 提款時

21. 위 계좌의 금액을 지급하여 주십시오.

[ui gye-jwa-e geu-mae-geul ji-geu-pa-yeo ju-sip-si-o]

ph. 請支付帳號上的金額

22. 서명 [seo-myeong] n. 簽名

● **환전 外幣兌換**

23. 환전 [hwan-jeon] n. 換錢

24. 송금 [song-geum] n. 匯款

25. 거래 계산서 [geo-rae gye-san-seo] n. 交易明細

26. 거래 종류 [geo-rae jong-nyu] n. 交易項目

27. 구분 [gu-bun] n. 區分

28. 통화 [tong-hwa] n. 貨幣

29. 외환금액 [oe-hwan-geu-maek] n. 外幣金額

30. 환율 [hwan-nyul] n. 匯率

31. 원화금액 [won-hwa-geu-maek] n. 韓幣金額

32. 고객명 [go-gaeng-myeng] n. 客戶名

33. 받으신 외화금액

[ba-deu-sin oe-hwan-geu-maek] ph. 收到的外幣金額

34. 내신 원화금액 [nae-sin won-hwa-geu-maek] ph. 支付的韓幣金額

操作 ATM 時會看到的畫面

1. 입금 [ip-kkeum] n. 存款
2. 무통장[mu-tong-jang] n. 無摺
3. 예금/출금[ye-geum/chul-geum] n.
   存款 / 提款
4. 계좌송금 [gye-jwa-song-geum] n.
   轉帳
5. 조회업무 [jo-hoe-eom-mu] n.
   查詢業務
6. 분실신고 [bun-sil-sin-go] n. 掛失
7. 통장정리 [tong-jang-jeong-ni] n.
   存摺補登
8. 신용카드 [si-nyong-ka-deu] n.
   信用卡

9. 전자통장 [jeon-ja-tong-jang] n. 電子存摺
10. 화면확대 (저시력고객용)
    [hwa-myen-hawk-ttae] n. 畫面放大（視
    力不佳顧客專用）

在 ATM 上會看到的句子

1. 비밀번호를 눌러 주십시오. 請輸入密碼。
2. 비밀번호가 올바르지 않습니다. 다시 눌러 주십시오. 密碼錯誤，請重新輸入。
3. 거래하실 내역을 눌러 주십시오. 請選擇服務項目。
4. 이체하실 계좌번호를 눌러 주십시오. 請輸入轉帳帳號。
5. 확인 후 다시 계좌번호를 눌러 주십시오. 確認後請重新輸入帳號。
6. 이체하실 금액을 눌러 주십시오. 請輸入轉帳金額。
7. 찾으실 금액을 눌러 주십시오. 請輸入取款金額。
8. 입금하실 금액을 눌러 주십시오. 請輸入存款金額。
9. 수령하실 화폐 종류를 눌러 주십시오. 請選擇取款貨幣種類。
10. 명세표를 받으시겠습니까? 是否列印明細表？

哪些卡片可以在國外的提款機提款呢？

● 현금카드 一般金融卡

金融卡是可以在銀行自動提款機中操作現金提存與轉帳作業的卡片，是早期自動化服務的產物之一。存戶拿著金融卡直接前往 ATM 操作，可減少去銀行窗口辦理業務的麻煩。在韓國，不論是臨櫃匯款還是使用 ATM 進行轉帳，都需要付一筆手續費，只不過臨櫃匯款的手續費會比 ATM 還貴。此外，跟台灣比較不一樣的地方是，韓國一旦超過營業時間，就連到 ATM 領錢都要扣手續費，這點大家要多多留意。

현금 카드에 교통 카드 기능도 있지요?
提款卡也有交通卡功能吧？

● 직불카드 簽帳金融卡

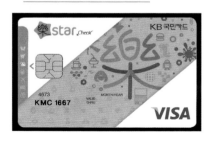

簽帳金融卡與一般金融卡的功能非常類似，同時又有點像信用卡，但他並不像信用卡那樣是預支消費。簽帳金融卡同時具有存提款的功能，但又可讓存戶持卡在店家消費，使用方式就如同信用卡。差別在於簽帳金融卡是帳戶有多少錢花多少錢，信用卡則是先跟發卡機構預支費用然後結帳。簽帳金融卡的持卡人，若在加盟店裡使用這張卡片，那麼支付的費用就會直接從持卡人帳戶轉入加盟店的帳戶。

직불 카드를 이곳에 대 주시겠습니까?
請將簽帳金融卡放這裡。

．．

● 신용카드 信用卡

信用卡是可以以「信用」的方式來從事購買的行為。使用者購買物品的話，卡片公司會替代信用者先將金額支付給加盟店，然後使用者必須在每個月指定日期當中償還金錢給卡片公司。

고객님 신용카드로 결제하시겠습니까?
您要用信用卡付款嗎？

你知道嗎？

Part04_17

02 購買投資商品

保險的種類有哪些？

韓國的社會保險制度主要有「의료보험（醫療保險）」、「연금보험（年金保險）」、「산업재해보상보험（產業勞動傷害險）」、「고용보험（僱用保險）」等。

● 의료보험 (醫療保險)

韓國四大險之一的 의료보험 [ui-ryo-bo-heom] (醫療保險) 其實一開始並非如今的規模，而是從小保險慢慢整合而來的。1998年10月1日，韓國政府將地方醫療保險與公教醫療保險進行整合，到了2000年7月1日又整合了職場醫療保險，改為國民健康保險。國民健康保險的意義重大，因為這是1963年12月16日醫療保險法制定以來，首次從職場醫療保險的立場出發，使適用對象逐漸擴大。到了1988年，政府實施農漁村醫療保險，並於次年起納入私營業者，保險對象不斷擴大，最後成為今日的全民醫療保險。

의료보험에 가입해서 병원비 부담이 덜해요.
加入醫療保險減輕了醫療費用的負擔。

● 연금보험 (年金保險)

1988年1月起實施的國民年金制度，隨著其適用對象逐漸擴大，韓國政府於1999年4月規定全民都要加入 연금보험 [yen-geum-bo-heom] (年金保險)。這項國民年金制度有著濃厚的社會保險性質，功能包含所得分配還有疾病、退休等基本生活保障。當這項制度拓展成為全民年金之後，國民年金保險基金的安定性問題也隨之浮現。因此，韓國目前正在加強基金運用的透明性和收益性。

국민연금보험은 정부가 보장해 주니 든든해요.
國民年金保險由政府擔保，所以很可靠。

● 산업재해보상보험（產業勞動傷害險）

산업재해보상보험 [sa-neop-jae-hae-bo-sang-bo-heom]（產業勞動傷害險）是為了回饋社會、保護家屬生計而設計的產業災害賠償保險制度。保險費由雇主全額負擔，政府為預防產業災害，自 1987 年起設立韓國產業安全公團（法人），藉此加強產業安全保健、技術指導及教育、安檢等產業災害預防業務。

산업재해보상보험 덕분에 화상 치료를 계속 받을 수 있게 됐어요.
幸好有勞動傷害險，才得以繼續治療燙傷。

● 고용보험（僱用保險）

고용보험 [go-yong-bo-heom]（僱用保險）的主要業務可分為三大項：第一項是就業安定業務，對就業安定有貢獻的業主給予獎勵；第二項是職能開發業務，對實施職能開發訓練的業主給予補助；第三項是失業給付業務，對失業的勞工給予失業及再就業補助。

고용보험 덕분에 실업급여를 받아서 당부간은 괜찮아요.
我因僱用保險的關係而獲得失業給付，暫時過得還可以。

우체국 郵局

這些應該怎麼說?

Part04_18

郵局內部擺設

1 순번 발행기 [sun-beon bal-haeng-gi] n. 取號機

2 순번기 용지 [sun-beon-gi yong-ji] n. 號碼牌

3 중량 측정기 [jung-nyang cheunk-jjeong-gi] n. 重量測量器

4 전자 서명기 [jeon-ja seo-myeng-gi] n. 電子簽名板

5 구역 안내 [gu-yeok an-nae] n. 承辦業務

6 모니터 [mo-ni-teo] n. 電視螢幕

7 직원 [ji-gwon] n. 職員

8 지폐 계수기 [ji-pye gye-su-gi] n. 點鈔機

9 바구니 [ba-gu-ni] n. 籃子

10 창구 [chang-kku] n. 櫃、窗口

11 철제 카트 [cheol-jje ka-teu] n. 籠車

12 저울 [jeo-ul] n. 秤

13 번호 표시기 [beon-ho pyo-si-gi] n. 號碼顯示器

⑮ 우체국 제비마크
[u-che-guk je-bi-ma-keu] n.
郵局燕子商標

⑯ 손잡이 [son-ja-bi] n. 把手

⑰ 미닫이 문 [mi-da-ji mun] n. 拉門

⑱ 통유리 [tong-nu-ri] n. 落地玻璃窗

⑲ 인조 잔디 발판 [yin-jo jan-di bal-pan]
n. 人造草皮腳踏墊

⑭ 365코너 [san-baeng-nyuk-si-bo-il
ko-neo] n. 自動化服務區

⑳ 우체통 [u-che-tong] n. 郵筒

你知道嗎？ ▷▷ ◀▶▶▶ ▷▷ ▶▶ ▶▶ ▶▶

在包裹封裝區裡常見的東西有哪些？
韓文怎麼說？

Part04_19

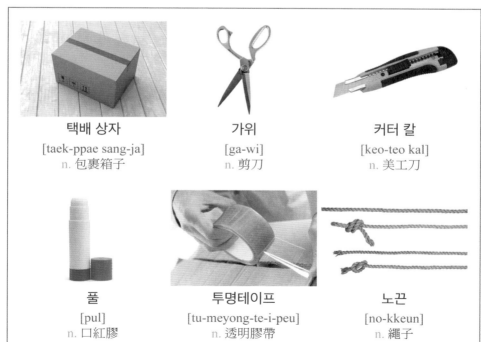

택배 상자
[taek-ppae sang-ja]
n. 包裹箱子

가위
[ga-wi]
n. 剪刀

커터 칼
[keo-teo kal]
n. 美工刀

풀
[pul]
n. 口紅膠

투명테이프
[tu-meyong-te-i-peu]
n. 透明膠帶

노끈
[no-kkeun]
n. 繩子

볼펜	유성 매직	돋보기 안경
[bol-pen]	[yu-song mae-jik]	[dot-ppo-gi an-kyeong]
n. 原子筆	n. 油性萬能筆	n. 老花眼鏡

◆ **Tips** ◆

慣用語小常識：報喜篇

까치가 울면 기쁜 소식이 온다 .「喜鵲報喜」

韓國有句俗諺叫「喜鵲啼，喜訊到」。朝鮮末年學者徐有英在《錦溪筆談》一書中提到喜鵲預報喜訊，這是一本蒐集佳話、軼事的書。書中延興君〈金悌男，宣祖岳父〉的妻子為濟州島的奴婢，賣酒維生，她所居住的地方總有喜鵲在屋簷棲息啼叫。由於喜鵲啼叫總有好事發生，因此稱喜鵲為吉鳥，經常為畫工畫入民畫中。

A:아침부터 까치 소리가 들리네 !
　一早就聽到喜鵲的叫聲呢！

B:'까치가 울면 기쁜 소식이 온다'는데, 아마도 오늘 좋은 일이 생길 건가 봐요.
　都說「喜鵲報喜」，可能今天也會發生什麼好事情吧。

01 郵寄／領取信件、包裹

Part04_20

去郵局會做哪些事呢？

편지를 부치다

ph. 寄信

등기를 부치다

ph. 寄掛號

택배를 부치다

ph. 郵寄包裹

택배를 포장하다

ph. 打包包裹

소포를 수령하다

ph. 領包裹

우편물을 수령하다

ph. 領取郵件

● 郵局裡可以用到的單字

1. 등기 [deung-kki] n. 掛號
2. 우편물 [u-pyeon-mul] n. 郵件
3. 동봉하다 [dong-bong-ha-da] v. 附在信裡
4. 집배원 [jip-ppae-won] n. 郵差
5. 우체통 [u-che-tong] n. 郵筒
6. 우편함 [u-pyeon-ham] n. 信箱
7. 일반 우편 [il-ban u-pyeon] n. 一般郵件
8. 빠른 우편 [ppa-reun u-pyen] n. 快捷郵件
9. 항공 우편 [hang-gong u-pyeon] n. 航空郵件
10. 해운 우편 [hae-un u-pyeon] n. 海運郵件

··· 02 購買信封／明信片／郵票

Part04_21

在郵局可以買到哪些商品呢？

국내우편 봉투
[gung-nae-u-pyeon bong-tu]
n. 國內郵政信封

국제우편 봉투
[guk-jje-u-pyeon bong-tu]
n. 國際郵件信封

서류 봉투
[seo-ryu bong-tu]
n. 文件袋

엽서
[yeop-sseo]
n. 明信片

우표
[u-pyo]
n. 郵票

EMS상자
[i-em-e-seu sang-ja]
n. EMS 箱子

信封的書寫方式

韓國國內郵件的信封以白色為主，橫式，左上寫寄件人的地址，右下寫收信人的地址。

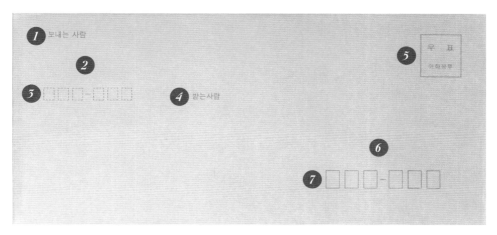

● 左上角

보내는 사람 [bo-nae-neun sa-ram]（寄件人）
❶是寄件人的意思，❷寫寄件人的地址，按市、區、洞、門牌號碼的順序寫，然後換行寫寄件人的姓名，電話不寫沒關係。❸填入郵遞區號。由上而下就是寄件人地址→寄件人姓名→寄件人郵遞區號。

● 右上角

우표 [u-pyo]（郵票）
❺貼上與平信、快捷、掛號、雙掛號等各類郵件等值的郵票。

● 右下角

받는 사람 [ban-neun sa-ram]（收件人）
❹是收件人的意思，❻寫收件人的地址，也是按市、區、洞、門牌號碼的順序寫，然後換行寫收件人的姓名，❼寫收件人的郵遞區號。由上而下就是收件人地址→收件人姓名→收件人郵遞區號。

明信片的書寫方式

韓國的明信片地址和一般信件信封的寫法一樣。明信片可書寫的地方有限，且內容暴露在外，所以在重視個人隱私的現代，比較少人會使用明信片。

● <u>左上角</u>

보내는 사람 [bo-nae-neun sa-ram]（寄件人）

2是寄件人的意思，**3**～**4**寫寄件人的地址，按市、區、洞、門牌號碼的順序寫，然後換行寫寄件人的姓名，電話不寫沒關係。**5**填入郵遞區號。

● <u>右上角</u>**6**：按信件性質貼上與平信、快捷、掛號等值的郵票。

● <u>左邊空白處</u>**7**：填寫簡單的內容

● <u>右下角</u>

받는 사람 [ban-neun sa-ram]（收件人）

8寫收件人，**9**寫收件人的地址，也是按市、區、洞、門牌號碼的順序寫，然後換行寫收件人的姓名，**10**寫收件人的郵遞區號。

Part 5
쇼핑 購物

◆◆◆ **Chapter1**

편의점 便利商店

這些應該怎麼說？

Part05_01

便利商店配置

① **담배 진열대** [dam-bae ji-nyeol-ttae] n. 香煙架

② **아르바이트생** [a-reu-ba-i-teu-saeng] n. 打工學生

③ **계산대** [gye-san-dae] n. 收銀機

④ **군고구마** [gun-go-gu-ma] n. 烤地瓜

⑤ **바코드 스캐너** [ba-ko-deu seu-kae-neo] n. 條碼掃描器

⑥ **볼펜 진열대** [bol-pen ji-nyeol-ttae]

n. 原子筆架

7 카드 단말기 [ka-deu dan-mal-gi] n.
刷卡機

8 라이터 [ra-i-teo] n. 打火機

9 젤리 진열대 [jel-ri ji-nyeol-ttae] n.
果凍架

10 약품 진열대 [yak-pum ji-nyeol-ttae]
n. 藥品架

11 휴대용 커피 [hyu-dae-yong keo-pi]
n. 即溶咖啡（附杯子）

12 커피 분말 [keo-pi bun-mal] n.
咖啡粉

13 전자레인지 [jeon-ja-re-in-ji] n.
微波爐

14 자동원두커피머신 [ja-dong-won-du-
keo-pi-meo-sin] n. 自動原豆咖啡機

15 온수기 [on-su-gi] n. 熱水供應機

16 자동조리기 [ja-dong-jo-ri-gi] n.
泡麵機

17 일반쓰레기함
[il-ban-sseu-re-gi-ham] n.
一般垃圾桶

18 분리수거함 [bul-ri-su-geo-ham] n.
資源回收桶

慣用語小常識：商店篇

N（名詞）＋귀신「名詞鬼神」？

對某樣東西非常喜歡時，韓語會用慣用語 N ＋「귀신」[gwi-sin] 的方式表達。當父母帶小孩進入便利商店，看到櫃檯旁陳列的糖果、軟糖、口香糖時，就會大傷腦筋，因為小孩可能是「사탕 귀신」[sa-tang gwi-sin]（糖果鬼）、「젤리 귀신」[jel-ri gwi-sin] 軟糖鬼、「껌 귀신」[kkeom gwi-sin] 口香糖鬼。

아이구, 이 젤리 귀신! 오늘은 안돼. 이미 벌써 두 봉지 먹었잖아.
唉呀，你這軟糖鬼！今天不行，你已經吃兩包了。

在便利商店會做什麼呢？

✦✦✦ 01 挑選商品

Part05_02

貨架上常見的商品有哪些呢？

● 과자 진열대 零食架

1. 과자 [gwa-ja] n. 餅乾
2. 새우깡 [sae-u-kkang] n. 蝦條
3. 감자칩 [gam-ja-chip] n. 洋芋片
4. 빼빼로 [ppae-ppae-ro] n. 巧克力棒
5. 초코볼 [cho-ko-bol] n. 巧克力球
6. 허니버터칩 [heo-ni-beo-teo-chip] n. 蜂蜜奶油洋芋片
7. 쌀과자 [ssal-gwa-ja] n. 米餅
8. 초코파이 [cho-ko-pa-i] n. 巧克力派

9. 카스타드 [ka-seu-ta-deu] n. 蛋黃派
10. 고래밥 [go-rae-bap] n. 好多魚

※好多魚是韓國當地一款鯨魚造型的餅乾。

●음료수 냉장고 飲料冷藏櫃

1. 음료수 [eum-nyo-su] n. 飲料

2. 물 [mul] n. 水

3. 탄산수 [tan-san-su] n. 氣泡水

4. 콜라 [kol-ra] n. 可樂

5. 사이다 [sa-i-da] n. 汽水

6. 탄산음료 [tan-san-eum-nyo] n. 碳酸飲料

7. 이온음료 [i-on-eum-nyo] n. 運動飲料

8. 에너지 드링크 [e-neo-ji deu-ring-keu] n. 能量飲料

9. 주스 [ju-seu] n. 果汁

10. 오렌지주스 [o-ren-ji-ju-seu] n. 柳橙汁

11. 포도주스 [po-do-ju-seu] n. 葡萄汁

12. 토마토주스 [to-ma-to-ju-seu] n. 番茄汁

13. 술 [sul] n. 酒

14. 소주 [so-ju] n. 燒酒

15. 맥주 [maek-jju] n. 啤酒

16. 막걸리 [mak-kkeol-ri] n. 米酒（馬格利米酒）

●라면 진열대 泡麵架

1. 컵라면 [keom-na-myeon] n. 杯麵

2. 육개장 사발면 [yuk-kkae-jang sa-bal-myeon] n. 辣牛肉湯麵

3. 큰사발 신라면 [keun-sa-bal sin-na-myeon] n. 大碗辛拉麵

4. 큰사발 새우탕 [keun-sa-bal sae-u-tang] n. 大碗鮮蝦麵

5. 큰사발 튀김 우동 [keun-sa-bal twi-gim u-dong] n. 大碗油炸烏龍麵

6. 큰사발 짜파게티 [keun-sa-bal jja-pa-ge-ti] n. 大碗炸醬麵

7. 왕뚜껑 [wang-ttu-kkeong] n. 王蓋拉麵

8. 진라면 [jin-na-myeon] n. 真拉麵

9. 도시락 [do-si-rak] n. 便當

10. 삼양라면 [sa-myang-na-myeon] n. 三養拉麵

常見的冰櫃有哪幾種呢？

개방형 냉장고
[gae-bang-hyeng
naeng-jang-go]
n. 開放式冰箱

개폐형 냉장고
[gae-pye-hyeng
naeng-jang-go]
n. 直立式冷藏飲料櫃

미닫이 냉장고
[mi-da-ji naeng-jang-go]
n. 推拉式冷凍櫃

••• 02 結帳

在結帳的時候會做些什麼？

택배 서비스
[taeg-ppae seo-bi-seu]
n. 宅配服務

음식을 데우다
[eum-si-geul de-u-da]
ph. 微波加熱

카드를 충전하다
[ka-deu-reul
chung-jeon-ha-da]
ph. 儲值卡片

常見的句子

1. 카드로 계산하시겠습니까? 您要用信用卡付款嗎？
2. 적립포인트로 계산할게요. 我要用點數折抵。
3. 봉투를 구입하시겠습니까? 您要買購物袋嗎？
4. 봉투 한 장에 얼마예요? 一個購物袋多少錢？
5. 도시락 데워드릴까요? 便當要不要幫您加熱？
6. 이 상품은 원 플러스 원 행사 중이에요. 這個商品正在買一送一。
7. 뜨거운 물은 어느 쪽에 있어요? 熱水在哪裡？
8. 컵라면 국물은 어디에 버려요? 杯麵的湯倒哪裡？
9. 따로 따로 계산해 주세요. 請分開結帳。
10. 사인 부탁드리겠습니다. 請簽名。
11. 영수증 드릴까요? 您要不要收據？
12. 거스름돈 여기 있습니다. 這裡是找您的零錢。
13. 쓰레기는 저쪽에 버리시면 됩니다. 垃圾丟那裡就可以了。
14. 뜨거우니 조심하세요. 小心燙。

마트 超級市場

這些應該怎麼說？

Part05_05

超級市場配置

1. 매장 [mae-jang] n. 賣場
2. 진열 상품 [ji-nyeol sang-pum] n. 陳列商品
3. 고객 [go-gaek] n. 顧客
4. 계산하는 곳 [gye-san-ha-neun got] n. 結帳櫃台
5. 카트 [ka-teu] n. 購物手推車
6. 컨베이어 벨트 [keon-be-i-eo bel-teu] n. 輸送帶
7. 터치 스크린 [teo-chi seu-keu-rin] n. 觸碰式螢幕
8. 쓰레기통 [sseu-re-gi-tong] n. 垃圾桶

超市裡常見的東西還有哪些呢？

가격표
[ga-gyok-pyo]
n. 價卡

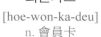

회원카드
[hoe-won-ka-deu]
n. 會員卡

바코드
[ba-ko-deu]
n. 條碼

바코드 스캐너
[ba-ko-deu
seu-kae-neo]
n. 條碼掃描器

할인 쿠폰
[ha-rin ku-pon]
n. 折價券

영수증
[yeong-su-jeung]
n. 收據

시식
[si-sik]
n. 試吃

포장 식품
[po-jang sik-pum]
n. 包裝食品

◆ Tips ◆

慣用語小常識：市場篇

韓語有句慣用語「둘이 먹다 하나 죽어도 모른다」，中文為「兩個人在吃東西，其中一個人死了也不知道」。比喻東西很好吃，好吃到旁邊出人命了都不曉得。這是一句很常聽到的句子，尤其是逛大賣場或超市時，常可看見推銷員一邊說：「둘이 먹다 하나가 죽어도 모를 정도로 맛있습니다.」一邊奮力銷售。

자, 둘이 먹다 하나가 죽어도 모를 맛있는 만두가 할인 행사 중입니다.
來喔！我們美味到極點的餃子正在舉辦促銷活動。

··· 01 購買食材

Part05_07

這些在超市常見的食材，要怎麼用韓文說呢？

● 야채류 蔬菜類

1. 파 [pa] n. 葱
2. 양파 [yang-pa] n. 洋葱
3. 고추 [go-chu] n. 辣椒
4. 피망 [pi-mang] n. 甜椒
5. 오이 [o-i] n. 小黃瓜
6. 당근 [dnag-geun] n. 紅蘿蔔
7. 감자 [gam-ja] n. 馬鈴薯
8. 고구마 [go-gu-ma] n. 地瓜
9. 옥수수 [ok-ssu-su] n. 玉米
10. 배추 [bae-chu] n. 大白菜

11. 콩 [kong] n. 大豆、豆子
12. 토마토 [to-ma-to] n. 牛番茄
13. 방울토마토 [bang-ul-to-ma-to] n. 小番茄
14. 양배추 [yang-bae-chu] n. 高麗菜
15. 상추 [sang-chu] n. 生菜
16. 깻잎 [kkaen-nip] n. 芝麻葉
17. 시금치 [si-geum-chi] n. 菠菜
18. 콩나물 [kong-na-mul] n. 黃豆芽
19. 숙주나물 [suk-jju-na-mul] n. 綠豆芽
20. 고사리나물 [go-sa-li-na-mul] n. 蕨菜

21. 호박 [ho-bak] n. 南瓜
22. 애호박 [ae-ho-bak] n. 櫛瓜
23. 가지 [ga-ji] n. 茄子
24. 마늘 [ma-neul] n. 大蒜
25. 생강 [saeng-gang] n. 薑

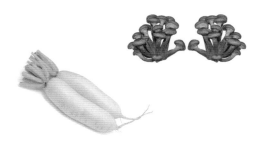

26. 버섯 [beo-seot] n. 香菇
27. 팽이버섯 [paeng-i-beo-seot] n. 金針菇
28. 느타리버섯 [neu-ta-ri-beo-seot] n. 秀珍菇
29. 목이버섯 [mo-gi-beo-seot] n. 黑木耳
30. 무 [mu] n. 白蘿蔔

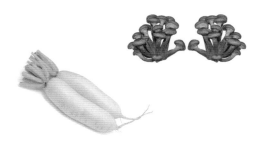

> 「채소」、「야채」、「나물」的中文都是「蔬菜」，那在
> 韓文裡有什麼不同呢？

「채소」[chae-so] 指的是在田地裡栽培的農作物；「야채」[ya-chae] 指的是蔬菜通稱；「나물」[na-mul] 指的則是將人類可食用的草、樹葉等加以煮、炒或調味後涼拌生吃的食物，因此有時按情況須加以區分。

우리집은 베란단에 가족이 먹을 채소를 기르고 있어요.
我家在陽台種了一家人吃的菜。

어머니, 방금 무친 이 나물 간 좀 봐 주세요.
媽媽！請您嚐嚐剛涼拌好小菜的味道。

◆ Chapter2
마트 超級市場

● 과일류 水果類

1. 배 [bae] n. 梨子
2. 사과 [sa-gwa] n. 蘋果
3. 수박 [su-bak] n. 西瓜
4. 참외 [ch-moe] n. 香瓜
5. 포도 [po-do] n. 葡萄
6. 귤 [gyul] n. 橘子
7. 단감 [dan-gam] n. 硬柿子
8. 딸기 [ttal-gi] n. 草莓
9. 자두 [ja-du] n. 李子
10. 복숭아 [bok-ssung-a] n. 桃子

11. 키위 [ki-wi] n. 奇異果
12. 자몽 [ja-mong] n. 葡萄柚
13. 레몬 [re-mon] n. 檸檬
14. 멜론 [mel-ron] n. 哈密瓜
15. 앵두 [aeng-du] n. 櫻桃
16. 홍시 [hong-si] n. 軟柿子
17. 망고 [mang-go] n. 芒果
18. 바나나 [ba-na-na] n. 香蕉
19. 파파야 [pa-pa-ya] n. 木瓜
20. 구아바 [gu-a-ba] n. 芭樂

21. **두리안** [du-li-an] n. 榴槤
22. **석류** [seong-nyu] n. 石榴
23. **코코넛** [ko-ko-neot] n. 椰子
24. **리치** [li-chi] n. 荔枝
25. **패션 프루츠**

    [pae-syeon pu-ru-cheu] n. 百香果
26. **파인애플** [pa-in-ne-peul] n. 鳳梨

27. **라임** [la-im] n. 萊姆
28. **드래곤 프루츠**

    [deu-rae-gon pu-ru-cheu] n. 火龍果
29. **아보카도** [a-bo-ka-do] n. 酪梨
30. **리엔우** [ri-en-u] n. 蓮霧

Part05_09

● 고기류 肉類

소고기	돼지고기	닭고기	오리고기
[so-go-gi]	[dwae-ji-go-gi]	[dak-kko-gi]	[o-ri-go-gi]
n. 牛肉	n. 豬肉	n. 雞肉	n. 鴨肉

양고기

[yang-go-gi]

n. 羊肉

통닭구이

[tong-dak-kku-i]

n. 烤全雞

립

[rip]

n. 肋排

등심

[deung-sim]

n. 里肌肉

삼겹살

[sam-gyeop-ssal]

n. 五花肉

스테이크

[seu-te-i-keu]

n. 牛排

돼지 갈비살

[dwae-ji gal-bi-ssal]

n. 豬胛心

목심

[mok-ssim]

n. 梅花肉

햄

[haem]

n. 火腿

소시지

[so-si-ji]

n. 香腸

베이컨

[be-i-keon]

n. 培根

닭날개

[dang-nal-gae]

n. 雞翅

닭다리

[dak-tta-ri]

n. 雞腿

치킨봉

[chi-kin-bong]

n. 棒棒腿

닭가슴살

[dak-kka-seum-ssal]

n. 鷄胸肉

다진 고기

[da-jin go-gi]

n. 絞肉

● 생선、해산물 魚、海鮮

1. 생선 [saeng-seon] n. 魚
2. 조기 [jo-gi] n. 黃魚
3. 굴비 [gul-bi] n. 乾黃魚
4. 연어 [yeo-neo] n. 鮭魚
5. 생태 [saeng-tae] n. 鮮明太魚
6. 갈치 [gal-chi] n. 白帶魚
7. 고등어 [go-deung-eo] n. 鯖魚

Part05_10

8. 새우 [sae-u] n. 蝦子
9. 조개 [jo-jae] n. 蛤蜊
10. 문어 [mu-neo] n. 章魚
11. 오징어 [o-jing-eo] n. 魷魚
12. 굴 [gul] n. 蠔
13. 랍스타 [rap-sseu-ta] n. 龍蝦
14. 킹크랩 [king-keu-raep] n. 帝王蟹

● 통조림 식품 罐頭食品

Part05_11

참치 통조림	햄 통조림	과일 통조림	옥수수 통조림
[cham-chi tong-jo-rim] n. 鮪魚罐頭	[haem tong-jo-rim] n. 火腿罐頭	[gwa-il tong-jo-rim] n. 水果罐頭	[ok-ssu-su tong-jo-rim] n. 玉米粒罐頭

반찬 통조림
[ban-chan tong-jo-rim]
n. 小菜罐頭

소스 통조림
[so-seu tong-jo-rim]
n. 醬料罐頭

고양이 사료 통조림
[go-yang-i sa-ryo tong-jo-rim]
n. 貓罐頭

개 사료 통조림
[gae sa-ryo tong-jo-rim]
n. 狗罐頭

02 購買民生用品

常見的民生用品有哪些呢？

● 개인 위생 용품 個人衛生用品

치약 / 칫솔
[chi-yak/chit-ssol]
n. 牙膏／牙刷

휴대용 티슈
[hyu-dae-yong ti-syu]
n. 攜帶型面紙

샤워젤
[sya-wo-jel]
n. 沐浴乳

샴푸
[syam-pu]
n. 洗髮精

헤어 컨디셔너
[he-eo ken-di-syeo-neo]
n. 潤髮乳

비누
[bi-nu]
n. 肥皂

면도기 / 면도 크림	콘돔	생리대
[myeon-do-gi/ myeon-do keu-rim] n. 刮鬍刀／刮鬍泡（膏）	[kon-dom] n. 保險套	[saeng-ni-dae] n. 衛生棉

●청소 용품 清潔用品

세제	섬유 유연제	주방 세제
[se-je] n. 洗衣粉	[seo-myu yu-yeon-je] n. 衣物柔軟精	[ju-bang se-je] n. 洗碗精

표백제	방향제	디퓨전
[pyo-baek-jje] n. 漂白劑	[bang-hyang-je] n. 芳香劑	[di-pyu-jyeon] n. 香薰精油

◆◆◆ Chapter3

백화점 百貨公司

這些應該怎麼說？

Part05_13

百貨公司配置

① 백화점 [bae-kwa-jeom] n. 百貨公司	⑥ 행거 [haeng-geo] n. 衣架
② 에스컬레이터 [e-seu-keol-le-i-teo] n. 手扶梯	⑦ 고객 [go-gaek] n. 顧客
	⑧ 판매사원 [pan-mae-sa-won] n. 售貨員
③ 매장 [mae-jang] n. 賣場	
④ 탈의실 [ta-ri-sil] n. 更衣室	⑨ 매대 [mae-dae] n. 商品攤位
⑤ 쉬는 곳 [swi-neun gok] ph. 休息的地方	⑩ 진열대 [ji-nyeol-ttae] n. 陳列櫃

百貨公司裡還有賣什麼呢？

식품

[sik-pum]

n. 食品

화장품

[hua-jang-pum]

n. 化妝品

액서사리

[aek-sseo-sa-ri]

n. 飾品配件

구두

[ku-du]

n. 皮鞋

여성의류

[yeo-seong-ui-ryu]

n. 女裝

남성의류

[nam-seong-ui-ryu]

n. 男裝

아동의류

[a-dong-ui-ryu]

n. 童裝

유아용품

[yu-a-yong-pum]

n. 幼兒用品

스포츠용품

[seu-po-cheu-yong-pum]

n. 體育用品

◆ Chapter3 백화점 百貨公司

캐주얼의류

[kae-ju-eol-ui-ryu]

n. 休閒服

속옷

[so-kot]

n. 內衣

골프의류

[gol-peu-ui-ryu]

n. 高爾夫球裝

가전

[ga-jeon]

n. 家電

주방용품

[ju-bang-yong-pum]

n. 廚房用品

침구

[chim-gu]

n. 寢具

百貨公司裡還有哪些常見的地方呢？

Part05_15

안내데스크

[an-nae-de-seu-keu]

n. 服務台

고객 서비스센터

[go-gaeg seo-bi-seu-sen-teo]

n. 客服中心

문화센터

[mun-hua-sen-teo]

n. 文化中心

유아놀이방

[yu-a-no-ri-bang]

n. 幼兒遊戲室

화장실	식당	명품관	고객 휴게실
[hwa-jang-sil]	[sik-ttang]	[myeong-pum-guan]	[go-gaeg hyu-ge-sil]
n. 洗手間	n. 餐廳	n. 精品館	n. 顧客休息室

◆ Tips ◆

慣用語小常識：商店篇（二）

밑지는 장사「賠本的生意」

逛街時常常看到打 9 折、打 8 折、打 7 折或跳樓大拍賣等字眼，甚至許多時候我們向店家殺價，店家都會說：「이렇게 팔면 밑지는 장사예요.（這樣賣是賠本的）」，這無非是博取顧客上門或買單的伎倆。對商人來說，是不會做賠本生意的。

30% 할인 가격으로 판매하는 것은 완전히 밑지는 장사랍니다.
打七折根本是賠本的生意。

漢韓式的折扣標示法

韓國的折扣寫法和台灣是不一樣的。韓國寫 30％ OFF、50％ OFF 就是比定價便宜 30％、50％的意思，也就是台灣所標示的打七折、打 5 折。韓國百貨公司折扣時間通常是 15 ～ 17 天，自 2019 年下半年開始，縮短為 10 天左右。

이번 할인 기간에는 특별히 화장품도 15% 할인까지 할인해 드리고 있습니다.
這次折扣期間，甚至連化妝品都打到八五折。

···01 在美食街吃飯

Part05_16

這些在美食街常見到的東西，要怎麼用韓文說呢？

1. 식당가 / 푸드 코트
[sig-ttang-ga/pu-deu ko-teu] n. 美食街

2. 메뉴 안내판 [mae-nyu an-nae-pan] n.
菜單告示牌

3. 진동벨 [jin-dong-bel] n. 取餐呼叫器

4. 쟁반 [jaeng-ban] n. 托盤

5. 식기류 [sik-kki-ryu] n. 餐具類

6. 식기 반납 [sik-kki ban-nap] n. 餐具回收

你知道嗎？

「수저」僅限用於首爾一帶，而且不是標準語

수저 [su-jeo] 是숟가락 [sut-kka-rak]（湯匙）和젓가락 [jeot-kka-rag]（筷子）合成的詞；저분 [jeo-bun] 是젓가락的江原道、全北、忠南地方方言。但是，並非所有韓國人都知道수저指的是湯匙加筷子；也不是大家都知道저분說的就是筷子。所以當你離開首爾圈前往地方用餐，找不到湯匙筷子時，最安全的說法還是乖乖說：「숟가락과 젓가락 없어요？（請問有湯匙跟筷子嗎？）」畢竟這是國立國語院規定的標準用語，走到哪都不怕用錯，你們說是吧？

우리 오늘 한식 코너쪽으로 가서 오랜만에 한정식 먹을까요?
我們今天去很久沒去的韓食區吃韓定食好不好？

··

●한식（韓食）和한정식（韓定食）的差異

한식 [han-sik]（韓食）是指「韓國的食物」或吃「韓國菜」的意思；而한정식 [han-jeong-sik]（韓定食）是菜單中的其中一項餐點，指的是「一組套餐」。通常한정식會有一些固定配菜，包括前菜、配菜、主食、湯、甜點。

上菜的方式與西餐一道一道上的方式不同，한정식是一次把所有的餐點上齊，擺起來非常豐盛。大家如果想在韓國百貨公司美食區享用美味的한정식，可以前往한식 코너 [han-sik ko-neo]（韓食區），菜單裡會有不同的韓定食한정식 메뉴 [han-jeong-sik me-nyu] 供您挑選。

우리 오늘 한식 코너쪽으로 가서 오랜만에 한정식 먹을까요?
我們今天去很久沒去的韓食區吃韓定食好不好？

··

●如果餐點好了會發出震動通知取餐的物品 – 진동벨（取餐呼叫器）

韓國餐廳或百貨公司美食區、咖啡店等選好餐點後，顧客會收到一個圓形或長方形，上面或許還貼著廣告的物品。店員通常會跟你說，震動時再來取餐即可，你知道這個東西叫什麼嗎？是的，它就是진동벨 [jin-dong-bel]（取餐呼叫器）。진동벨的主要用意有二：第一，顧客可以不用排隊，而是回到座位等候。既可快速消化櫃台排隊人潮，加速點餐作業，也可免去顧客

在櫃檯久候以及可能引來的客訴問題；第二，店員可以不用高聲呼喊，減少不必要的噪音。有了진동벨，餐點做好之後，店員不需要扯著嗓子大喊，在人山人海的店裡找尋該前來取餐的顧客，而是透過진동벨發出震動，通知顧客自行前來取餐。如此一來，也可提供顧客更舒適的消費體驗。

나 잠시 화장실에 갔다 올게. 진동벨이 울리면 네가 가서 음식 좀 받아 와 줘.
我上個洗手間，如果取餐呼叫器響了，你幫我把餐點端回來。

要怎麼用韓文表達「中華美食」？

根據網路調查，韓國人最喜歡的中華美食總共有五種，分別是휘궈 [hwo-gwo]（火鍋）、딤섬 [dim-seom]（點心）、궈바오루 [gwo-ba-o-ru]（鍋包肉）、마파두부 [ma-pa-du-bu]（麻婆豆腐）跟동파육 [dong-pa-yuk]（東坡肉）。

韓國當地沒有火鍋這種東西，最接近的大概就是部隊鍋了，但部隊鍋並非火鍋，雖然料多，卻不像火鍋一樣有湯可以喝，鍋子的外型也相差很多。而韓國人喜歡的點心，指的是港點跟傳統中式點心，諸如샤오마이 [shya-o-mai-i]（燒賣）、진주완자 [jin-ju-wan-ja]（珍珠丸）、찐빵 [jjin bbang]（豆沙包）、챠오샤오바오 [chya-o-shya-o-ba-o]（叉燒包）、무떡 [mu tteok] 蘿蔔糕等。至於鍋包肉、麻婆豆腐、東坡肉就更不用說了，這些重口味又充滿中華文化特色的菜餚，在在吸引著韓國人的味蕾。

•••• 02 折扣活動

百貨公司常見的特價活動有哪些呢？

1. 할인 / 세일
   [ha-rin/se-il] n.
   折扣

2. 정기 세일
   [jeong-gi se-il] n.
   定期折扣

3. 시즌 오프 세일
   [si-jeun o-peu se-il]
   n. 換季折扣

4. 특별 세일 [teuk-bbyeol se-il] n. 特別折扣
5. 마감 세일 [ma-gam se-il] n. 年底清倉折扣
6. 해외 명품 세일 [hae-oe myeng-pum se-il] n. 外國精品折扣
7. 상품권증정 세일 [sang-pum-kkwon-jeung-jeong se-il] n. 贈送禮券

> 同樣都是折扣，시즌 오프 세일 跟 정기 세일 有何不同？상품권증정 세일、특별 세일 跟 해외 명품 세일 又分別是什麼樣的活動呢？

시즌 오프 세일（換季折扣）指的是換季前店家舉辦的折扣活動，透過這種方式清理庫存，趁換季前拚最後一波銷售。也就是台灣所謂的換季折扣、換季出清；而정기 세일（定期折扣）或정기 바겐 세일（定期削價折扣）則是以固定周期舉辦的促銷活動，不見得會跟시즌 오프 세일同檔期，有可能會接在시즌 오프 세일的前後，或是該公司自己固定在某個月的某個時間點舉辦的定期活動。

정기 세일不僅限出清換季或過季商品，新商品也有可能在這段期間以折扣入手。也就是說，시즌 오프 세일會跟著季節走，折扣商品通常是當季或過季商品；而정기 세일折扣商品有可能是過季商品、當季商品甚至是新品，要看該公司指定哪些商品。

상품권증정 세일（贈送禮券）是指換季周期內舉辦的活動，當然各個百貨公司舉行的活動期間不一。有些百貨公司會祭出購買一定金額給予某金額禮券的優惠；也有贈送禮券之外還給予折扣的加碼活動。
특별 세일（特別折扣）是指百貨公司的部分或品牌獨自進行折扣，它的折扣期間非常短，平時若沒有特別注意，可能就錯失了好機會。除此之外，還有某兩三天提供關係企業員工與家人的家庭折扣，而家庭折扣最低可打到一折，非常划算，但一般人和家庭折扣優惠是無緣的。
至於해외 명품 세일（海外精品折扣），因為是名牌精品，折扣大概都只有9折到85折，近來經濟不景氣，加上直接在國外消費的顧客增加，因而才有7折的折扣出現。百貨公司的購物秘訣在於充分利用各種折扣期。不然，韓國物價高，非折扣期逛百貨公司，一般人還真是買不下手呀。

저기요, 지금 할인 행사 활동이요. 상품권도 주시고 추가 할인도 돼요?
老闆，現在折扣期間，給禮券之外還可打折吧？

詢問折扣相關事宜，要怎麼用韓語說呢？

1. 이 상품도 세일을 하는 것인가요? 這個商品也是打折商品嗎？
2. 세일 기간이 언제까지예요? 打折期間到什麼時候？
3. 이 상품은 몇 퍼센드 할인이에요? 這個商品打幾折？
4. 할인이 된 가격이 얼마예요? 打折後多少錢？
5. 할인 상품을 상품권으로 계산해도 돼요? 打折商品可以用禮券支付嗎？
6. 교환 기간이 어떻게 돼요? 換貨期間是多久？
7. 할인 기간이에도 교환이나 반품이 돼요? 折扣期間也可以換貨或退貨嗎？
8. 할인 가격으로 주문도 돼요? 可以用折扣價訂貨嗎？
9. 제휴 회사 신용 카드 결제 시 중복 할인도 돼요?
   用合作信用卡公司的卡片結帳時，會有雙重折扣嗎？
10. 카드 할부 결제 시 몇 개월까지 무이자예요?
   用信用卡分期付款時，最多可以分幾期零利率？
11. 교환 시 다른 매장에서도 가능해요? 可以到其他賣場換貨嗎？
12. 영수증을 지참하지 않아도 교환, 환불이 가능해요?
   沒有收據也可以換貨、退貨嗎？

你知道嗎？ ▶▷◀ ▶ ▶ ▶ ▶ ▶ ▶ ▶ ▶ ▶▷

● 상품권的形式 – 지류 상품권與카드 상품권使用上有何差異？

상품권 [sang-pum-kkwon]（禮券）是指可以替代現金、信用卡而換取商品的有價票券或卡片。它有紙本的形式，也有塑膠卡的形式。當지류 상품권（紙本禮券）使用金額達 80％以上時，其餘的金額可以現金找零；但카드 상품권（塑膠卡禮券）則無法找零。韓國也和台灣一樣，有過年過節以贈送禮券代替給予現金的生活文化。

註：雖然紙本禮券在韓文裡有지류 상품권這個正式名稱，但通常都說상품권而已，不會特別強調지류 상품권。

이 옷 지인에게서 선물 받은 상품권으로 샀어요.
這件衣服是用朋友送的禮券買的。

◆ Chapter3 백화점·백화공사

● 中文一樣是「禮券」，쿠폰和바우처有什麼不同？

쿠폰 [ku-pon]（優惠券）是指在消費時代替現金的優惠券或交換券；바우처 [ba-u-cheo]是指憑政府或特定機構提供給需求者的財政支援券，可在指定的供應處購物或取得服務的證明物，類似台灣發行過的消費券、三倍券。

이 30% 할인 쿠폰은 유효기간이 지나서 사용하실 수가 없습니다.
這張七折優惠券的有效期間已經過了，不能使用

♦♦♦ Chapter4

인터넷 쇼핑 網路購物

Part05_18

網路購物配置

＊本圖來自韓國 G-market http://www.gmarket.co.kr/

① 검색창 [geom-saek-chang] n. 搜尋欄

② 쇼핑몰 이름 [syo-ping-mol i-reum]
n. 購物商城的名稱

③ 전체 카테고리 [jeon-che ka-te-go-ri]
n. 所有類別

④ 로그인 [ro-geu-in] n. 登入

⑤ 회원가입 [hoe-won-ga-ip] n.
加入會員

⑥ 나의 쇼핑 [na-ui syo-ping] n.
我的購物

⑦ 장바구니 [jang-ppa-gu-ni] n. 購物車

⑧ 브랜드패션
[beu-raen-deu-pae-syeon] n.
名牌服飾

⑨ 패션의류 . 잡화 . 뷰티
[pae-syeon-ui-ryu·ja-pwa·byu-ti] n.
時尚服飾 · 雜貨 · 美妝

⑩ 유아동 [yu-a-dong] n. 幼兒童

⑪ 식품 . 생필품
[sik-pum·saeng-pil-pum] n.
食品 · 日常用品

⑫ 홈데코 . 문구 . 취미 . 반려

200

[hom-de-ko·mun-gu·chwi-mi] n.
家庭裝飾・文具・興趣・寵物

⑮ 컴퓨터 . 디지털 . 가전
[keom-pyu-teo·di-ji-teol·ga-jeon] n.
電腦・數位・家電

⑭ 스포츠·건강·렌탈
[seu-po-cheu·geon-gang·ren-tal] n.
運動・健康・出租

⑮ 자동차·공구 [ja-dong-cha·gong-gu]
n. 汽車・工具

⑯ 여행·도서·티켓·e쿠폰
[yeo-haeng·do-seo·ti-ket·e-ku-pon]
n. 旅行・圖書・票券・E-Coupon

⑰ 고객 센터 [go-gaek sen-teo] n.
客服中心

♦ Tips ♦

慣用語小常識：購物篇

직구 V.S. 보따리 장사「直購 V.S. 包裹生意」

以前買東西一定要親自到店鋪選購，舶來品也因機票昂貴、產地遙遠等因素導致價格昂貴，數量稀少。但如今不論是國外精品、國外一般商品，皆可透過網際網路直接購買。像這種藉由網際網路直接從國外網站下單配送到自己家的購物方式，稱為직구（直購），即직접 구매（直接購買）的意思；不管是因價格考量或苦無購買管道，透過人在國外的賣家代為選購並支付對方一筆不等的費用作為報酬，這種購物方式稱為구매대행（代行購買），也就是我們說的「代購」。其實，구매대행這個字，早期的說法是보따리 장사。以前的人做生意，都會把商品包在布包裡裹好之後揹著或提著走，尤其是這種販售舶來品等特殊商品的商人，因東西數量稀少，更容易讓人裝在包裹裡四處奔走販售。보따리指的就是包裹、包袱，故早期「代購」稱之為보따리 장사（包裹生意），近年來則改稱구매대행。因此我們經常會聽到這樣的對話：『這個東西我們還沒進口，你是從哪裡買的？』，『這個嘛，我是從網路直接購買的。／我是跟代購買的。』而韓國人經常使用的國內購物網站有 G 마켓、11 번가、교보문고、롯데홈쇼핑、현대홈쇼핑等；經常使用的海外購物網站則有아마존（Amazon）、이베이（ebay）、식스피엠（6PM）等。

A：와! 못 보던 신발이네요. 어디에서 샀어요?

B：아, 이거요? 한국에는 이 색상이 없어서 직구로 샀어요.

A：哇，沒看過的鞋子耶，哪裡買的？

B：啊，這雙嗎？因為在韓國買不到這個顏色的，所以我直接上網買了。

在網路商城會做什麼呢？

···○1 —瀏覽商城

Part05_19

常見的商品種類圖示有哪些？韓文怎麼說？

ONLINE SHOP product categories

LINE

①	②	③	④	⑤	⑥
⑦	⑧	⑨	⑩	⑪	⑫
⑬	⑭	⑮	⑯	⑰	⑱
⑲	⑳	㉑	㉒	㉓	㉔
㉕	㉖	㉗	㉘	㉙	㉚

① 남성복 [nam-seong-bok] n. 男裝

② 여성복 [yeo-seong-bok] n. 女裝

③ 남성화 [nam-seong-hwa] n. 男鞋

④ 여성화 [yeo-seong-hwa] n. 女鞋

⑤ 어린이용품 [eo-ri-ni-yong-pum] n. 兒童用品

⑥ 장난감 [jang-nan-kkam] n. 玩具

⑦ 컴퓨터 [keom-pyu-teo] n. 電腦

⑧ 핸드폰 [han-deu-pon] n. 手機
⑨ AS센터 [e-i-e-seu seon-teo] n. 售後服務中心
⑩ 프린터기 [peu-rin-teo-gi] n. 印表機
⑪ 카메라 [ka-me-ra] n. 相機
⑫ 디지털 비디오 [di-ji-teol bi-di-o] n. 數位攝影機
⑬ 텔레비전 [tel-re-bi-jeon] n. 電視
⑭ 세탁기 [se-tak-kki] n. 洗衣機
⑮ 가구 [ga-gu] n. 家具
⑯ 시청각 설비 [si-cheong-gak seol-bi] n. 視聽設備
⑰ 가방 [ga-bang] n. 包包
⑱ 스포츠용품 [seu-po-cheu-yong-pum] n. 體育用品
⑲ 액세서리 [aek-sse-seo-ri] n. 飾品
⑳ 시계 [si-gye] n. 手錶
㉑ 화장품 [hwa-jang-pum] n. 化妝品

㉒ 문구용품 [mun-gu-yong-pum] n. 文具用品
㉓ 파티용품 [pa-ti-yong-pum] n. 派對用品
㉔ 자동차용품 [ja-dong-cha-yong-pum] n. 汽車用品
㉕ 유아용품 [yu-a-yong-pum] n. 幼兒用品
㉖ 도서용품 [do-seo-yong-pum] n. 圖書用品
㉗ 게임기 [ge-im-gi] n. 遊戲機
㉘ 애완용품 [ae-wan-yong-pum] n. 寵物用品
㉙ 인테리어용품 [in-te-ri-eo-yong-pum] n. 裝飾用品
㉚ 원예용품 [wo-nye-yong-pum] n. 園藝用品

Part05_20

在購物網站建立個人帳號時，會出現哪些韓文？

G market

홈 > 로그인 ①

로그인 ②

⑤ ⊙ 회원   ④ ○ 비회원

⑤ 아이디 [_____]

⑥ 비밀번호 [_____] 비밀번호 표시

로그인

⑦ ☐ 아이디 저장

아이디찾기 ⑧ | 비밀번호찾기 ⑨ | 회원가입 ⑩

❶ 홈 [hom] n. 首頁
❷ 로그인 [ro-geu-in] n. 登錄
❸ 회원 [hoe-won] n. 會員
❹ 비회원 [bi-hoe-won] n. 非會員
❺ 아이디 [a-i-di] n. ID、帳號
❻ 비밀번호 [bi-mil-beon-ho] n. 密碼
❼ 아이디 저장 [a-i-di jeo-jang] n. 儲存 ID、儲存帳號
❽ 아이디 찾기 [a-i-di chat-kki] n. 查詢帳號

＊本圖來自韓國 G-market http://www.gmarket.co.kr/

9. 비밀번호 찾기 [bi-mil-beon-ho chat-kki] n. 查詢密碼
10. 회원가입 [hoe-won-ga-ip] n. 加入會員

••• 02 下單

Part05_21

如何在韓文版的網路商店下單？

검색
[geom-saek]
n. 搜尋

⇒

장바구니에 담기
[jang-ppa-gu-ni-e dam-kki]
n. 放入購物車

⇒

구매하기
[gu-mae-ha-gi]
n. 購物

⇓

결제 방법 선택
[gyeol-jje bang-beop seon-taek]
n. 選擇結帳方式

⇐

배송 정보 확인
[bae-song jeong-bo hwa-gin]
n. 確認寄送資訊

⇐

주문자 정보
[ju-mun-ja jeong-bo]
n. 訂購人資訊

⇓

결제하기
[gyeol-jje-ha-gi]
n. 結帳

⇒

주문 확인
[ju-mun hwa-gin]
n. 確認訂單

⇒

주문 완성
[ju-mun wan-seong]
n. 訂購完成

查詢訂單狀態時，會看到哪些韓文？

＊本圖來自韓國 G-market http://www.gmarket.co.kr/

1. 장바구니 [jang-ppa-gu-ni] n. 購物車
2. 스마일배송 [seu-ma-il-bae-song] n.
   快速到貨
3. 당일배송 [dang-il-bae-song] n.
   當日配送

4. 주문결제 [ju-mun-gyoel-jje] n.
   訂單結帳
5. 주문완료 [ju-mun-wal-ryo] n.
   訂購完成

1. 고객 센터 [go-gaek sen-teo] n.
   客服中心
2. 주문서 [ju-mun-seo] n. 訂單
3. 영수증 [yeong-su-jeung] n. 收據
4. 교환하다 [gyo-hwan-ha-da] v. 換貨
5. 환불하다 [hwan-bul-ha-da] v. 退款
6. 반품하다 [ban-pum-ha-da] v. 退貨
7. 주문을 취소하다
   [ju-mu-neul chwi-so-ha-da] ph.
   取消訂單
8. 택배 사고가 나다
   [taek-ppae sa-go-ga na-da] ph.
   包裹發生問題
9. 택배가 분실되다

[taek-ppae-ga bun-sil-doe-da] ph.
包裹遺失
10. 택배가 훼손되다
    [taek-ppae-ga hwe-son-doe-da] ph.
    包裹損壞
11. 배송지를 변경하다
    [bae-song-ji-reul byeon-gyeong-ha-da]
    ph. 變更配送地址
12. 배송일을 연기하다
    [bae-song-i-reul yeon-gi-ha-da] ph.
    延長配送日
13. 결제 방법을 바꾸다
    [gyoel-jje bang-beo-beul ba-kku-da]
    ph. 變更結帳方式

會用到的句子

1. 주문한 상품이 아직까지 도착하지 않았어요. 我訂的商品還沒送來。
2. 주문한 상품 사이즈가 아니에요. 這不是我訂的尺寸。
3. 주문한 색상과 다른 색이에요. 這個和我訂的顏色不一樣。
4. 반품 규정이 어떻게 돼요? 退貨有什麼規定嗎？
5. 주문한 상품에 사용한 흔적이 있어서 반품하고 싶어요.
   我訂的商品有使用的痕跡，我要退貨。
6. 입어 봤는데 사이즈가 안 맞아서요. 반품이 될까요?
   我試穿了，但尺寸不合，可以退貨嗎？
7. 이틀 전에 주문했는데 배송지의 주소를 변경할 수 있을까요?
   我是兩天前訂的，現在還可以改地址嗎？
8. 무통장 입금으로 결제를 했는데, 취소하고 신용카드로 결제할 수 있을까요?
   我用無存摺存款付了錢，能不能取消改用信用卡付款？
9. 주문한 상품이 이미 출고가 됐을까요? 請問我訂的商品是不是已經寄出了？
10. 아기가 자고 있을 수 있으니, 택배 기사님께 벨을 누르지 말아 달라고 꼭 전달해
    주세요.
    我怕到時候孩子正在睡覺，請幫我轉告宅配司機不要按電鈴。

Part 6
음식 飲食

커피숍 咖啡廳

這些應該怎麼說？

Part06_01

咖啡廳配置

1 커피원두 자루 [keo-pi-won-du ja-ru] n. 咖啡豆袋子

2 커피원두 [keo-pi-won-du] n. 咖啡豆

3 광고보드 [gwang-go-bo-deu] n. 廣告看板

4 메뉴보드 [me-nyu-bo-deu] n. 菜單看板

5 머그컵 [meo-geu-keop] n. 馬克杯

6 커피머신기 [keo-pi-meo-sin-gi] n. 咖啡機

⑦ 계산대 [gye-san-dae] n. 收銀台

⑧ 빵 [ppang] n. 麵包

⑨ 종이컵 [jong-i-keop] n. 紙杯

⑩ 간식류 [gan-sing-nyu] n. 零食類

⑪ 카드 사인하는 곳

[ka-deu sa-in-ha-neun got]

n. 卡片簽名處

⑫ 케이크 냉장고

[ke-i-keu naeng-jang-go] n. 蛋糕冰箱

◆ Tips ◆

生活小常識：咖啡篇

韓國人最早接觸咖啡是在朝鮮高宗時期，當時愛喝咖啡的高宗將咖啡引進韓國。當然，有幸品嘗咖啡的人只有身分地位高尚的兩班貴族，因此品嘗咖啡這件事，在當時屬於兩班文化的特權。而咖啡之所以受到眾人喜愛，可說始於即溶咖啡。1950 年代韓戰期間，隨著美國介入南北韓戰爭，西方的即溶咖啡也隨之傳入韓國，不過當時咖啡依然屬於特權階級才能接觸到的產品。到了 70 年代，咖啡開始打入中產階級，大家對咖啡的接受度越來越普及，最終迅速融入平民百姓的生活裡。1976 年，如今的國民咖啡 커피믹스（混合咖啡）問世，廣受韓國人歡迎。커피믹스之所以如此成功，是因為它配合了韓國人的口味，將咖啡、糖、牛奶混合在一起。曾有一家旅行社以外國人為對象做了問卷調查，커피믹스獲得 53 ％第一名的支持率，被選為韓國最好喝的飲品，可見커피믹스與一般的即溶咖啡有多大差異了。

이렇게 추운 날에는 달달한 커피믹스 한 잔이 딱인데.
在這寒冷的日子裡，來杯甜甜的混合咖啡正好暖暖身子。

在咖啡廳會做什麼呢？

▶ ▶ ▶ ▶ ▶ ▶ ▶ ▶ ▶ ▶ ▶

··· 01 挑選咖啡

Part06_02

咖啡的沖泡方法和咖啡種類有哪些？用韓文要怎麼說？

● 제조 방법 沖泡方法

인스턴트 커피
[in-seu-teon-teu keo-pi]
n. 即溶咖啡

일회용 드립 커피
[il-hoe-yong deu-rip keo-pi]
n. 濾掛式咖啡

드립 커피
[deu-rip keo-pi]
n. 手沖咖啡

더치 커피
[deo-chi keo-pi]
n. 冰滴咖啡

콜드 브루 커피
[kol-deu beu-ru keo-pi]
n. 冰釀咖啡

사이폰 커피
[sa-i-pon keo-pi]
n. 虹吸式咖啡

● 커피 종류 咖啡種類

에스프레소
[e-seu-peu-re-so]
n. 義式濃縮咖啡

아메리카노
[a-me-ri-ka-no]
n. 美式咖啡

라떼
[ra-tte]
n. 拿鐵

카푸치노
[ka-pu-chi-no]
n. 卡布奇諾

모카
[mo-ka]
n. 摩卡

플랫 화이트 커피
[peul-raet hwa-i-teu
keo-pi]
n. 白咖啡

카라멜 마끼아또
[ka-ra-mel ma-kki-a-tto]
n. 焦糖瑪奇朵

아이스 커피
[a-i-seu keo-pi]
n. 冰咖啡

아이리스 커피
[a-i-ri-seu keo-pi]
n. 愛爾蘭咖啡

비엔나 커피

[bi-en-na keo-pi]

n. 維也納咖啡

에스프레소 콘 파냐

[e-seu-peu-re-so
kon pa-nya]

n. 濃縮康保藍

에스프레소 로마노

[e-seu-peu-re-so ro-ma-no]

n. 羅馬諾濃縮咖啡

◆ **Tips** ◆

生活小常識：咖啡篇

在咖啡廳裡點一杯咖啡，總會提到杯子的大小。韓語中杯子大小的說法是以작은 [ja-geun]（小杯）、중간 []jung-gan]（中杯）、큰 [keun]（大杯）來區分。可是因為咖啡是從西方傳入的外來飲料，所以一般會用스몰 사이즈（small size）、미듐 사이즈（medium size）、라지 사이즈（large size）表示。此外，韓國法律從 2018 年 8 月 2 日開始，禁止全國咖啡廳使用拋棄式杯子，如果違規，業者會被處以兩百萬韓元的罰鍰，外帶則不受此限。有些人到韓國旅遊前往咖啡廳休息時，因為不打算久留，會請店員用外帶杯裝咖啡以便隨時可以帶著走。但礙於如今法律規定，店內用餐不可再使用免洗餐具，所以大家如要前往韓國旅遊，一定要留意這一點喔。

저기요. 아메리키노 라지 사이즈 한 잔 테이크 아웃 잔에 담아 주세요.

您好，我要一杯大杯的美式咖啡，請幫我裝在外帶杯裡。

02 — 挑選搭配咖啡的輕食

Part06_03

在咖啡廳裡常見的輕食有哪些呢？

● 빵 종류 麵包類

샌드위치
[san-deu-wi-chi]
n. 三明治

치아바타
[chi-a-ba-ta]
n. 夏巴塔麵包

파니니
[pa-ni-ni]
n. 帕尼尼

크로와상
[keu-ro-wa-sang]
n. 可頌

햄버거
[haem-beo-geo]
n. 漢堡

베이글
[be-i-geul]
n. 貝果

팬 케이크
[paen ke-i-keu]
n. 薄鬆餅

와플
[wa-peul]
n. 鬆餅

● 케이크 종류 蛋糕類

치즈 케이크
[chi-jeu ke-i-keu]
n. 起司蛋糕

티라미슈
[ti-la-mi-syu]
n. 提拉米蘇

브라우니

[beu-ra-u-ni]

n. 布朗尼

머핀

[meo-pin]

n. 馬芬

파운드 케이크

[pa-un-deu ke-i-keu]

n. 磅蛋糕

컵 케이크

[keop ke-i-keu]

n. 杯子蛋糕

조각 케이크

[jo-gak ke-i-keu]

n. 小蛋糕

롤 케이크

[rol ke-i-keu]

n. 蛋糕卷

● 기타 其他

마카롱
[ma-ka-rong]
n. 馬卡龍

타르트
[ta-reu-teu]
n. 甜派

에그 타르트
[e-geu ta-reu-teu]
n. 蛋塔

마들렌
[ma-deul-ren]
n. 瑪德蓮蛋糕

크레이프
[keu-re-i-peu]
n. 可麗餅

요거트
[yo-geo-teu]
n. 優格

토르티야
[to-reu-ti-ya]
n. 墨西哥薄餅

수제 쿠키
[su-je ku-ki]
n. 手工餅乾

식당 餐廳

這些應該怎麼說？

Part06_04

西式餐廳

1 레스토랑 [re-seu-to-rang] n. 西餐廳

2 커튼 [keo-teun] n. 窗簾

3 조명 [jo-myeong] n. 照明

4 바 [ba] n. 酒吧

5 컵 진열대 [keop jin-nyeonl-ttae] n. 杯架

6 바 테이블 [ba te-i-beul] n. 吧台

7 장식 [jang-sik] n. 裝飾

⑧ 등받이 의자 [deung-ba-ji ui-ja] n. 沙發靠椅

⑨ 테이블 [te-i-beul] n. 桌子

⑩ 양념통 [yang-nyeom-tong] n. 調味料筒

⑪ 의자 [ui-ja] n. 椅子

⑫ 메뉴판 [me-nyu-pan] n. 菜單

⑬ 냅킨 [naep-kin] n. 餐布

⑭ 스프 볼 [seu-peu bol] n. 湯碗

⑮ 홀 [hol] n. 大廳

⑯ 테이블 보 [te-i-beul bo] n. 桌布

⑰ 양탄자 [yang-tan-ja] n. 地毯

⑱ 지지대 [ji-ji-dae] n. 支架

⑲ 의자 다리 [ui-ja da-ri] n. 椅子腿

⑳ 의자 등받이 [ui-ja deung-ba-ji] n. 椅背

韓式餐廳

㉑ 물컵 [mul-keop] n. 水杯

㉒ 밥뚜껑 [bap-ttu-kkeong] n. 碗蓋

㉓ 쌈장 [ssang-jang] n. 包飯醬（韓式包飯或肉吃的醬）

㉔ 마늘 [ma-neul] n. 蒜

㉕ 국 [guk] n. 湯

㉖ 밥 [bap] n. 飯

㉗ 개인 접시 [gae-in jeop-ssi] n. 小盤子

28 젓가락 [jeot-kka-rak] n. 筷子

29 숟가락 [sut-kka-rak] n. 湯匙

50 집게 [jip-kke] n. 夾子

51 가위 [ga-wi] n. 剪刀

52 상추 [snag-chu] n. 萵苣

53 김치 [gim-chi] n. 泡菜

54 소주잔 [so-ju-jan] n. 燒酒杯

55 반찬 [ban-chan] n. 菜餚

36 불고기 [bul-go-gi] n. 烤肉

57 불고기전골 [bul-go-gi-jeon-gol] n. 烤肉火鍋

38 소주 [so-ju] n. 燒酒

39 나물 [na-mul] n. 野菜

40 불고기 소스 [bul-go-gi so-seu] n. 烤肉醬

燒烤餐廳

41 겉절이 [geot-jjeo-ri] n. 生泡菜

42 생고기 [saeng-go-gi] n. 生肉

43 양념고기 [yang-nyeom-go-gi] n. 調味肉

44 연통 [yeon-tong] n. 烟筒

45 불판 [bul-pan] n. 燒烤盤

46 반찬류 [ban-chan-nyu] n. 小菜類

47 김치찌개 [gim-chi-jji-gae] n. 泡菜鍋

48 쌈장류 [ssam-jang-nyu] n. 韓式包飯或肉吃的醬類

49 집게 [jip-kke] n. 夾子

50 앞접시[ap-jjeop-ssi] n. 空碗

51 된장찌개 [doen-jang-jji-gae] n. 大醬鍋

52 파무침 [pa-mu-chim] n. 拌蔥

53 생마늘 [saeng-ma-neul] n. 生大蒜

54 생고추 [saeng-go-chu] n. 生辣椒

55 구이판 [gu-i-pan] n. 烤盤、烤網

56 숯불 구이 [sut-ppul gu-i] n. 炭烤

57 냅킨 [naep-kin] n. 餐巾紙

58 나무 받침 [na-mu bat-chim] n. 木支架

59 돌솥 비빔밥 [dol-sot bi-bim-ppap] n. 石鍋拌飯

60 나무 접시 [na-mu jeop ssi] n. 木盤子

61 소금 [so-geum] n. 鹽

62 초고추장 [cho-go-chu-jang] n. 醋辣椒醬

63 겨자 소스 [geo-ja so-sseu] n. 芥末醬

韓國文化小常識 1：양반다리（盤腿坐），좌식문화（坐式文化）

人們經常說韓國是좌식문화（坐式文化），西方是입식 문화（立式文化）。雖然現代韓國的書桌、沙發、化妝室、廚房等都已西化，坐在地板生活的韓國人變少，但仍有許多地方保有온돌방（暖炕房）、바닥에서 자다.（睡地板）、바닥에 앉다（坐地板）的生活型態。迄今韓國國內依然有許多餐廳採坐式座位，不過也有許多餐廳將用餐區規劃為西式座位一區、坐式座位一區。不管是東方人還西方人，不習慣盤腿坐的人若來到只有坐式座位的餐廳，總會面有難色。此時，不妨找個靠背或靠牆而坐，會舒適許多喔。

餐廳配置

Part06_05

1. 방 [bang] n. 房
2. 선풍기 [seon-pung-gi] n. 電風扇
3. 메뉴판 [me-nyu-pan] n. 菜單
4. 옷걸이 [ot-kkeo-ri] n. 衣架
5. 테이블 [te-i-beul] n. 桌子
6. 양념통 [yang-nyeom-tong] n. 醬料桶
7. 냅킨 [naep-kin] n. 餐巾紙
8. 수저통 [su-jeo-tong] n. 餐具盒
9. 바닥 [ba-dak] n. 地板
10. 방석 [bang-seok] n. 墊子

在餐廳會做什麼呢？

••• 01 點餐

Part06_06

韓文的 메뉴（菜單）要怎麼看呢？

在韓國餐廳點餐不像西餐是階段性點餐，而是分為一次性吃飽的 식사류 [sik-ssa-ryu]（飯類）、以肉類為主的 고기류 [go-gi-ryu]（肉類）以及助興的 주류 [ju-ryu]（酒類）、助消化的 주스류 [ju-seu-ryu]（果汁類）等。

① 식사류 飯類

韓餐的 식사류 主要是以飯、湯、燉湯等為主，再加上店家免費供應的小菜，這是基本的一餐。因此，在韓國餐廳裡不用另點泡菜等菜餚。只要點主餐，店家都會附上配菜，且不夠時還可以再跟店家索取。

◆ 常見的飯類有哪些呢？

김치찌개
[gim-chi-jji-gae]
n. 燉泡菜／泡菜鍋

된장찌개
[doen-jang-jji-gae]
n. 燉豆醬／大醬湯

순두부찌개
[sun-du-bu-jji-gae]
n. 燉豆腐／嫩豆腐鍋

부대찌개
[bu-dae-jji-gae]
n. 部隊鍋

설렁탕
[seol-reong-tang]
n. 牛骨湯

갈비탕
[gal-bi-tang]
n. 牛排骨湯

비빔밥
[bi-bim-ppap]
n. 拌飯

돌솥 비빔밥
[dol-sot bi-bim-ppap]
n. 石鍋拌飯

② 고기류 肉類

在韓國餐廳點肉類時都以兩人份為主，因此一個人背包旅行時，這點是有
點不方便的。最近雖然有可以只點一人份的餐廳，但大部分的韓國餐廳仍
以兩人、四人份為主。這是以餐桌、座位及免費提供的小菜為考量的，因
此單人用餐有點困難。但近來小家庭化、單身的人急速增加，相信未來會
有變化的。

◆ 常見的肉類有哪些呢？

삼겹살
[sam-gyeop-ssal]
n. 五花肉

돼지갈비
[dwae-ji-gal-bi]
n. 豬小排

양념갈비
[yang-nyeom-gal-bi]
n. 洋釀牛小排

한우
[ha-nu]
n. 韓牛

불고기
[bul-go-gi]
n. 烤肉

오징어삼겹살
[o-jing-eo-sam-
gyeop-ssal]
n. 辣炒豬五花魷魚

목살
[mok-ssal]
n. 豬肩肉

항정살
[hang-jeong-ssal]
n. 松阪豬肉

③ 주류 酒類

韓國人吃肉的時候通常會喝比較多酒，酒的清涼或甜味可以中和肉類的油膩，因而形成吃肉喝酒的飲食文化。此外，吃什麼肉喝什麼酒，就如大家在韓劇看到的都有固定搭配。譬如吃炸雞喝啤酒，吃煎煮食物喝濁酒。

인삼주
[in-sam-ju]
n. 人蔘酒

막걸리
[mak-kkeol-ri]
n. 濁酒、馬格利

맥주
[maek-jju]
n. 啤酒

생맥주
[saeng-maek-jju]
n. 生啤酒

소주
[so-ju]
n. 燒酒

진로
[jil-ro]
n. 真露

과일 소주
[gwa-il so-ju]
n. 水果燒酒

④ 기타 한식 요리 其他韓式料理

삼계탕
[sam-gye-tang]
n. 參雞湯

감자탕
[gam-ja-tang]
n. 馬鈴薯排骨湯

춘천닭갈비
[chun-chon-tak-kkal-bi]
n. 春川辣炒雞

보쌈
[bo-ssam]
n. 菜包肉

육회
[yu-koe]
n. 生拌牛肉

냉면
[naeng-myeon]
n. 冷麵

잡채
[jap-chae]
n. 雜菜

부침개
[bu-chim-gae]
n. 煎餅

떡볶이
[tteok-ppo-kki]
n. 辣炒年糕

라볶이
[ra-ppo-kki]
n. 拉麵辣炒年糕

김밥
[gim-ppap]
n. 紫菜飯捲

꼬마김밥
[kko-ma-gim-ppap]
n. 迷你紫菜飯捲

순대
[sun-dae]
n. 血腸

짜장면
[jja-jang-myeon]
n. 炸醬麵

짬뽕
[jjam-ppong]
n. 炒碼麵

탕수육
[tang-su-yuk]
n. 糖醋肉

⑤ 음료수류 飲料類

코카콜라

[ko-ka-kol-ra]
n. 可口可樂

펩시 콜라

[pep-ssi kol-ra]
n. 百事可樂

스프라이트

[seu-peu-ra-i-teu]
n. 雪碧

환타

[hwan-ta]
n. 芬達

⑥ 간식류 零食類

붕어빵

[bung-eo-ppang]
n. 鯛魚燒

호떡

[ho-tteok]
n. 糖餅

어묵

[eo-muk]
n. 魚板

호두과자

[ho-du-gwa-ja]
n. 核桃餅乾

你知道嗎？ ▶ ▶ ◀ ▶ ▶ ▶ ▶ ▶ ▶ ▶ ▶ ▶ ▶ ▶

한국의 식사 예절 韓國用餐禮節

- 放置餐具時，湯匙的凹面須朝上擺放。

- 湯匙、筷子一次只拿一個。吃菜的時候只使用筷子，吃飯使用湯匙。

- 長輩舉筷之後才開始用餐，並調整用餐速度和長輩一致。

- 不要發出咀嚼食物的聲音或碗筷碰撞的聲音。

- 不要端起飯碗、湯碗。

- 骨頭、魚刺等包在衛生紙丟棄。

- 不要翻轉菜餚或挑著吃，不要排掉佐料不吃。

- 通常湯品會置於餐盤右側，飯放置於餐盤左側。

◆◆◆ 02 結帳

Part06_07

結帳常見的東西有哪些？

영수증
[yeong-su-jeung]
n. 收據

포장 봉투
[po-jang bong-tu]
n. 打包袋

전자 사인 단말기
[jeon-ja sa-in dan-mal-gi]
n. 簽帳端末機

常見的付款方式有哪些呢？

더치페이
[deo-chi-pe-i]
n. 各付各的

한 턱 내다
[han teok nae-da]
n. 請客

현금 결제
[hyeon-geum gyeol-jje]
n. 付現

모바일 결제
[mob-a-il gyeol-jje]
n. 行動支付

신용카드 결제
[xi-nyong-ka-deu gyeol-jje]
n. 信用卡付款

직불카드 결제
[jik-bbul-ka-deu gyeol-jje]
n. 簽帳金融卡付款

你知道嗎？

영수증 和 계산서 的差異

簡單來說，계산서 [gyeo san seo]（計算書）是請求付款的文件，也就是台灣說的帳單；而영수증 [yeong su jeung]（領收證）是收費的證明，是台灣常說的收據、發票。因此，當你前往餐廳用餐要結帳時，可以跟服務生說계산서 주세요.（請給我帳單）。如此一來，服務生就會把結帳明細拿過來。也有些餐廳會在點餐後，將계산서置於桌子的一側。結帳時，我們可以向店家說영수증 주세요.（請給我收據），那麼店家結帳時就會給予收據。這樣大家搞清楚兩者的差異了嗎？

빙수 전문점 冰專賣店

Part06_08

這些應該怎麼說?

飲料種類

주스 종류 果汁類

1 오렌지 주스 [o-ren-ji ju-seu] n. 柳橙汁

2 토마토 주스 [to-ma-to ju-seu] n. 番茄汁

3 파인애플 주스 [pa-i-nae-peul ju-seu] n. 鳳梨汁

4 당근 주스 [dang-geun ju-seu] n. 紅蘿蔔汁

5 사과 주스 [sa-gwa ju-seu] n. 蘋果汁

스무디 종류 冰沙類

6 키위 스무디 [ki-wi seu-mu-di] n. 奇異果冰沙

7 파인애플 스무디 [pa-i-nae-peul seu-mu-di] n. 鳳梨冰沙

8 오렌지 스무디 [o-ren-ji seu-mu-di] n. 柳橙冰沙

9 딸기 스무디 [ttal-gi seu-mu-di] n. 草莓冰沙

10 오이 스무디 [o-i seu-mu-di] n. 小黃瓜冰沙

11 포도 스무디 [po-do seu-mu-di] n. 葡萄冰沙

커피 종류 咖啡類

12 아메리카노 [a-me-li-ka-no] n. 美式咖啡

13 라떼 [la-tte] n. 拿鐵

14 카푸치노 [ka-pu-chi-no] n. 卡布奇諾

15 버블티 [beo-beul-ti] n. 珍珠奶茶

아이스크림 종류 冰淇淋類

16 녹차 아이스크림 [nok-cha a-i-seu-keu-rim] n. 抹茶冰淇淋

17 바닐라 아이스크림 [ba-nil-ra a-i-seu-keu-rim] n. 香草冰淇淋

18 망고 아이스크림 [mang-go a-i-seu-keu-rim] n. 芒果冰淇淋

19 호두 아이스크림 [ho-du a-i-seu-keu-rim] n. 核桃冰淇淋

20 딸기 아이스크림 [ttal-gi a-i-seu-keu-rim] n. 草莓冰淇淋

你知道嗎？

韓國這幾年除了「貢茶」以外，「老虎堂」、「都可」等台灣飲料店越來越多。如果去韓國旅行或出差想來杯飲料時，要怎麼用韓文跟店員表達自己希望的冰塊跟甜度呢？

●얼음양 冰塊調整

1. 얼음은 넣지 말아 주세요 . n. 去冰
2. 얼음은 조금만 넣어 주세요 . n. 少冰
3. 얼음은 반만 넣어 주세요 . n. 半冰
4. 얼음은 많이 넣어 주세요 . n. 多冰

●당도 선택 甜度調整

1. 시럽은 넣지 말아 주세요 . n. 無糖
2. 시럽은 조금만 넣어 주세요 . n. 微糖
3. 시럽은 반만 넣어 주세요 . n. 半糖
4. 시럽은 원래대로 넣어 주세요 . n. 全糖
5. 시럽은 본래보다 더 많이 넣어 주세요 . n. 多糖

冰品店有哪些常見的冰呢？

팥빙수

[pat-pping-su]

n. 紅豆冰

녹차 빙수

[nok-cha bing-su]

n. 抹茶冰

멜론 빙수

[mel-ron bing-su]

n. 哈密瓜冰

인절미 빙수

[in-jeol-mi bing-su]

n. 糯米糕冰

망고 빙수

[mang-go bing-su]

n. 芒果冰

복숭아 빙수

[bok-ssung-a bing-su]

n. 桃子冰

초콜릿 빙수

[cho-kol-rit bing-su]

n. 巧克力冰

바나나 빙수

[ba-na-na bing-su]

n. 香蕉冰

딸기 빙수

[ttal-gi bing-su]

n. 草莓冰

Chapter3
빙수 전문점 冰專賣店

231

수박 빙수

[su-bak bing-su]

n. 西瓜冰

종합과일 빙수

[jong-hap-gwa-il bing-su]

n. 綜合水果冰

마시멜로 빙수

[ma-si-mel-ro bing-su]

n. 棉花軟糖冰

◆ Tips ◆

慣用語小常識：소확행（소소하지만 확실한 행복）小確幸

韓國現代 20 ～ 30 歲的年輕人喜歡飯後去吃比正餐還貴的飯後甜點，於是冰品專賣店便如雨後春筍般出現。反映這種現象的流行語就是소확행 [so-haw-kaeng]（小確幸）。這是房子太貴買不起，因此放棄戀愛、結婚、生子等的年輕人，以自己奢侈一下來獲得微小但能感受到實質幸福感的現象，藉此撫慰因迫於無奈不得不向現實低頭的心情。這無疑反映了現實社會令人憂傷的變化。對有錢人來說，買房子就像喝水一樣簡單，然而一般平民百姓即使省吃儉用一輩子都不見得存得到頭期款。對 N 포세대（N 拋世代）世代的人來說，既然買房無望，也沒有多餘的錢可以談戀愛、結婚、生孩子，那還不如用手頭僅有的一些餘裕，換取讓自己活在當下的幸福快樂，這就是近年來소확행如此盛行的原因。

常加在飲料、冰品裡的這些配料，你知道它們的韓文是什麼嗎？

펄/타피오카
[peol/ta-pi-o-ka]
n. 珍珠

코코넛 젤리
[ko-ko-neot jel-ri]
n. 椰果

푸딩
[pu-ding]
n. 布丁

알로에
[al-ro-e]
n. 蘆薈

선초
[seon-cho]
n. 仙草

타로
[ta-ro]
n. 芋圓

금귤
[geum-gyul]
n. 金桔檸檬

패션 프루트
[pae-syeon peu-ru-teu]
n. 百香果

리치
[ri-chi]
n. 荔枝

수제맥주 전문점 手工啤酒專賣店

Part06_11

這些應該怎麼說？

店內配置

1 맥주바 [maek-jju-ba] n. 酒吧

2 맥주 진열장
[maek-jju ji-nyeol-jjang]
n. 啤酒展櫃

3 바텐 [ba-ten] n. 吧台

4 내부 [nae-bu] n. 內部

5 의자 [ui-ja] n. 椅子

6 테이블 [te-i-beul] n. 桌子

7 생맥주 기계
[saeng-maek-jju gi-gye]
n. 生啤酒機

8 레버 [re-beo] n. 啤酒龍頭

9 맥주 나오는 입구
[maek-jju na-o-neun ip-kku]
n. 啤酒柱

10 바 [ba] n. 吧台

11 유리잔 [yu-li-jan] n. 玻璃杯

12 건조 매트
[geon-jo mae-teu] n. 集水盤

常見的雞尾酒調酒器有哪些，韓文怎麼說呢？

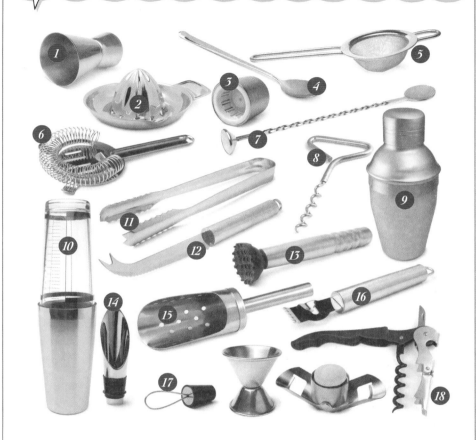

1 지거 [ji-geo] n. 量酒器

2 스퀴저 [seu-kwi-jeo] n.
手動榨汁器

3 쉐이커 뚜껑
[swe-i-keo ttu-kkeong] n.
調酒器蓋子

4 칵테일 스푼 [kak-te-il seu-pun]
n. 調酒匙

5 거름망 [geo-reum-mang] n.
過濾器

6 스트레이너 [seu-teu-re-i-neo] n.
調酒過濾器

7 바 스푼 [ba seu-pun] n. 調酒錘匙

8 T자형 와인 따개
[T-jja-hyeong wa-in tta-gae] n.
T 型紅酒開瓶器

◆ Chapter4
수제맥주 전문점 手工啤酒專賣店

9 코블러 쉐이커

　[ko-beul-reo swe-i-keo] n. 調酒器

10 칵테일 쉐이커

　[kak-te-il swe-i-keo] n.

　雞尾酒調酒器

11 아이스 텅 [a-i-seu teong] n. 冰夾

12 바 나이프 [ba na-i-peu] n. 酒吧刀

13 머들러 [meo-deul-reo] n. 攪拌棒

14 포우어 [po-u-eo] n. 酒嘴

15 아이스 스쿠프

　[a-i-seu seu-ku-peu] n. 冰鏟

16 레몬 제스터 [re-mon je-seu-teo]

　n. 檸檬皮刨絲刀

17 고무마개 [go-mu-ma-gae] n.

　橡皮塞、橡膠塞

18 와인 오프너 [wa-in o-peu-neo]

　n. 海馬刀開瓶器、紅酒刀開瓶器

♦ **Tips** ♦

慣用語小常識：酒吧篇

술독에 빠지다（掉進酒缸）表示一個人喝酒過度，或因而過着放蕩的生活。一般常說韓國社會是關係主義社會，它的代表性文化就是各種團體林立。例如家族聚會、同學會、同好會、生日聚會、慶祝會、新年聚會、惜年會等。這些歡樂聚會形成的社會問題就是酒。韓國人的語言表現裡說：「이렇게 즐거운 날에 술이 없으면 섭섭하지（這麼高興的日子裡沒有酒太可惜了）」，「이렇게 슬픈 날에 술이 빠지면 서운하지（這麼傷心的日子裡缺了酒太悶了）」。又說：「어제는 기분이 좋아서 한 잔（昨天心情好於是喝了一杯）」，「오늘은 기분이 안 좋아서 한 잔（今天心情不好於是喝一杯）」。如此這般，韓國人跟酒似乎脫離不了關係。當然現代的韓國人不再像以前掉進酒缸裡一樣沉溺於酒精，可是韓國社會裡有著飲酒文化似乎是不能否認的。

그는 술독에 빠져 몸을 가누지 못하다.
他沉溺於酒鄉而不能自己。

그는 일을 하지 않고 하루 종일 술독에 빠져 지낸다.
他整天遊手好閒酒醉度日。

在酒吧會做什麼呢？

01 吃飯、喝酒

Part06_13

有哪些常見的酒呢？

1. 칵테일 [kak-te-il] n. 雞尾酒
2. 진토닉 [jin-to-nik] n. 琴湯尼
3. 마티니 [ma-ti-ni] n. 馬丁尼
4. 모히토 [mo-hi-to] n. 莫西多
5. 피나콜라다 [pi-na-kol-ra-da] n. 鳳梨可樂達
6. 블루하와이 [beul-ru-ha-wa-i] n. 藍色夏威夷
7. 블루문 [beul-ru-mun] n. 藍月
8. 핑크레이디 [ping-keu-re-i-di] n. 紅粉佳人
9. 드라이마티니 [deu-ra-i-ma-ti-ni] n. 乾馬丁尼

10. 데킬라선라이즈 [de-kil-ra-seon-ra-i-jeu] n. 龍舌蘭日出
11. 코스모폴리탄 [ko-seu-mo-pol-ri-tan] n. 柯夢波丹
12. 맥주 [maek-jju] n. 啤酒
13. 생맥주 [saeng-maek-jju] n. 生啤酒
14. 흑맥주 [heuk-maek-jju] n. 黑啤酒
15. 수제 맥주 [su-je maek-jju] n. 手工啤酒
16. 라거 [ra-geo] n. 窖藏
17. 에일 [e-il] n. 艾爾啤酒

18. 페일에일 [pe-il-e-il] n. 印度淡色艾爾啤酒
19. 드라이 맥주 [deu-ra-i maek-jju] n. 乾啤酒、低糖啤酒
20. 아이스 맥주 [a-i-seu maek-jju] n. 冰鎮啤酒

◆ Chapter4
수제맥주 전문점 手工啤酒專賣店

237

韓國男女喜歡的進口啤酒品牌是？

하이네켄

[ha-i-ne-ken]

n. 海尼根

버드와이저

[beo-deu-wa-i-jeo]

n. 百威

호가든

[ho-ga-deun]

n. 豪格登

칭다오

[ching-da-o]

n. 青島

아사히

[a-sa-hi]

n. 朝日

기네스

[gi-ne-seu]

n. 健力士

Part06_15

맥주 한 통
[maek-jju han tong]
n. 一桶啤酒

맥주 피쳐
[maek-jju pi-chyeo]
n. 一壺啤酒

500cc맥주 한 잔
[o-baek-si-si-maek-
jju han jan]
n. 一杯 500cc 啤酒

맥주 한 잔
[maek-jju han jan]
n. 一杯啤酒

병맥주
[byeong-maek-jju]
n. 瓶裝啤酒

캔맥주
[kaen-maek-jju]
n. 罐裝啤酒

有哪些常見的下酒菜呢？

마른 안주

[ma-reun an-ju]

n. 乾下酒菜

육포

[yuk-po]

n. 肉乾

나쵸

[na-chyo]

n. 烤乾酪辣味玉米片

튀김류

[twi-gim-nyu]

n. 油炸類

소시지 구이

[so-si-ji gu-i]

n. 烤香腸

콘치즈

[kon-chi-jeu]

n. 玉米起司

피자

[pi-ja]

n. 披薩

치킨

[chi-kin]

n. 炸雞

골뱅이 무침

[gol-baeng-i mu-chim]

n. 涼拌螺肉

02 聚會

在聚會的時候常做些什麼呢？

셀프 카메라를 찍다

[sel-peu ka-me-ra-reul jjik-tta]

ph. 自拍

말을 걸다

[ma-reu geol-da]

ph. 搭話

건배를 하다

[jeon-bae-reu ha-da]

ph. 舉杯

게임을 하다

[ge-i-meul ha-da]

ph. 玩遊戲

스포츠 경기를 보다

[seu-po-cheu gyeong-gi-reul bo-da]

n. 看運動比賽

응원을 하다

[eung-wo-neul ha-da]

n. 啦啦隊

◆ Chapter4 수제맥주 전문점 手工啤酒專賣店

你知道嗎？ ▶ ▶ ◀ ▶ ▶ ▶ ▶ ▶ ▶ ▶ ▶ ▶ ▶ ▶

常見的韓國酒吧有哪幾種呢？

● 치킨집（炸雞店）
치맥是치킨（炸雞）和맥주（啤酒）的合成詞，韓國人喝啤酒時總是喜歡佐以雞肉，以致造出這個合成字。不只是喝啤酒，吃宵夜也獨鍾炸雞。每每遇到世界盃等重要國際運動比賽，炸雞和啤酒就賣到幾乎斷貨的程度，成為韓國人不可或缺的飲食文化。

● 호프집（啤酒屋）
販賣生啤酒的啤酒屋因價格低廉，使大學附近的啤酒屋比比皆是。可是近年來，消費者逐漸傾向在安靜的地方獨自享受一杯生啤酒，而消費嗜好與消費型態的轉變，導致這類啤酒屋逐漸消失。

● 수제 맥주 전문점（手工啤酒專賣店）
從釀造廠開始就直接冷藏運送到消費者手中，一直保持着新鮮度。在這種手工啤酒專賣店可以用極低廉的價格享受到從前必須出國才能喝到的各國啤酒。這種啤酒尤其受年輕族群和女性的喜愛。

Part 7
생활 보건 生活保健

병원 醫院

這些應該怎麼說？

Part07_01

院內擺設

❶ 병원 로비 [byeong-won ro-bi] n.
醫院大廳

❷ 비상문 [bi-sang-mun] n. 緊急出口

❸ 모니터 [mo-ni-teo] n.
多媒體播放主機

❹ 호출 번호 표시
[ho-chul beon-ho pyo-si] n. 櫃台顯示器

❺ 안내 데스크 [an-nae de-seu-keu] n.
繳費櫃台

❻ 간호사 [gan-ho-sa] n. 護理師

❼ 대기자 / 방문객
[dae-gi-ja/bang-mun-gaek] n.
候診者／訪客

❽ 의자[ui-ja] n. 椅子

9 병원 [byeong-won] n. 醫院

10 안내 표시 [an-nae pyo-si] n. 導覽標示

11 외래진료 절차 안내

[oe-rae-jil-ryo jeol-cha an-nae]

n. 外來診療程序指南

12 수납 [su-nap] n. 收納

13 출입구 [chul-rip-kku] n. 出入口

14 복도 [bok-tto] n. 走廊

15 걸음 보조기

[geo-reum bo-jo-gi] n.

助行器

在醫院會做什麼呢？

⋯ 01 健康檢查

在健檢的時候會做什麼呢？

Part07_02

키를 재다

[ki-reul jae-da]

n. 量身高

체중을 재다

[che-jung-eul jae-da]

n. 量體重

허리둘레를 재다
[heo-ri-dul-re-reul jae-da]
n. 量腰圍

혈압을 측정하다
[hyeo-ra-beul
cheuk-jjeong-ha-da]
n. 量血壓

시력을 검사하다
[si-ryeo-geul
geom-sa-ha-da]
n. 檢查視力

심장 박동 소리를 듣다
[sim-jang bak-ttong
so-ri-ruel deut-tta]
n. 聽心跳聲

맥을 짚다
[mae-geul jip-tta]
n. 把脈

열을 재다
[yeo-reul jae-da]
n. 量耳溫

엑스레이를 찍다
[ek-sseu-re-i-ruel jjik-tta]
n. 拍 X 光片

피를 뽑다
[pi-reul ppop-tta]
n. 抽血

혈당을 측정하다
[hyol-ttang-eul cheuk-jjeong-ha-da]
n. 量血糖

초음파 소리를 듣다
[cho-eum-pa so-ri-reul deut-tta]
n. 照超音波

健檢時會聽到的句子

1. 피를 뽑을 때 조금 따끔합니다.
   抽血時會有點刺痛。
2. 다음 검사 당일에도 금식을 하셔야 합니다.
   下次檢查當天也必須禁食。
3. 엑스레이 촬영 시에는 모든 금속품을 빼 주세요. 照 X 光片時請拿掉所有金屬飾品。

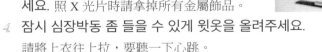

4. 잠시 심장박동 좀 들을 수 있게 윗옷을 올려주세요.
   請將上衣往上拉，要聽一下心跳。
5. 식사 후 잊지 말고 약을 꼭 복용하셔야 합니다. 餐後不要忘記，一定要服藥。
6. 모든 검사가 완료됐습니다. 일주일 후에 검사 결과 알려 드리겠습니다.
   所有檢查都做完了，一週後告訴您檢查結果。

Part07_03

在手術房裡常見的東西有哪些？

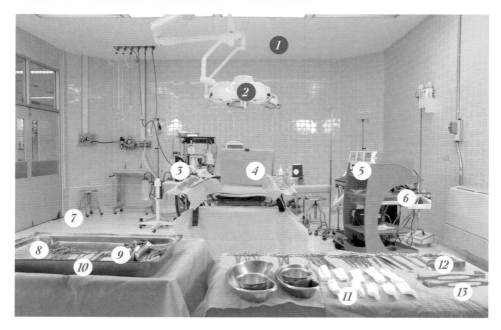

❶ 수술실 [su-sul-sil] n.
手術室、開刀房

❷ 수술실 무영등
[su-sul-sil mu-yeong-deung] n.
手術燈

❸ 마취 기계 [ma-chwi gi-gye] n.
麻醉機

❹ 수술용 소독수건
[su-sul-nyong so-dok-su-geon] n.
手術用消毒巾

❺ 심장박동 측정기
[sim-jang-bak-ttong cheuk-jjeong-gi]
n. 生理監視器

❻ 기계 수납대 [gi-gye su-nap-ttae] n.
器械架

❼ 수술실 의자 [su-sul-sil ui-ja] n.
手術圓凳

❽ 수술용 가위 [su-sul-nyong ga-wi] n.
手術剪

❾ 매스 [mae-seu] n. 手術刀

❿ 수술 도구판 [su-sul do-gu-pan] n.
器械盤

⓫ 거즈 [geo-jeu] n. 紗布

⓬ 지혈기 [ji-hyeol-gi] n. 止血器

⓭ 수술 도구 테이블
[su-sul do-gu te-i-beul] n. 手術工具

進手術房前，醫護人員需換上哪些裝備？韓文怎麼說？

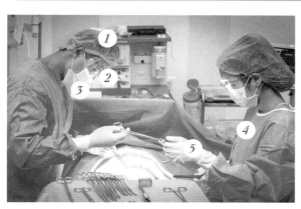

1 수술용 모자
[su-sul-nyong mo-ja] n.
手術帽

2 수술용 안경
[su-sul-nyong an-gyeong]
n. 護目鏡

3 수술용 마스크
[su-sul-nyong ma-seu-keu]
n. 醫療口罩

4 수술용 가운 [su-sul-nyong ga-un] n. 隔離衣
5 수술용 장갑 [su-sul-nyong jang-gap] n. 手術手套

◆Tips◆

身兼行醫與理髮的理髮外科醫師

最近受美容院影響，幾乎消失蹤跡的就是理髮廳。早年似乎有男生去理髮廳，女生去美容院這個不成文的規定。不只韓國，早期台灣理髮廳外也都懸掛帶有紅、白、藍三色的旋轉燈。時至今日，一些保有早年傳統的古早味理髮廳外依舊可看到三色旋轉燈的身影。你是否想過，為何理髮廳外要掛著三色旋轉燈？紅、白、藍這三個顏色有什麼含意？이발사（理髮師）跟외과의사（外科醫師）又有什麼關係呢？

中世紀歐洲的理髮廳並非單純只是理髮的地方。在中世紀，剃刀技術嫻熟的理髮師還有一個響亮亮的名稱叫做이발 외과의사（理髮外科醫師），這與當時的醫學觀念有關。中世紀的歐洲人認為放血有益健康，這項工作原

由神職人員執行。但西元 1163 年，當時的羅馬主教，也就是教宗亞歷山大三世，下令讓神職人員停止做這件事，於是放血這項工作便由擅長操刀的理髮師接手，自此理髮師身兼業餘的外科醫師。舉凡你想像得到的外科手術，包括除瘡、拔牙、截肢等，都由理髮師執行。此外，醫師雖然是一個崇高的職業，但中世紀歐洲並不認為外科手術是什麼偉大的醫療行為，反而認為外科屬於低賤工作，只有內科治療才符合醫師的身分地位。且當時的內科醫師都是接受正統大學教育的上流社會階級人士，主要學習治療法、藥效等，自然看不上又要沾血又辛勞的外科工作。由於理髮師身兼業餘外科醫師，當時的外科醫師被聯想成只是理髮師，於是巴黎大學等學校便在西元 1200 年乾脆廢止外科。

那麼，理髮廳外的旋轉燈為何是白、藍、紅三個顏色呢？其實關於三色旋轉燈顏色由來的說法有好幾種，其中一種是外科廢止後，外科醫師針對大學廢止外科起而抗議，設立了自己的教育機構，採師徒制。開業外科醫師為表示自己是受過教育的，因而掛出紅、藍、白的三色旋轉燈，三個顏色分別代表心臟、靜脈、繃帶。西元 1540 年，英格蘭國王批准理髮師・外科醫師聯合會的成立，理髮師正式打出外科醫師的牌子開始執業。這群身兼行醫與理髮的理髮外科醫師，為表示自己和一般理髮師不同，穿了更長的袍子，這便是醫師袍的由來。有趣的是，早期醫生都是穿黑色衣服，但後來為了增添神聖性，希望營造出專業形象，才改為如今我們熟悉的白袍。

유럽 중세 시대 때는 이발사가 외과의사를 겸했다고 해요.
聽說中世紀歐洲的理髮師還兼任外科醫師的工作。

Part07_04

手術室裡有哪些人呢？

1. 외과 의사 [oe-kkwa ui-sa]
   n. 外科醫師
2. 마취과 의사
   [ma-chwi-kkwa ui-sa] n.
   麻醉科醫師
3. 집도의 [jip-tto-ii] n.
   主刀醫師
4. 레지던트 [re-ji-deon-teu] n.
   住院醫師
5. 인턴 [in-teon] n. 實習醫師
6. 수술실 간호사 [su-sul-sil gan-ho-sa] n. 手術室護理師
7. 전담 간호사[jeon-dam gan-ho-sa] n. 專責護理師
8. 마취 전문 간호사 [ma-chwi jeon-mun gan-ho-sa] n. 麻醉護理師

Part07_05

你知道嗎？

隨著經歷與活動領域不同，醫師有不同的薪資待遇與稱呼。你知道在韓國是如何區分、稱呼這些醫師的嗎？

● 의대생 의예과 **醫預科學生（大一～大二）**
韓國大學的醫學院學生要接受六年教育，前兩年屬於醫預科，後四年屬於
醫學系課程。

● 의대생 본과（의학과） **醫學院學生（大三～大六）**
經過兩年的醫預科課程之後即升上醫學系，成為名符其實的醫學院學生，
經四年課程之後，賦予參加醫師資格考試的資格。

● 일반의 **一般醫師**
完成醫學院六年課程並通過考試的話就得學士學位和執照，此時稱一般醫
師。一般醫師是就內科、外科、小兒青少年科、耳鼻喉科等科別中挑選自
己有自信、合於自身適性的科別開業的醫生。但這樣做的人甚少，大多會
選擇繼續實習歷練。

● 인턴（수련의） **實習醫師（不分科住院醫師）**
取得醫師執照之後到綜合醫院等實習機構，修習特定診療及實習課程便可
取得專科醫師資格。實習期為期一年，在選科之前，要經歷所有科別的診
療實作、臨床實習等，是屬於剛入門的菜鳥醫師。

● 레지던트（전공의） **住院醫師（分科住院醫師）**
實習結束後挑選一科作為主修的研修領域，此階段的醫師稱為住院醫師
（分科住院醫師），研修期間一般是四年；家醫科、韓醫科、牙科則為三
年。有時實習醫師階段和住院醫師階段會合併稱為수련（實習）或전공（專
攻）學程。

● 전문의 **專科醫師**

專科醫師指的是取得執照後的一般醫師，在歷經一年實習、四年住院醫師實習等專業領域修習後，通過專科考試並取得專科醫師執照的醫師。以 2012 年為基準，韓國醫師中，除了實習、住院醫師之外，專科醫師占 90%，比率頗高；而外國則是一般醫師比率較高。由以上的過程看，韓國的醫師養成女生須 11 年，男生再加兵役須 14 年。

※ 以前台灣這邊要成為一位醫生，歷程大約是醫學系七年（學校四年＋見習醫師兩年＋實習醫師一年）→不分科住院醫師→住院醫師→總醫師→主治醫師。也就是七年學制＋一年 PGY（不分科住院醫師）；但 2013 年之後已改為 6 年學制＋ 2 年 PGY。

Part07_06

> 診療科目有哪些呢？韓文怎麼說？

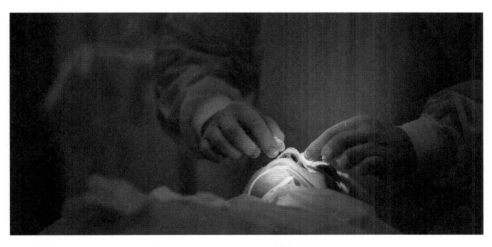

1. 내과 [nae-kkwa] n. 內科
2. 외과 [oe-kkwa] n. 外科
3. 안과 [an-kkwa] n. 眼科
4. 치과 [chi-kkwa] n. 牙科
5. 소아과 [so-a-kkwa] n. 小兒科
6. 피부과 [pi-bu-kkwa] n. 皮膚科
7. 비뇨기과 [bi-nyo-gi-kkwa] n. 泌尿科
8. 성형외과 [seong-hyeong-oe-kkwa] n. 整形外科
9. 산부인과 [san-bu-in-kkwa] n. 婦產科
10. 이비인후과 [i-bi-in-hu-kkwa] n. 耳鼻喉科
11. 가정의학과 [ga-jeong-ui-hak-kkwa] n. 家醫科

한의원 韓醫院

Part07_07

這些應該怎麼說？

在韓醫院內會做哪些醫療行為呢？

맥을 짚다

[mae-geul jip-tta]

n. 把脈

뜸을 뜨다

[tteu-meul tteu-da]

n. 艾灸

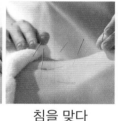

침을 맞다

[chi-meul mat-tta]

n. 針灸

부항을 뜨다

[bu-hang-eul tteu-da]

n. 拔罐

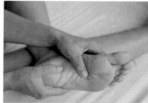

지압을 하다

[ji-a-beul ha-da]

n. 徒手治療

근육을 풀어주다

[geu-nyu-geul pu-reo-ju-da]

n. 推拿

약재를 다리다

[yak-jjae-reul da-ri-da]

v. 處理藥材

在韓醫院會做什麼呢？

▶▶▶▶ ▶▶ ▶▶ ▶▶ ▶ ▶

··· 01 掛號

Part07_08

預約掛號常用的句子有哪些？

1. 예약을 하다. ph. 預約
2. 예약을 하지 않다. ph. 沒有預約
3. 현장 예약을 하다. ph. 現場預約
4. 인터넷 예약을 하다. ph. 網路預約
5. 전화 예약을 하다. ph. 電話預約
6. 예약을 취소하다. ph. 取消預約
7. 예약을 연기하다. ph. 延期預約
8. 예약 대기 중이다. ph. 預約候補中
9. 예약을 해야 합니까? ph. 必須預約嗎？
10. 예약을 바꿀 수 있습니까? ph. 請問可以更改預約嗎？

◆ Tips ◆

韓國文化小常識：한의원與 한방병원的差別是？

首先，我們先來釐清一下의원（診所）、보건소（保健所）與병원（醫院）的差異。韓語的의원是指擁有醫療設備，對外實施醫療行為的醫療場所，類似台灣的診所，規模比醫院小；보건소主要提供疾病預防、治療、健康宣導，是設立於各縣市、各郡、各區的醫療機構，類似台灣的衛生所；병원依據韓國醫療法，是指可以接納三十名以上病患住院的醫院，規模比診所大。台灣因為語言關係，很多人聽到의원、병원這兩個字，下意識都認為是醫院。但在韓國，所謂的한의원韓醫院指的是以韓醫方式治療病患的診所；而한방병원漢方病院則指以韓方治療病患的韓醫院。韓國法律上規定，可容納三十名以上患者住院的醫院稱為병원，規模比의원大。

어제 엄마가 한방병원에 입원하셔서 일찍 가 볼게.
媽媽昨天到韓方醫院住院了，我要提早走。

掛號時會用到的單字及片語

1. 환자 진료기록부를 작성하다. ph.
   填寫初診單
2. 신분증을 보여 주다. ph. 出示身分證

3. 의료 보험 가입 여부를 확인하다.
   ph. 確認是否有加入醫療保險
4. 대기 번호표를 뽑다. ph. 抽號碼牌
5. 접수를 하다. ph. 掛號
6. 접수비를 납부하다. ph. 繳掛號費
7. 접수 창구 / 데스크. ph.
   掛號處 / 櫃台
8. 접수·수납·처방전. ph.
   掛號、受領、處方箋
9. 원무과 직원. ph. 院務職員
10. 접수 창구직원. ph. 掛號櫃台職員

掛號時常用的基本對話

창구직원 : 무엇을 도와드릴까요?

櫃台職員：您要辦什麼？

환자 : 접수를 하고 싶습니다.

患者：我要掛號。

창구직원 : 저희 병원에 오신 적이 있으십니까?

櫃台職員：請問您有來過嗎？

환자 : 아니요, 처음입니다.

患者：不，我是初診。

창구직원 : 초진이실 경우에는 먼저 환자 진료기록부부터 작성해 주시기 바랍니다.

櫃台職員：初診的話請先填寫初診單。

환자 : 의료보험 카드를 안 가지고 왔는데도 괜찮아요?

患者：我沒帶醫療保險卡也可以看診嗎？

창구직원 : 네, 신분증만 보여 주시면 저희쪽에서 조회해 보겠습니다.

櫃台職員：沒關係，請給我身分證，我們來照會。

환자 : 여기 표시된 부분을 다 작성해야 해요?

患者：這裡標示的部分都要填嗎？

창구직원 : 네, 빠짐 없이 다 적성해 주셔야 합니다.

櫃台職員：是的，每項都要填寫，不能遺漏。

환자 : 다 작성했습니다.

患者：填好了。

창구직원 : 그럼 대기 번호표를 뽑으신 후 잠시만 기다려 주시겠습니까?

櫃台職員：那麻煩您抽個號碼牌，稍等一下。

환자 : 접수비가 있습니까?

患者：需要掛號費嗎？

창구직원 : 네, 저희 병원에서는 진료 명세서에 접수비가 포함되어 계산됩니다.

櫃台職員：是的，本院批價時會將掛號費與診療費合併計算。

환자 : 아, 네. 알겠습니다.

患者：啊，好的，我知道了。

02 看診

Part07_10

韓醫院裡常見的人有哪些？

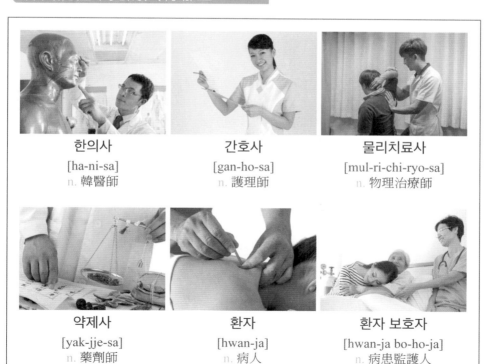

한의사
[ha-ni-sa]
n. 韓醫師

간호사
[gan-ho-sa]
n. 護理師

물리치료사
[mul-ri-chi-ryo-sa]
n. 物理治療師

약제사
[yak-jje-sa]
n. 藥劑師

환자
[hwan-ja]
n. 病人

환자 보호자
[hwan-ja bo-ho-ja]
n. 病患監護人

콧물

[kon-mul]

n. 鼻涕

기침

[gi-chim]

n. 咳嗽

고열

[go-yeol]

n. 發燒

목 통증

[mok tong-jjeung]

n. 喉嚨痛

코 막힘

[ko ma-kim]

n. 鼻塞

추위를 타다

[chu-wi-reul ta-da]

n. 畏寒

복통

[bok-tong]

n. 腹痛

알레르기

[al-re-reu-gi]

n. 過敏

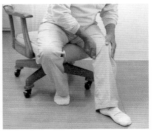

관절염

[gwan-jeol-nyeom]

n. 關節炎

看診時常用的基本對話

한의사 : 어디가 불편하셔서 오셨어요?

韓醫師：您哪裡不舒服？

환　자 : 며칠 전에 발목을 삐었어요.

患者：我幾天前腳踝扭了。

한의사 : 어디 한번 봅시다. 발목을 이렇게 하면 많이 아프세요?

韓醫師：讓我看看，這樣做腳踝會不會痛？

환　자 : 네, 너무 아파요.

患者：會，好痛。

한의사 : 근육이 많이 놀란 것 같아요.

韓醫師：您扭到筋了。

　　　　며칠 간 침을 맞으면서 집에서 찜질을 해 주세요.

　　　　您做幾天針灸，然後在家裡熱敷。

환　자 : 침이요？ 제가 주사도 잘 못 맞거든요.

患者：針灸？我連打針都怕呢。

한의사 : 침을 놓을 때 살짝 따끔하기만 해요. 많이 아프지 않을 거예요.

韓醫師：針灸只會刺痛一下，不會很痛的。

환　자 : 많이 놓으실 거예요?

患者：要針灸很多地方嗎？

한의사 : 발목 부위니까 그렇게 많이 놓지는 않을 거예요. 몇 대만 놓을게요.

韓醫師：因為是腳踝部分，不需要針很多針，只有幾針而已。

환　자 : 네, 알겠습니다.

患者：好的，我知道了。

한의사 : 그리고 더욱 중요한 것은 집으로 가셔서 꼭 뜨거운 찜질을 해 주셔야 돼요.

韓醫師：還有更重要的是回家一定要熱敷。

환　자 : 네, 알겠습니다. 고맙습니다.

患者：好的，我知道了。謝謝您。

치과 牙科

這些應該怎麼說？

Part07_12

牙科內部配置

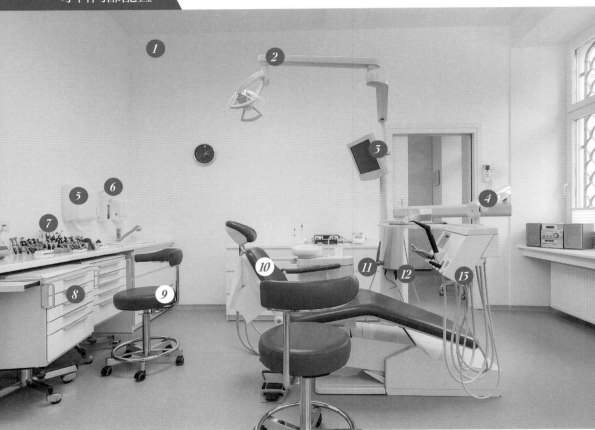

1 치과 진료실 [chi-kkwa jil-ryo-sil] n.
牙科診療室

2 진료실 무영등
[jil-ryo-sil mu-yeong-deung] n.
診療室照明燈

3 모니터 [mo-ni-teo] n. 螢幕

4 치과용 유니트
[chi-kkwa-yong yu-ni-teu] n.
牙科診療設備

5 종이 타월 [jong-i ta-wol] n. 擦手紙

⑥ 병원용 손소독제

[byeong-won-nyong son-so-dok-jje]

n. 醫院酒精消毒液

⑦ 치과 진료 도구

[chi-kkwa jil-ryo do-gu] n.

牙科治療器具

⑧ 치과 캐비넷 [chi-kkwa kae-bi-net] n.

牙醫櫃

⑨ 치과 진료용 의자

[chi-kkwa jil-ryo-yong ui-ja] n.

牙醫圓凳

⑩ 치과 환자 의자

[chi-kkwa hwan-ja ui-ja] n. 牙醫躺椅

⑪ 치과 진공 석션

[chi-kkwa jin-gong seok-ssyeon] n.

牙醫真空吸唾機

⑫ 치과용 드릴 [chi-kkwa-yong deu-ril]

n. 牙鑽

⑬ 치과용 핸드피스

[chi-kkwa-yong haen-deu-pi-seu] n.

牙科手機

Part07_13

看牙醫會用到的單字

1. **치과의사** [chi-kkwa-ui-sa] n. 牙醫
2. **치통** [chi-tong] n. 牙痛
3. **충치** [chung-chi] n. 蛀牙
4. **치석** [chi-seok] n. 牙結石、牙垢
5. **입냄새** [im-naem-sae] n. 口臭
6. **이를 뽑다** [i-reul ppop-tta] ph. 拔牙
7. **이가 시리다** [i-ga si-ri-da] ph. 牙齒痠

8. **이가 흔들리다** [i-ga heun-deul-ri-da]
   ph. 牙齒搖晃
9. **이에 구멍이 생기다**
   [i-e gu-meong-i saeng-gi-da]
   ph. 蛀牙、牙齒蛀了一個洞
10. **플라그** [peul-ra-geu] n. 牙菌斑
11. **레진** [re-jin] n. 斜靠

◆ Tips ◆

生活小常識：牙齒保健觀念→牙膏不要沾水

你是否刷牙時，為了讓牙膏起泡而習慣沾水呢？你知道牙膏只需擠出來直接刷，就會起泡了嗎？牙膏含有研磨劑，具有維持牙齒光澤和美白的功能。而研磨劑如果沾水就會稀釋，洗滌力便會降低。所以刷牙時，牙膏不要沾水為宜。

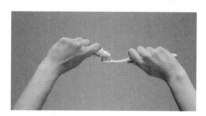

如果怕太乾不好刷，可以先將牙刷淋濕，甩掉多餘水分，再擠牙膏即可。

양치질을 할 때 치약에 물을 묻히면 세척력이 떨어진다고 해요.
聽說刷牙時如果牙膏沾水，洗滌力就會降低。

◆ Tips ◆

慣用語小常識：牙齒篇

이가 없으면 잇몸으로 *沒有牙齒的話就用牙齦*

韓語有句俗語叫「이가 없으면 잇몸으로」，直譯是沒有牙齒的話就用牙齦，譬喻即使事情辦不成、搞砸了，還是有其他辦法可以解決。就像沒有牙齒的話，就用牙齦咀嚼食物一般，假如沒有必須具備、擁有的人或條件，退而求其次一樣能達成目的。也就是少了某人或某種條件，照樣能辦好事情的意思。有一種沒什麼大不了，無需大驚小怪的感覺。

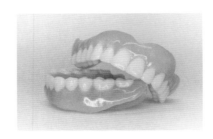

가 : 이번에 아르바이트생이 또 그만뒀어요. 어떡하지요?
這次的工讀生又不做了，怎麼辦？

나 : 이가 없으면 잇몸이라고 며칠만 기다려 주세요. 바로 뽑을게요.
沒什麼大不了的，請稍等幾天，立刻幫您找一個新的。

在牙科會做什麼呢？ ▶▶▶▶▶▶▶▶▶▶▶▶▶▶▶

⋯ 01 檢查牙齒、洗牙

Part07_14

1. 치과정기검사 [chi-kkwa-jeong-gi-geom-sa]
   n. 定期檢查牙齒
2. 부정교합 엑스레이
   [bu-jeong-gyo-hap ek-sseu-re-i] n.
   咬合不正 X 光
3. 입을 벌리다 [i-beul beol-ri-da] ph. 張嘴
4. 입을 다물다 [i-beul da-mul-da] ph. 闔上嘴
5. 어금니를 물다 [eo-geum-ni-leul mul-da] ph. 咬緊牙
6. 침을 닦다 [chi-meul dak-tta] ph. 擦口水

常見的牙齒保健工具有哪些呢？

치약
[chi-yak]
n. 牙膏

칫솔
[chit-ssol]
n. 牙刷

전동칫솔
[jeon-dong-chit-ssol]
n. 電動牙刷

치실
[chi-sil]
n. 牙線

일회용 치실
[il-hoe-yong chi-sil]
n. 牙線棒

치간 칫솔
[chi-gan chit-ssol]
n. 牙間刷

이쑤시개
[i-ssu-si-gae]
n. 牙籤

가글
[ga-geul]
n. 漱口水

구강세척기
[gu-gang-se-cheok-kki]
n. 沖牙機

◆ Chapter3
치과 牙科

可能會用到的句子

1. 찬 음식을 먹을 때 이가 너무 시려요. 我吃冰的東西時，牙齒會痠。
2. 양치질을 할 때 계속 피가 나요. 我刷牙的時候會一直流血。

263

3. 어금니로 씹을 때 이가 너무 아파요. 我用臼齒咀嚼的時候牙齒很痛。
4. 앞니가 흔들려요. 我的門牙會搖。
5. 딱딱한 것을 씹을 때 턱 부분이 아파요. 咀嚼硬的東西時下巴會痛。
6. 사랑니를 뽑으러 왔어요. 我來拔智齒。
7. 엑스레이 결과 부정교합 정도가 심합니다. X 光片顯示你咬合不正很嚴重。
8. 치석은 정기적으로 제거해 주셔야 돼요. 牙結石必須要定期清除。

···02 治療牙齒疾病

Part07_16

常見的牙齒疾病有哪些？韓文怎麼說？

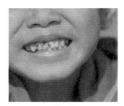

충치
[chung-chi]
n. 蛀牙

치주 질환
[chi-ju jil-huan]
n. 牙周病

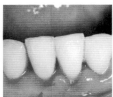

잇몸에서 피가 나다
[in-mo-me-seo
pi-ga na-da]
ph. 牙齦出血

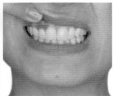

잇몸 염증
[in-mom yeom-
jjeung]
n. 牙齦發炎

牙套的種類有哪些？

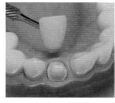

치아 크라운
[chi-a keu-ra-un]
n. 牙套

치열 교정기
[chi-yeol
gyo-jeong-gi]
n. 齒列矯正器

투명 교정기
[tu-myeong
gyo-jeong-gi]
n. 維持器

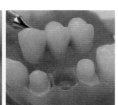

치아 브릿지
[chi-a beu-rit-jji]
n. 牙橋

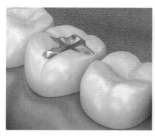

치아 덧씌우기

[chi-a deot-ssui-u-gi]

n. 補牙

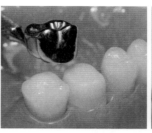

치아 인레이

[chi-a in-ne-i]

n. 鑲牙

스케일링

[seu-ke-il-ring]

n. 清除牙結石

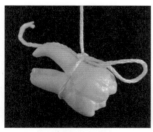

이를 뽑다

[i-reul ppop-tta]

ph. 拔牙

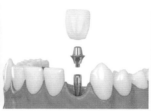

임플란트

[im-peul-ran-teu]

n. 植牙

틀니

[teul-ri]

n. 假牙

부분 마취

[bu-bun ma-chwi]

n. 局部麻醉

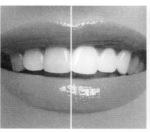

치아 미백

[chi-a mi-baek]

n. 牙齒美白

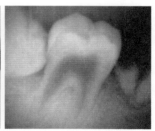

치아 뿌리 치료

[chi-a ppu-ri chi-ryo]

n. 根管治療

◆ Chapter3 치과 牙科

약국 藥局

這些應該怎麼說？

藥局擺設

Part07_17

1. 약국 [yak-kkuk] n. 藥局
2. 약품 진열대 [yak-pum ji-nyeol-ttae] n. 藥品陳列臺
3. 약품 [yak-pum] n. 藥品
4. 조제실 [jo-je-sil] n. 調劑室
5. 약사 [yak-ssa] n. 藥劑師
6. 소형 냉장고 [so-hyeong naeng-jang-go] n. 小型冰箱
7. 출입구 [chu-rip-kku] n. 出入口
8. 카운터 [ka-un-teo] n. 服務台
9. 드링크제 [deu-ring-keu-je] n. 藥水
10. 어린이 비타민 [eo-ri-ni bi-ta-min] n. 兒童維他命

慣用語小常識：藥物篇

양약고어구이리어병，충언역어이이리어행.
「良藥苦於口而利於病，忠言逆於耳而利於行」

俗話說몸에 좋은 약은 입에 쓰다（良藥苦口）、바른 말은 귀에 거슬린다（忠言逆耳）。這兩個分開看都是大家耳熟能詳的俗語，可是為什麼會有關聯呢？其實，典故出自於《韓非子・外儲說左上》的「夫良藥苦於口，而智者勸而飲之，知其入而已己疾也；忠言拂於耳，而明主聽之，知其可以致功也」。用白話文解釋就是「知道對身體好的藥吃起來很苦，但聰明的人聽勸服用，明白吃了藥就可以治癒自己的疾病；忠言聽起來總是比較刺耳，但明君會選擇傾聽、採納這些意見，因為他們知道這些話雖然不好聽，對國家社稷、對事情來說卻是好的。」而大家耳熟能詳的「良藥苦於口而利於病，忠言逆於耳而利於行。」則出自《孔子家語・卷四・六本》。因此「良藥苦口」除了有「對身體好的藥難以吞嚥」之意外，也有「對事情有益的諫言多半不好聽」的衍伸涵義。看完這些典故，是不是比較理解為何「良藥苦口（양약고구）」的近義成語是「忠言逆耳（충언역이）」了呢？

'몸에 좋은 약은 입에 쓰다'고 하잖아요. 방금 제 말 주의하는 게 좋아요.
俗話說良藥苦口，我剛剛說的話好好想一想。

在藥局會做什麼呢？

···01 ─購買成藥

Part07_18

常見的成藥有哪些？韓文怎麼說？

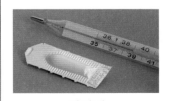		
해열제	아스피린	진통제
[hae-yeol-jje]	[a-seu-pi-rin]	[jin-tong-je]
n. 退燒藥	n. 阿斯匹靈	n. 止痛藥

제산제
[je-san-je]
n. 制酸劑

기침 감기 시럽
[gi-chim gam-gi si-reop]
n. 咳嗽感冒糖漿

좌약
[jwa-yak]
n. 塞劑

可能會用到的單字

Part07_19

1. 사다 [sa-da] v. 購買
2. 두통 [du-tong] n. 頭痛
3. 치통 [chi-tong] n. 牙齒痛
4. 생리통 [saeng-ni-tong] n. 生理痛
5. 편두통 [pyeon-du-tong] n. 偏頭痛
6. 아프다 [a-peu-da] n. 疼痛
7. 출혈 [chul-hyeol] n. 出血

8. 빈혈 [bin-hyeol] n. 貧血
9. 현기증 [hyeon-gi-jjeung] n. 暈眩
10. 어지럽다 [eo-ji-ryop-tta] n. 頭暈
11. 매스껍다 [mae-seu-kkeop-tta] n. 噁心
12. 설사 [seol-ssa] n. 拉肚子、下痢
13. 구토 [gu-to] n. 嘔吐
14. 경련 [gyeong-nyeon] n. 痙攣、抽筋

15. 천식 [cheon-sik] n. 氣喘
16. 가래 [ga-rae] n. 痰
17. 기침 [gi-chim] n. 咳嗽
18. 열 [yeol] n. 發燒
19. 통증 [tong-jeung] n. 痛症、病痛
20. 부작용 [bu-ja-gyong] n. 副作用

會用到的句子

● 描述症狀

1. 여기가 너무 아파요. →我這裡很痛。
2. 기침이 멈추지를 않아요. →我咳嗽咳不停。
3. 열이 떨어지지를 않아요. →發燒不退。
4. 속이 계속 매스꺼워요. →我一直噁心想吐。

5. 며칠째 설사를 계속해요. →好幾天一直拉肚子。
6. 가래가 계속 생겨요. →一直生痰。
7. 환절기여서 천식이 심해졌어요. →因為是換季時期，氣喘變嚴重了。
8. 부작용은 걱정하지 않아도 될까요? →有沒有副作用？

● 詢問藥師

1. 이 처방전에 있는 약 좀 주시겠어요? →請給我處方箋的藥。
2. 여기에 쓰여 있는 대로 복용하면 되지요? →按這裡寫的服用就可以了吧？
3. 연고를 이 정도만 발라도 충분할까요? →軟膏塗這樣就夠了嗎？
4. 약을 다 복용했을 때 처방전을 또 받아 와야 돼요?
   →藥吃完之後，還得持處方箋來領藥嗎？
5. 이 약을 어느 약국에서나 쉽게 구매할 수 있어요?
   →這個藥可以在隨便一家藥局買到嗎？
6. 이 약이 다른 약국에는 없었는데, 이 약국에는 있는지 확인해 봐 주시겠어요?
   →這種藥別家藥局都沒有，可以幫我看看你們這裡有沒有嗎？
7. 혹시 모르니까 3일치 말고 5일치를 처방해 주시겠어요?
   →或許會不夠，能不能不要只開三天的藥，給五天好不好？
8. 제가 지금 다른 약을 복용하고 있는데, 같이 복용해도 될까요?
   → 我現在有在服用其他的藥，一起吃可以嗎？

你知道嗎？

一樣都是藥，정、환、캡슐 該如何區別？

凡是專門用來治療或改善疾病的「藥物」，不論是한약（韓藥）或양약（西藥）都稱為약（藥）。한약材種類簇繁不及備載，這裡先不細談；양약藥品主要分成환약（藥丸）、가루약（藥粉）及캡슐（膠囊）三種，其中환약包括정 [jeong]（錠）、환 [hwan]（丸）、캡슐 [keep-ssyul]（膠囊）三種形態，정泛指可以咬碎的藥；환泛指具備一個形態，但不能咬的藥；캡슐則指因藥物顏色或味道不好，磨成藥粉後置入軟殼膠囊內的藥物。不過大家常吃的保健食品，如魚油等也是膠囊。

購買醫療食品

Part07_20

購買醫療食品時會用到的單字

1. 건강 보조 식품 [geon-gang bo-jo sik-pum] n. 保健食品
2. 성분 [seong-bun] n. 成分
3. 영양제 [yeong-yang-je] n. 營養劑
4. 천연 식품 [cheo-nyeon sik-pum] n. 天然食品
5. 유기농 식품 [yu-gi-nong sik-pum] n. 有機食品
6. 홍삼 원액 [hong-sam wo-naek] n. 紅蔘原液
6. 비타민 시럽 [bi-ta-min si-reop] n. 維他命糖漿
7. 단백질 보충제 [dan-baek-jjil bo-chung-je] n. 高蛋白營養品
8. 건강하다 [geon-gang-ha-da] adj. 健康的
9. 필요하다 [pi-ryo-ha-da] adj. 需要的
10. 흡수하다 [heup-ssu-ha-da] v. 吸收

常見的用品和保健食品有哪些？

Part07_21

비타민
[bi-ta-min]
n. 維他命

오메가 쓰리
[o-me-ga sseu-ri]
n. 魚油

홍삼
[hong-sam]
n. 紅蔘

혈압계
[hye-rap-kkye]
n. 血壓計

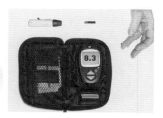

혈당 측정기
[hyel-ttang cheuk-jjeong-gi]
n. 血糖機

체온계
[che-on-gye]
n. 體溫計

안약

[a-nyak]

n. 眼藥水

생리 식염수

[saeng-ni si-gyeom-su]

n. 生理食鹽水

인공 눈물

[in-gong nun-mul]

n. 人工淚液

찜질팩

[jjim-jil-paek]

n. 熱敷袋

아이스팩

[a-i-seu-paek]

n. 冰敷袋

연고

[yeon-go]

n. 軟膏

붕대

[bung-dae]

n. 繃帶

밴드

[baen-deu]

n. OK 繃

소독약 (과산화수소)

[so-dong-nyak]

n. 消毒水

코로나19 新冠肺炎 COVID-19

Part07_22

這些應該怎麼說？

紅外線體溫感測器

1 적외선 열화상 검사

[jeo-goe-seon yeol-hwa-sang geom-sa]

n. 紅外線體溫偵測

2 일체형 PC [il-che-hyeong pi-si] n.
一體型電腦

3 자동화면캡쳐

[ja-dong-hwa-myeon-keep-cheo]

n. 自動畫面擷取

4 열화상 카메라 [yeol-hwa-sang ka-me-ra]
n. 紅外線熱像儀

5 삼각대 [sam-gak-ttae] n. 三腳架

6 차단 벨트 [cha-dan bel-teu] n. 紅龍

7 차단 봉 [cha-dan bong] n. 紅龍柱

。新冠肺炎相關單字有哪些呢？

01 疫情

Part07_23

這些疫情單字怎麼說呢？

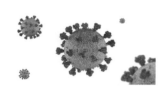

코로나19 바이러스
[ko-ro-na il-gu ba-i-reo-seu]
n. 新冠肺炎病毒

신종 바이러스
[xin-jong ba-i-reo-seu]
n. 新型病毒

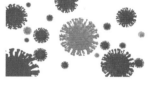

변이 바이러스
[byeo-ni ba-i-reo-seu]
n. 變異病毒

접촉자
[jeop-chok-jja]
n. 接觸者

확진자
[hawk-jjin-ja]
n. 確診者

격리자
[gyeong-ni-ja]
n. 隔離者

사망자
[sa-mang-ja]
n. 死者

누적 사망자수
[nu-jeok sa-mang-ja-ssu]
n. 累計死亡病例

격리 해제
[gyeong-ni hae-je]
n. 解除隔離

Chapter5 코로나19新冠肺炎COVID-19

잠복기

[jam-bok-kki]

n. 潛伏期

예방

[ye-bang]

n. 預防

방역

[bang-yeok]

n. 防疫

진단 키트

[jin-dan ki-teu]

n. 篩檢試劑

집단 감염

[jip-ttan ga-myeom]

n. 群聚感染

집단 면역

[jip-ttan myeo-nyeok]

n. 群體免疫

펜데믹

[pen-te-mik]

n. 大流行

백신

[baek-ssin]

n. 疫苗

백신 여권

[baek-ssin yeo-kkwon]

n. 疫苗護照

원격 수업

[won-kkyeok su-eop]

n. 遠距教學

랜선 콘서트

[raen-seon kon-seo-teu]

n. 線上演唱會

재택 근무

[jae-taek geun-mu]

n. 居家辦公

你知道嗎？ ▶▶ ◀▶▶▶▶ ▶▶ ▶▶ ▶▶ ▶▶ ▶▶

疫情下產生的新單字

● 코로나 세대 **新冠世代**

코로나 세대指的是 2016 年到 2030 年間出生的兒童。這段期間出生的孩子，遇上新冠肺炎爆發時都正要或將要接受學齡前教育。偏偏因為疫情的關係，有些國家的孩童無法或很少到校上課，導致他們童年時期與朋友沒有互動。這對社會變化影響極大，將會影響到疫情結束後出生的孩童。코로나 19 爆發於 2019 年 11 月，原以為 2020 年下半年疫情可以趨緩，未料時至今日，全球各地疫情依舊嚴峻，震撼世界各國，甚至到了稱這段時期出生的孩子為코로나 세대的地步。

● 포스트 코로나（**Post-Corona**）
新冠肺炎後疫情時代

傳染性病毒置全世界於恐慌中，相關防疫措施有자가격리（居家隔離）、자가진단（居家檢疫）、집중격리（集中隔離）、집중검역（集中檢疫）、사회적 거리두기（保持社交距離）、탄력근무（分流上班）、재택근무（居家辦公）等新社會文化現象，這些都是在期待疫情結束的情況下產生的新用語。2020年，美國華爾街報世界經濟論壇首度使用포스트 코로나這個字，隨後世界各國相繼援用。

◆ Chapter5
코로나 19 新語彙（COVID-19）

● 위드 코로나（**With Corona**）
與病毒共存

全球疫情持續嚴峻，在疫情壓不下去的狀況下，人類必須學習如何保護自己。受到國情與文化影響，韓國當地在疫情爆發之初，抗拒甚至不戴口罩的人比比皆是。然而如今走在街頭，口罩儼然已成為生活必需品。大家都想方設法在病毒與生活之間求平衡，努力防疫消毒、注重清潔、勤洗手、非必要不外出，漸漸習慣各種受限的生活。此外，公司行號也因此面臨許多挑戰。受疫情影響，空運、海運班次驟減，許多企業也因無法如期交貨、收貨而承受莫大的損失。

● 언택트 **零接觸**

別誤會，這不是英語，而是因應疫情產生的韓語新造語。在表達「接觸」之意的「콘택트（contact）」前加上英語表否定的字首「언（un）」形成「언택트（untact）」這個詞。一語道出疫情下，人們零接觸的活動型態。為防止疫情擴散，保持社交距離、非必要不外出、減少聚會、居家辦公等都是避免人與人之間有所接觸，公司業務用網路聯繫、餐飲靠外賣配送、物品網購、表演採線上直播等更完美達到零接觸。

● 집콕족 **宅在家的人**

這也是一個因應疫情而產生的新造語，取自「집 안에 콕 박혀 머무르다 [jip a-ne kok ba-keo meo-mu-reu-da]（窩居家中）」。新冠肺炎的特性是飛沫傳染，為避免與他人接觸，整天宅在家裡的人不少。隨著完全不想出門的人增加，實體門市銷量銳減，網購平臺銷量激增。也因大家無法外出運動，取代野外遊樂活動的家中遊樂器材、健身器材等也頗受歡迎。

防疫人員需換上哪些裝備，韓文怎麼説？

1. 방역복 [bang-yeok-ppok] n. 隔離衣
2. 방역 고글 [bang-yeok go-geul] n. 護目鏡
3. 페이스 쉴드 [pe-i-seu swil-deu] n. 面罩
4. 마스크 [ma-seu-keu] n. 口罩
5. 방역 장갑 [bang-yeog jang-gab] n. 手套

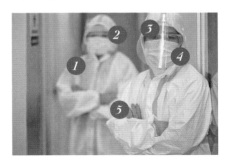

這些應該怎麼說？

···02 篩檢與防疫

這些疫情單字怎麼説呢？

1. 워크 스루 [wo-keu seu-ru] n. 篩檢站
2. 천막 [cheon-mak] n. 活動帳篷
3. 현수막 [hyeon-su-mak] n. 布幔
4. 대기자 [dae-gi-ja] n. 等待的人
5. 검사자 [geom-sa-ja] n. 受檢者
6. 검사관 [geom-sa-guan] n. 檢疫人員
7. 안전거리 유지 [an-jeon-geo-ri yu-ji]
   n. 保持安全距離

8. 드라이브 스루 [deu-ra-i-beu seu-ru] n.
   得來速免下車篩檢
9. 검사자 차량 [geom-sa-ja cha-ryang] n.
   檢查者車輛
10. 진단 키트 [jin-dan ki-teu] n. 檢測工具

◆ Chapter5 코로나 19新冠肺炎(COVID)

> 因應新冠狀肺炎疫情的活動

● 사회적 거리두기 保持社交距離

這是為防止傳染病蔓延制定的措施，為的是減少人與人之間的接觸，也稱「保持物理距離」。疫情期間，例如學校、企業、宗教團體等人多聚集的公共場所，人們見面應儘量維持一定社交距離並減少接觸機會，藉由最基本的減少接觸來預防感染。而疫情按照嚴重程度可分為 1 階段、1.5 階段、2 階段、2.5 階段、3 階段等 5 個階段性防疫措施，1 階段屬於 생활방역（生活防疫），1.5 階段～ 2 階段屬於 지역유행（社區感染），2.5 階段～ 3 階段則進入 전국유행（全國疫情大爆發），屬於疫情失控的階段，每個階段都有每個階段對應的防疫計畫。

● 덕분에 챌린지「我們因你們而得以生存」，對醫療團隊的鼓舞活動

為了鼓舞獻身冠狀病毒抗疫之醫療團隊的士氣，韓國中央災難安全政策總部發起這個全民參與的鼓舞活動。此活動援用表示尊敬與榮耀的手語來製作活動象徵影像，每個人都可以將該影像或圖像用於社群網站上。也製作「덕분에 챌린지（因你們而得以生存）」的標章，官方簡報、廣播相關人士、演藝人士、一般人士等，可藉由配戴此標章向醫療團隊表達感謝愛戴之意。

這些疫情單字怎麼說呢？

방역 마스크
[bang-yeok ma-seu-keu]
n. 防疫口罩

마스크 목줄
[ma-seu-keu mok-jjul]
n. 口罩掛繩

소독 물티슈
[so-dok mul-ti-syu]
n. 抗菌濕紙巾

손세정제
[son-se-jeong-je]
n. 手部清潔劑

살균 스프레이
[sal-gyun seu-peu-re-i]
n. 抗菌噴霧

핸드 워쉬
[haen-deu wo-swi]
n. 洗手乳

防疫宣導會聽到的句子

1. 손을 자주 씻으세요. 請常洗手。
2. 손소독을 해 주세요. 請消毒手。
3. 사람들이 많은 곳에 가지 말아 주세요.
   請不要去人多的地方。
4. 대중 교통 이용 시 마스크를 꼭 착용해
   주세요.
   搭乘大眾運輸時請務必配戴口罩。

5. 자주 환기를 시켜주세요. 請經常開窗通通風。
6. 사회적 거리두기를 유지해 주세요. 請保持社交距離。
7. 신체 접촉을 하지 말아 주세요. 請避免有肢體上的接觸。
8. 예방 수칙을 준수해 주세요. 請遵守防疫規範。

生活小常識：K- 방역

●드라이브스루（drive-thru）得來速免下車篩檢

有如麥當勞、星巴克等速食店的免下車取餐服務，韓國在防疫篩檢上創先採用드라이브스루（得來速免下車篩檢）以減少等候時間，降低互相感染的疑慮，還可減少醫療人員隔離衣、口罩的消耗。開車過防疫篩檢站，從入口掛號、填寫問診表、測量體溫、醫師診療、採取檢體到出口領取檢查報告須知等一連串手續，是處於受檢人一直待在駕駛座上的狀態下完成的。此篩檢方式得到世界各國正面肯定與回應，英國BBC 表示：「這是 COVID-19 的檢查設施，韓國快速採取了明智的應對措施。」美國彭博新聞社也指出：「此舉再次證明韓國是最先進的國家之一。」

●최소 잔여형 주사기 最低殘量型注射器（LDS）

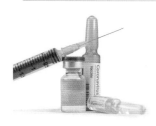

韓國企業最先開發出來的최소 잔여형 주사기（最低殘量型注射器）是一款特殊的注射器，可將一瓶疫苗的接種人數由 6 名增至 7 名。此款注射器現已量產，受世界各國青睞紛紛採用。由於此款注射器可比普通注射器減少更多殘餘量，有最大利用昂貴且量少藥劑的優點。簡單來說，假如普通注射器一瓶藥劑最多可施打 5 人，那麼최소 잔여형 주사기（最低殘量型注射器）因注射器活塞與針尖幾乎沒有空隙死角，每打一個人都會殘留一些藥劑。原本一瓶藥劑打完 5 個人就沒了，但因為前面每施打一位就殘留一些藥劑，等原定的 5 位都施打完畢之後，剩餘殘留的藥劑加起來還可以再施打 1 位。這就是최소 잔여형 주사기（最低殘量型注射器）廣受世界各國歡迎的原因。

防疫生活常用的句子

1. 외출 시 마스크를 잊지 마세요. 外出時請別忘記口罩。
2. 마스크를 착용해 주세요. 請配戴口罩。
3. 마스크를 바르게 착용해 주세요. 請戴好口罩。
4. 실내에서도 마스크를 벗지 말아 주세요. 在室內也請勿摘下口罩。
5. 사용한 마스크는 재사용하지 말아 주세요. 用過的口罩請勿重複使用。
6. 마스크를 버릴 때 잘 버려 주세요. 扔口罩時請好好扔掉。
7. 여분의 마스크를 휴대하세요. 請攜帶多餘的備用口罩。
8. 마스크 기부를 실행해 보세요. 請實踐口罩捐贈。
9. 마스크에서 어서 해방됐으면 좋겠어요. 希望可以早日恢復正常生活。
10. 자신 스스로를 보호하세요. 請保護好自己。

Part07_28

口罩種類

면 마스크

[myeon ma-seu-keu]
n. 棉口罩

일회용 부직포 마스크

[il-hoe-yong bu-jik-po
ma-seu-keu]
n. 一次性口罩

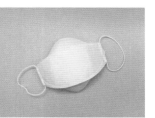

보건용 마스크

[bo-geon-nyong
ma-seu-keu]
n. 保健用口罩（KF94）

방진 마스크

[bang-jin ma-seu-keu]
n. 防塵口罩

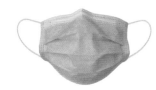

수술용 마스크

[su-sul-nyoung
ma-seu-keu]
n. 醫療口罩

N95 마스크

[en-gu-si-bo ma-seu-keu]
n. N95 口罩

Part07_29

◆◆◆ Chapter6
동물 병원 動物醫院

這些應該怎麼說？

動物醫院配置

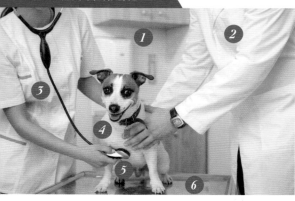

1 동물 병원 [dong-mul byeong-won] n. 動物醫院

2 동물 병원 어시스트
[dong-mul byeong-won eo-si-seu-teu]
n. 動物醫院助理

3 수의사 [su-i-sa] n. 獸醫

4 개 [gae] n. 狗

5 청진기 [cheong-jin-gi] n. 聽診器

6 치료대 [chi-ryo-dae] n. 診療檯

7 케이지 [ke-i-ji] n. 寵物籠子

8 지혈대 [ji-hyeonl-ttae] n. 止血帶

9 고양이 [go-yang-i] n. 貓

10 진공 체혈관
[jin-gong che-hyeo-gwan] n.
真空採血管

11 진공 체혈관대
[jin-gong che-hyeol-gwan-dae] n.
試管架

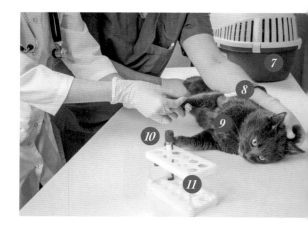

在動物醫院會做什麼呢？

01 帶寵物做檢查、打預防針

Part07_30

常做的檢查有哪些？

건강 검진
[geon-gang geom-jin]
n. 健康檢查

귀 검사
[gwi geom-sa]
n. 檢查耳朵

눈 검사
[nun geom-sa]
n. 檢查眼睛

이빨 검사
[i-ppal geom-sa]
n. 檢查牙齒

피부 검사
[pi-bu geom-sa]
n. 檢查皮膚

초음파를 찍다
[cho-eum-pa-reul jjik-tta]
n. 照超音波

엑스레이를 찍다
[e-sseu-re-i-reul jjit-tta]
n. 拍 X 光片

체온을 재다
[che-o-neul jae-da]
n. 量體溫

채혈을 하다
[chae-hyeo-leul ha-da]
n. 抽血

◆ **Tips** ◆

生話小常識：애견 미용（寵物美容）

在韓國，要幫寵愛的狗狗美容做造型時，不像台灣都是到寵物美容院，有些人會選擇去動物醫院。是的，你沒看錯，就是動物醫院。因此並非只有寵物生病才會帶牠們去動物醫院，做美容造型也會去動物醫院。寵物美容的項目很多，包括洗澡、吹乾、修剪毛髮、美甲等，幾乎和人類做的等級差不多。寵物中有喜歡做美容的，也有不喜歡做美容的。飼養牠們的主人應該要知道自家寵物喜不喜歡美容做造型，以免給寵物帶來壓力。

오늘은 우리 강아지가 세 달에 한 번 미용을 하는 날이에요.
> 今天是我家小狗每三個月做美容造型的日子。

∙∙∙ 02 帶寵物治療

Part07_31

◦ 常見的治療有哪些？

항생제 안약을 넣다
ph. 使用抗生素眼藥水

붕대를 감다
ph. 纏繃帶

주사를 맞다
ph. 打針

마취를 하다
ph. 打麻醉

수술을 하다
ph. 開刀

이빨을 닦다
ph. 洗牙

常見的治療用品有哪些？

목 보호대
[mok bo-ho-dae]
n. 伊莉莎白頭套、羞恥圈

제충약
[je-chung-yak]
n. 除蟲藥

귀 청결액
[gwi cheong-gyeo-raek]
n. 潔耳液

會用到的句子

1. 오늘은 고양이를 동물 병원에 꼭 데리고 가야 돼요. 我今天必須帶貓去動物醫院。
2. 강아지의 예방 접종이 있는 날이에요. 今天是帶小狗打預防針的日子。
3. 오늘은 강아지 미용을 하러 애견숍에 가요. 今天帶小狗去愛犬美容室。
4. 강아지는 꼭 하루에 한 번 산책을 시켜야 해요. 小狗必須每天帶牠去散步。
5. 한국에서는 가능하면 강아지 외출 시 입마개를 해요.
   在韓國帶狗狗外出時要帶口罩。
6. 애완동물과 산책을 할 때 배변을 처리할 위생 봉투를 꼭 준비해야 돼요.
   帶寵物出門散步時，務必要準備狗屎袋。
7. 수술 후인데 밥을 먹여도 돼요? 剛開完刀可以為牠吃飯嗎？
8. 저희 집 고양이가 계속 설사를 해요. 我家小貓一直拉肚子。

Part 8
레저 오락 休閒娛樂

영화관 電影院

這些應該怎麼說？

電影院配置

Part08_01

① 영화관 [yeong-hwa-guan] n. 電影院

② 스크린 [seu-keu-rin] n. 銀幕

③ 무대 [mu-dae] n. 舞台

④ 우측 좌석 [u-cheuk jwa-seok] n.
右側座位

⑤ 중앙 좌석 [jung-ang jwa-seok] n.
中央座位

⑥ 비상문 [bi-sang-mun] n. 緊急出口

⑦ 좌측 좌석 [jwa-cheuk jwa-seok] n.
左側座位

⑧ 스피커 [seu-pi-keo] n. 音箱

⑨ 통로 [tong-no] n. 走道

⑩ 계단 등 [gye-dan deung] n. 走道燈

⑪ 좌석 표시 등 [jwa-seok pyo-si
deung] n. 座位排指示燈

⑫ 팔걸이 [pal-geo-ri] n. 扶手

⑬ 등받이 [deung-ba-ji] n. 椅背

⑭ 한 줄 [han-jul] n. （一排）座位

⑮ 상영시간표 안내

[sang-yeong-si-gan-pyo an-nae]

n. 電影時刻表

⑯ 영화 팸플릿

[yeong-hwa paem-peul-rit]

n. 電影手冊

⑰ 커피숍 [keo-pi-syop] n. 咖啡廳

⑱ 스낵 코너 [seu-naek ko-neo]

n. 零食區

⑲ 영화 포스터

[yeong-hwa po-seu-teo] n. 電影海報

⑳ 홀 [hol] n. 大廳

◆ Tips ◆

生活小常識：代表韓國的釜山國際影展

韓國釜山國際影展最初於 1996 年舉辦之時，正是韓國電影業低迷的時期。這個影展的目的在於發掘、獎勵新作家，謀求亞洲電影發展。影展舉行期間每年不一，大約是在 10 月初到 10 月中旬間。計畫到韓國旅行或對實驗性電影有興趣的讀者，不妨將釜山排入旅遊行程，前往釜山共襄盛舉。順帶一提，釜山國際影展的英文名稱已於 2011 年由 PIFF（Pusan International Film Festival）改為 BIFF（Busan International Film Festival）。

01 購買電影票和餐點

Part08_02

電影票的種類有哪些？韓文怎麼説？

1. 조조 [jo-jo] n. 早場
2. 일반 [il-ban] n. 白天場
3. 심야 [si-mya] n. 午夜場
4. 성인표 [seong-in-pyo] n. 全票
5. 청소년표 [cheong-so-nyeon-pyo] n. 青少年票
6. 어린이 [eo-ri-ni-pyo] n. 兒童票
7. 시니어표 [si-ni-eo-pyo] n. 敬老票
8. 장애인표[jang-ae-in-pyo] n. 愛心票
9. 영화 할인권 [yeong-hwa ha-rin-kkwon] n. 電影優惠券
10. 군인·군무원 할인 [gu-nin gun-mu-won ha-rin] n. 軍人 · 軍務員折扣
11. 테이블석 [te-i-beul-seok] n. 有餐桌的座位
12. MX관 [em-aeg-seu-gwan] n. MX 影廳

◆ Tips ◆

慣用語小常識：조조할인（早場優待票）

조조할인指的是電影院給上午入場的觀眾打折的優惠措施，也就是台灣的早場優待票。之所以會有조조할인是因為早上來看電影的人通常都很少，業者為了吸引客人便祭出這項優惠。有關조조할인，每家戲院給予的折扣不一，通常是票價的30％～50％，等於早場電影一場可省下 7,000 到 8,000 韓幣。那麼，享受優惠的同時，你是否了解過조조할인這四個字背後蘊藏的文化意境呢？조조할인的漢字為「早朝割引」，早期人民生活困苦，大家都忙於生計，沒什麼休閒娛樂，看電影自然也是一項奢侈的消費。當時看電影是一種高檔的約會方式，當陷入情網的男方省吃儉用，最後鼓起勇氣向女方告白並詢問對方「조조할인 같이 볼래요？（要不要去看早場優惠的電影？）」，這不僅意味著男方是個有擔當足以成家立業的男性之外，還傳達了當時男女間那份純真、青澀、浪漫的戀愛方式與回憶。

MX관 與 IMAX관 的差異

你知道什麼是 MX 관嗎？ MX 관直譯是 MX 館，但它其實是指ＭＸ影廳。ＭＸ影廳是韓國最大型電影中心메가박스（Megabox）旗下的電影特館之一，也是韓國特有的一種影廳。如同台灣人享受電影可選擇 2D、3D、IMAX、4DX；韓國人享受電影時，除了 IMAX、4DX 之外，還可選擇 MX。那麼，IMAX 與ＭＸ有什麼不同呢？首先，IMAX 是一款底片，而ＭＸ不是。IMAX 是加拿大 IMAX 集團研發出來，特別適合拿來投射在超大螢幕的一款底片，它的解析度高，可提供觀

眾最大化視覺享受。假設一般電影院的螢幕模式是 16：9，那麼 IMAX 就是全螢幕。然而，IMAX 因韓國最大連鎖影城 CGV 獨家代理的關係，僅限於 CGV 相關影城播放，其他影城看不了。為了與 IMAX 一較高低，메가박스決定投資在音效上，因此產生 MX 影廳。雖然 IMAX 也有他們獨家的音效系統，但 MX 影廳採用的是杜比全景聲，在聽覺享受上大勝 IMAX。看過 IMAX 與 MX 電影的觀眾表示，在 MX 影廳看電影，除了有不輸給 IMAX 的視覺饗宴之外，再搭配 MX 的杜比全景聲，大大提升了消費體驗。可惜的是，MX 的畫質依舊比不過 IMAX。以後各位若有機會到韓國看電影，不妨前往메가박스體驗看看 MX，畢竟 IMAX 台灣也有，你們說是不是呢？

在電影院小吃部裡可以買到什麼？

Part08_03

● 食物

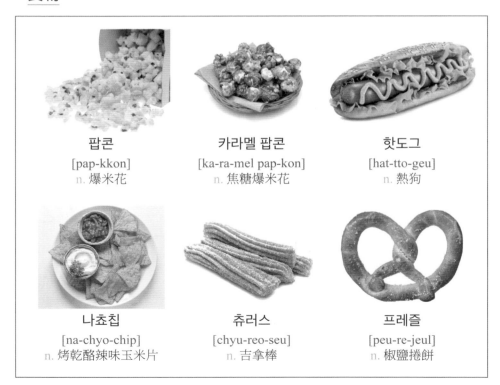

팝콘	**카라멜 팝콘**	**핫도그**
[pap-kkon]	[ka-ra-mel pap-kon]	[hat-tto-geu]
n. 爆米花	n. 焦糖爆米花	n. 熱狗
나쵸칩	**츄러스**	**프레즐**
[na-chyo-chip]	[chyu-reo-seu]	[peu-re-jeul]
n. 烤乾酪辣味玉米片	n. 吉拿棒	n. 椒鹽捲餅

버터 오징어
[beo-teo o-jing-eo]
n. 奶油烤魷魚

쥐포
[jwi-po]
n. 鱗魨魚脯、烤魚片

군밤
[gun-bam]
n. 炒栗子

● <u>飲料</u>

생수
[saeng-su]
n. 礦泉水

탄산음료
[tan-san-eum-nyo]
n. 碳酸飲料

아이스티
[a-i-seu-ti]
n. 冰紅茶

과일 주스
[gwa-il ju-seu]
n. 果汁

과일 스무디
[gwa-il seu-mu-di]
n. 水果冰沙

커피
[keo-pi]
n. 咖啡

◦◦◦ 02 看電影

Part08_04

常見的電影種類有哪些？韓文怎麼説？

1 전쟁 영화 [jeon-jaeng yeong-hwa] n. 戰爭片

2 공포 영화 [gong-po yeong-hwa] n. 恐怖片

3 멜로 영화 [mel-ro yeong-hwa] n. 愛情片

4 스릴러 영화 [seu-ril-reo yeong-hwa] n. 驚悚片

5 공상과학 영화 [gong-sang-gwa-hak yong-hwa] n. 科幻片

6 코미디 영화 [ko-mi-di yeong-hwa] n. 喜劇片

7 서부 영화[seo-pu yeong-hwa] n. 西部片

8 새드앤딩 영화 [saw-deu-aen-ding yeong-hwa] n. 悲劇電影

9 할리우드 영화 [hal-ri-u-deu yeong-hwa] n. 好萊塢片

10 다큐멘터리 영화 [da-kyu-men-teo-ri yeong-hwa] n. 紀錄片

11 성인 영화 [seong-in yeong-hwa] n. 成人片

12 뮤지컬 영화 [my-ji-kol yeong-hwa] n. 歌舞片

13 애니메이션 영화 [ae-ni-me-i-syon yeong-hwa] n. 動畫片

14 스포츠 영화 [seu-po-cheu yeong-hwa] n. 體育片

15 범죄 영화 [beom-joe yeong-hwa] n. 犯罪片

16 히어로 영화 [hi-eo-ro yeong-hwa] n. 英雄片

17 판타지 영화 [pan-ta-ji yeong-hwa] n. 幻想片

18 SF영화 [e-seu-e-peu yeong-hwa] n. 科幻片

19 액션 영화 [aek-ssyoen yeong-hwa] n. 動作片

20 음악 영화 [eu-mang yeong-hwa] n. 音樂片

●其他形式及方式

1 무성 영화 [mu-seong yeong-hwa] n. 默劇

2 흑백 영화 [heuk-ppaeng yeong-hwa] n. 黑白片

3 유성 영화 [yu-seong yeong-hwa] n. 有聲電影

4 특수 촬영 영화 [teuk-ssu chwa-ryeong yeong-hwa] n. 特技攝影片、特攝片

5 3D영화 [seu-ri-di yeong-hwa] n. 3D 電影

6 단편 영화 [dan-pyeon yeong-hwa] n. 短篇電影、微電影

7 장편 영화[jang-pyeon yeong-hwa] n. 長篇電影

8 독립 영화 [dong-nim yeong-hwa] n. 獨立電影

9 실험 영화 [sil-heom yeong-hwa] n. 實驗片、實驗電影

10 풍자 영화 [pung-ja yeong-hwa] n. 諷刺片、諷刺電影

話題人物介紹 – 導演 봉준호（奉俊昊）

電影人物：導演 봉준호（奉俊昊）

生日：1969 ／ 9 ／ 14

代表作：《殺人的回憶》（Memories of Murder, 韓國 , 2003）

《怪物》（The Host, 韓國 , 2006）

《母親》（Motherb（madeo）, 韓國 , 2009）

《雪國列車》（Snowpiercer, 韓國 , 2013）

《寄生上流》（Parasite, 韓國 , 2019）

●生涯

外公是小說家，父親是畫家，奉俊昊是電影導演，兒子現在也是電影導演。或許是家庭背景關係，他從小就很關心漫畫和電影。畢業於延世大學社會系，為什麼不是電影系而選社會系，他的回答是覺得要先學了人文學、社會學，再以它為基礎學電影更好。可以說因為有了這樣的經歷，他的電影充分並確實保存了韓國現代史。

●作品風格

奉俊昊的電影帶有推理劇風味，但實際上是在描述韓國社會。他的劇中人物都是以守護國家不能保護之人、事、物的解決者姿態出現，在解決過程中訴說著韓國社會現況。他對國家社會的關心，強烈到希望透過電影，強迫人們正視這些社會議題。這大概也是他為何拍攝《寄生上流》這部片的原因之一。

● 《寄生上流》（**PARASITE. 2019**）

這是以生活型態截然不同的兩個家庭的遭遇為主題所製作的電影，劇中充滿了齟齬意圖和數次的偶然，展開許多不可預測的事件。這部電影告訴我們「共生是眾人憧憬的，可是在現代社會裡是不可能實現的。《寄生上流》於 2019 年坎城國際影展獲獎以來，陸續榮獲許多國際影展大獎，終於在 2020 年首度獲得奧斯卡非英語圈電影最佳劇本獎等四個獎項，這在韓國電影界，甚至是世界電影史上畫下歷史性的一刻。

꽃가게 花店

這些應該怎麼說？

店外

Part08_05

1. 꽃가게 [kkot-kka-ge] n. 花店
2. 천막 [cheon-mak] n. 涼篷、遮雨棚
3. 식물 [sing-mul] n. 植物
4. 종자식물 [jong-ja-sing-mul] n. 種子植物
5. 미니 화분 [mi-ni hwa-bun] n. 迷你花盆、小盆栽

6. 장식품 [jang-sik-pum] n. 裝飾品
7. 분갈이 흙 [bun-ga-ri heuk] n. 盆栽土
8. 꽃바구니 [kkot-ppa-gu-ni] n. 花籃
9. 화기 [hwa-gi] n. 花器
10. 열매 식물 [yel-mae sing-mul] n. 結果植物

⑪ 포장지 [po-jang-ji] n. 包裝紙

⑫ 갈대 [gal-ttae] n. 蘆葦

⑬ 망 [mang] n. 網紗包裝紙

⑭ 포장 리본 [po-jang ri-bon] n. 緞帶

⑮ 사장님 [sa-jang-nim] n. 老闆

⑯ 포장 끈 [po-jang kkeun] n. 花束綁帶

⑰ 물통 [mul-tong] n. 水桶

⑱ 꽃가위 [kkot-kka-wi] n. 花剪

⑲ 앞치마 [ap-chi-ma] n. 圍裙

⑳ 테이블 [te-i-beul] n. 桌子

♦ Tips ♦

慣用語小常識：花朵篇

韓語有一句表達「禍從口出」的慣用語是「말이 씨가 된다（一句話變成種子）」，意味著我們平常無心說出的話，會招致意想不到的結果。因此說話應三思而後行，多說一些正面的話。

얘야, 말이 씨가 된다라고 그런 나쁜 말보다는 좋은 말을 하렴.

-> 孩子啊，禍從口出，多說些好話總比壞話好。

在花店會做什麼呢？

01 挑花

Part08_06

在花店可以看到哪些花呢？韓文怎麼説？

장미

[jang-mi]

n. 玫瑰花

국화

[gu-kwa]

n. 菊花

백합

[bae-kap]

n. 百合花

벚꽃

[beot-kkot]

n. 櫻花

목련

[mong-nyoen]

n. 木蓮花

튤립

[tyul-rip]

n. 鬱金香

카라

[ka-ra]

n. 海芋

안개꽃

[an-gae-kkot]

n. 滿天星

무궁화

[mu-gung-hwa]

n. 木槿花

진달래

[jin-dal-rae]

n. 杜鵑花

개나리

[gae-na-ri]

n. 迎春花

나팔꽃

[na-pal-kkot]

n. 喇叭花

수선화

[su-seon-hwa]

n. 水仙花

라일락

[ra-il-rak]

n. 紫丁香

데이지

[de-i-ji]

n. 雛菊

재스민

[ja-seu-min]

n. 茉莉花

선인장

[seo-nin-jang]

n. 仙人掌

동백꽃

[dong-baek-kkot]

n. 山茶花

카네이션

[ka-ne-i-syeon]

n. 康乃馨

해바라기

[hae-ba-ra-gi]

n. 向日葵

아이리스

[a-i-ri-seu]

n. 鳶尾花

코스모스

[ko-seu-mo-seu]

n. 大波斯菊

샐비어

[sael-bi-eo]

n. 鼠尾草

맨드라미

[maen-deu-ra-mi]

n. 雞冠花

1. 꽃봉우리 [kkot-ppong-u-ri] n. 花苞
2. 꽃받침 [kkot-ppa-chim] n. 花托、花萼
3. 나뭇잎 [na-mun-nip] n. 葉子
4. 줄기 [jul-gi] n. 花莖
5. 가시 [ga-si] n. 刺
6. 꽃잎 [kkon-nip] n. 花瓣
7. 꽃송이 [kkot-ssong i] n. 花朵
8. 수술 [su-sul] n. 花蕊

02 購買包裝花束

Part08_08

花束的包裝方式有哪些？韓文怎麼說？

꽃다발
[kkot-tta-bal]
n. 花束

부케
[bu-ke]
n. 新娘捧花

꽃병
[kkot-ppyeong]
n. 花瓶

꽃바구니
[kkot-ppa-gu-ni]
n. 花籃

꽃꽂이
[kkot-kko-ji]
n. 插花

벽걸이형 화분
[byeok-kkeo-ri-hyeong hwa-bun]
n. 壁掛式花盆

買花時會用到的單字

1. 추천하다 [chu-cheon-ha-da] v. 推薦
2. 선물하다 [seon-mul-ha-da] v. 送禮
3. 배송하다 [bae-song-ha-da] v. 送貨
4. 배송비 [bae-song-bi] n. 運費
5. 가격 [ga-gyeok] n. 價格
6. 포장 비용 [po-jang bi-yong] n. 包裝費

7. 추가 비용 [chu-ga bi-yong] n. 附加費用
8. 기념일 [gi-nyeo-mil] n. 紀念日
9. 기념 카드 [gi-nyeom ka-deu] n. 紀念卡
10. 인사말 문구 [in-sa-mal mun-kku] n. 問候語
11. 꽃이 싱싱하다 [kko-chi sing-sing-ha-da] ph. 新鮮的花
12. 꽃이 시들다 [kko-chi si-deul-da] ph. 花謝了
13. 생화 [saeng-hwa] n. 鮮花
14. 조화 [jo-hwa] n. 假花

◆ Chapter2 꽃가게 花店

在花店買花時，不同情境下可能會遇到什麼樣的對話呢？

● 밸런타인데이 情人節

사장님 : 어서 오세요. 필요하신 것 있으세요?
老闆：歡迎光臨，有什麼可以為您服務的？

손님 : 네, 내일이 밸런타인데이어서 선물을 좀 하려고요.
顧客：是的，明天是情人節，我想送個禮物。

사장님 : 혹시 여자 친구분께서 특별히 좋아하시는 꽃이 있으세요?
老闆：您女朋友有特別喜歡的花嗎？

손님 : 네, 꽃은 모르겠고 빨간색을 좋아해요.
顧客：嗯，我不知道她喜歡什麼花，但她喜歡紅色。

사장님 : 그러시면, 뭐니뭐니 해도 '진실한 사랑'이라는 꽃말이 있는 장미꽃이 어떠세요?
老闆：那樣的話，代表「真正的愛」的薔薇花如何？

손님 : 좋은데요, 이걸로 포장해 주세요.

顧客：好，請幫我包這個。

사장님 : 꽃바구니와 꽃다발 중에 어떤 포장으로 해 드릴까요？

老闆：花藍跟花束，您想用哪種包裝方式？

손님 : 음, 풍성해 보일 수 있게 꽃바구니로 해 주세요.

顧客：嗯，看起來豐富點，請幫我用花藍吧。

사장님 : 네, 알겠습니다. 직접 들고 가시겠어요？ 아니면 배송을 해 드릴까요？

老闆：好的，我知道了。您要親自提去，還是我們幫您配送？

손님 : 밸런타인데이여서 놀라게 해 주고 싶어요. 이 주소로 배송해 주세요.

顧客：是情人節，我想給她驚喜，麻煩請送到這個地址。

사장님 : 네, 알겠습니다. 그럼 이 카드에 간단한 문구 좀 써 주시겠어요？

老闆：好的，我知道了。那麼您要在這張卡片上寫一些簡單的話嗎？

손님 : 네, 잠시만요. (잠시 후) 다 썼어요.

顧客：好的，請等一下，（稍後）寫好了。

사장님 : 네, 배송해 드린 후 휴대폰으로 메시지 남겨 드리겠습니다.

老闆：好的，送達之後會傳簡訊給您。

손님 : 그럼 잘 부탁드리겠습니다. 얼마예요？ 카드 결제도 되지요？

顧客：那就麻煩您了，請問多少錢？可以刷卡吧？

사장님 : 그럼요. 10만 원입니다. 카드 결제 도와 드리겠습니다.

老闆：當然可以，總共 10 萬韓元，我幫您刷卡。

손님 : 네, 여기요.

顧客：好的，這是我的卡片。

● 병문안 探病

사장님 : 어서 오세요. 손님, 찾으시는 꽃이 있으세요？

老闆：歡迎光臨，客人您找哪種花？

손님 : 네, 회사 동료 병문안을 가려고 하는데요.

顧客：那個，我公司同事生病要去探病。

사장님 : 아, 그러세요. 병원에 가시는 거면, 향이 진하지 않은 것이 좋겠는데요.

老闆：啊，這樣呀。去醫院探病的話，最好不要香味太重的。

손님 : 네, 그러면 좋을 것 같아요. 추천 좀 해 주시겠어요?

顧客 : 嗯，您說的有道理，您有推薦的嗎?

사장님 : 그럼 빠른 쾌유를 기원하는 이런 난이나 미니 화분 같은 것은 어떠세요?

老闆 : 那麼，祝他早日康復的這種蘭花或小盆栽之類的怎麼樣?

손님 : 난이요? 그런 건 회사 개업이나 축하할 일이 있을 때 하는 거 아니에요?

顧客 : 蘭花? 那不是祝賀公司開業或恭賀什麼事情時送的嗎?

사장님 : 물론 그렇기는 한데, 몸과 마음이 지친 환자들에게 관상용으로 효과가
　　　　있기도 하거든요.

老闆 : 當然也是，不過給身心疲憊的患者觀賞同樣也有效果。

손님 : 그것도 좋겠네요. 향이 강하지도 않으니 다른 환자들에게 민폐도 안 끼치고요.

顧客 : 那也不錯，不會有濃烈的花香，對其他患者也不會造成困擾。

사장님 : 네, 맞아요. 난이니까 금방 시들지도 않고요.

老闆 : 是的，您說的沒錯。而且蘭花也不會很快謝掉。

손님 : 그러네요. 이것이 좋겠네요. 이것으로 할게요.

顧客 : 也是，這個不錯，就這個吧。

사장님 : 분명 받으시는 환자분께서도 좋아하실 거예요.

老闆 : 收到的人也會喜歡的。

손님 : 네, 혹시 문구도 써 주시나요?

顧客 : 嗯，請問您可以幫我寫祝福的話嗎?

사장님 : 그럼요. 문구 내용은 '빠른 쾌유를 기원합니다.'라고 써 드리면 될까요?

老闆 : 當然可以，幫您寫「祝您早日康復」如何?

손님 : 네, 그것 이상의 것이 없으니, 그렇게 써 주세요.

顧客 : 好的，好像沒有比這個更好的了，請幫我這麼寫。

사장님 : 네, 잠시만요. 다 됐습니다. 마음에 드세요?

老闆 : 好的，請稍候。寫好了，您覺得如何?

손님 : 네, 좋네요. 예뻐요. 감사합니다.

顧客 : 嗯，很好，很漂亮。謝謝。

전시회 展覽會

這些應該怎麼說？

Part08_10

展場擺設

❶ 전람회/전시회 [jeol-ram-hoe/jeon-si-hoe]
n. 展覽會／展示會

❷ 부스 [bu-seu] n. 攤位

❸ 조명 [jo-myeong] n. 照明

❹ 부스 틀 [bu-seu teul] n. 攤位框架

❺ 전시회 작품 [jeon-si-hoe jak-pum] n.
展覽會作品

306 ❻ 안내 표시 [an-nae pyo-si] n. 標誌

❼ 관람객 [gwal-ram-gaek] n. 參觀者

❽ 전시회 팸플릿
[jeon-si-hoe paem-peul-rit] n.
展覽會手冊

❾ 주관자 [ju-gwan-ja] n.
策展人、主辦人

❿ 부스 칸막이 [bu-seu kan-ma-gi] n.
攤位隔板

展覽會在哪裡舉辦呢？

박물관
[bang-mul-gwan]
n. 博物館

무역센터
[mu-yeok-ssen-teo]
n. 貿易中心

공원
[gong-won]
n. 公園

◆ Tips ◆

慣用語小常識：展覽篇

먹기 좋은 떡이 보기도 좋다 .
美美的糕餅吃起來也可口

韓國有句俗語叫「 먹기 좋은 떡이 보기도 좋다 （美美的糕餅吃起來也可口）」，意思是菜餚用精緻的碗盤盛裝，看起來也好吃。作品或商品要如何包裝才會獲得未來消費者的青睞，這是參與博覽會、展覽會商家共同的功課。這項功課做好了，先前付出的時間、勞苦，就可在一個空間裡獲得回饋，以最完美的姿態呈現在大家面前，這正是博覽會、展覽會的魅力。

◆ Chapter3
전시회 展覽會

你知道嗎？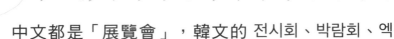

中文都是「展覽會」，韓文的 전시회、박람회、엑스포、쇼 有什麼不同？

● 전시회

전시회 [jeon-si-hoe]（展示會）是陳列出特定物品讓民眾參觀的展覽，其中最具代表性的是每兩年舉辦一次的國際美術展示會，「每兩年」這個詞也用義大利語稱為비엔날레。

이번 '피카소 전시회'는 정말 상상한 것 이상이었어요.
-> 這次的畢卡索展真的超乎想象。

● 박람회

박람회 [bang-nam-hoe]（博覽會）舉辦的主要目的是謀求產品的改良、發展與產業振興，集結並陳列農業、商業、工業等相關所有產品進行販售、宣傳與優劣審查，同時具有提供就業、教育宣導資訊的功能。

세계 최대 온라인 '뷰티 박람회'에서 한국관도 운영이 된대요.
-> 聽說這次世界線上最大美容博覽會，韓國館也會開館營運。

● 엑스포

엑스포 [ek-sseu-po]（世界博覽會）是指十九世紀中期開始，於全球各地舉辦之世界性最大規模博覽會。展場地點會隨其性質不同在不同國家舉行。而엑스포最大的看點是與會國的展示館。該展覽自 1928 年起，任何國家皆可報名參加。韓國則是 1993 年 8 月 7 日到 11 月 7 日於大田舉辦了一次博覽會，並於活動閉幕後，將場地改建為대전 엑스포과학공원（大田 EXPO 科學公園），供民眾學習尖端科技知識與技術。而負責協調和審批世界博覽會事務的執行機構국제박람회기구（國際展覽局）則是於機構成立之初，將總部設在巴黎。目前共有 170 個會員國，現任主席為崔在哲。

2022년 '하동세계차(茶)엑스포'에서는 재생 용지를 이용해 홍보물을 만들었대요.
->2022 年河東世界茶博覽會的宣傳品聽說是用再生紙製作的。

● 쇼

쇼 [syo]（展覽、秀）大體上是汽車相關新產品上市時，以汽車展型態呈現的展覽會。這個展覽會和其他展覽會不同之處在於參觀者可以在現場確認產品是否具備自己所需要的功能。

제 취미는 신차가 가장 먼저 선보이는 '모터쇼' 영상을 보는 것이에요.
-> 我的興趣是看「車展」新車發表會的影片。

01 —看展覽

Part08_13

常見的展覽有哪些？韓文怎麼說？

무역 전시회
[mu-yeok jeon-si-hoe]
n. 貿易展

화장품 전시회
[hwa-jang-pum jeon-si-hoe]
n. 化妝品展

식품 전시회
[sik-pum jeon-si-hoe]
n. 食品展

미술 전시회
[mi-sul jeon-si-hoe]
n. 美術展

꽃 전시회
[kkot jeon-si-hoe]
n. 花卉展

자동차 전시회
[ja-dong-cha jeon-si-hoe]
n. 車展

가전 전시회
[ka-jeon jeon-si-hoe]
n. 家電展

속옷 전시회
[so-kot jeon-si-hoe]
n. 內衣展

와인 박람회
[wa-in bang-nam-hoe]
n. 葡萄酒展

도서 박람회
[do-seo bang-nam-hoe]
n. 圖書博覽會

교육 박람회
[gyo-yuk bang-nam-hoe]
n. 教育博覽會

취업 박람회
[chwi-eop bang-nam-hoe]
n. 就業博覽會

看展覽時會用到哪些單字呢？

Part08_14

6. 판매하다 [pan-mae-ha-da] v. 銷售
7. 구매하다 [gu-mae-ha-da] v. 購買
8. 지도 [ji-do] n. 地圖
9. 입장권 [ip-jjang-kkwon] n. 入場券
10. 입구 [ip-kku] n. 入口
11. 출구 [chul-gu] n. 出口
12. 관람객 [gwal-ram-gaek] n. 參觀民眾
13. 관계자 [gwan-gye-ja] n. 展場工作人員
14. 담당자 [dam-dang-ja] n. 負責人
15. 안내 도우미 [an-nae do-wu-mi] n. 導覽員

1. 관람하다 [gwal-ram-ha-da] v. 參觀
2. 참여하다 [cha-mye-ha-da] v. 參與
3. 체험하다 [che-heom-ha-da] v. 體驗
4. 전시되다 [jeon-si-doe-da] v. 展示
5. 진열되다 [ji-nyeol-doe-da] v. 陳列

팸플릿
[paem-peul-rit]
n. 小冊子

광고 포스터
[gwang-go po-seu-teo]
n. 廣告海報

오디오 가이드
[o-di-o ga-i-deu]
n. 語音導覽

전시품
[jeon-si-pum]
n. 展示品

비매품
[bi-mae-pum]
n. 非賣品

증정품
[jeung-jeong-pum]
n. 贈品

태블릿 스탠드
[tae-beul-rit seu-tae-deu]
n. 平板電腦立架

자료 꽂이
[ja-ryo kko-ji]
n. 資料展示架

포스터 현수막
[po-seu-teo hyeon-su-mak]
n. 海報架

···02 購買紀念品

Part08_16

買紀念品時會用到的單字

1. 상품 [shang-pum] n. 商品
2. 선물 [seon-mul] n. 禮物
3. 기념품 [gi-nyeom-pum] n. 紀念品
4. 선물 가게 [seon-mul ga-ge] n. 禮品店
5. 기념품 가게 [gi-nyeom-pum ga-ge] n. 紀念品商店
6. 옷 [ot] n. 衣服
7. 티셔츠 [ti-syeo-cheu] n. T恤
8. 액세사리 [aek-sse-sa-ri] n. 飾品
9. 자석 [ja-seok] n. 磁鐵
10. 엽서 [yeop-sseo] n. 明信片
11. 열쇠고리 [yeol-ssoe-go-ri] n. 鑰匙圈
12. 캐릭터 인형 [kae-rik-teo in-hyeong] n. 卡通玩偶
13. 수공예품 [su-gong-ye-pum] n. 手工藝品

14. 특산품 [teok-ssan-pum] n. 特產、名產
15. 컵 [keop] n. 杯子
16. 모자 [mo-ja] n. 帽子
17. 부채 [bu-chae] n. 扇子
18. 정가 판매 [jeong-kka pan-mae] n. 定價銷售
19. 할인 판매 [ha-rin pan-mae] n. 打折銷售
20. 특별 할인 [teuk-ppyeol ha-rin] n. 特殊折扣

購買紀念品時的常用句

1. 얼마예요? 多少錢？
2. 이거 어떻게 팔아요? 這個怎麼賣？
3. 낱개에는 얼마예요? 單一一個多少錢？
4. 한 세트에 얼마예요? 一套多少錢？
5. 좀 깍아 주세요. 算便宜一點。
6. 많이 사면 깍아 줄 수 있어요? 買得多的話可以打折嗎？
7. 이것도 할인이 돼요? 這個也打折嗎？
8. 이것은 몇 퍼센트 할인이에요? 這個打幾折？
9. 모자를 써 봐도 돼요? 帽子可以試戴嗎？

◆ Chapter3 전시회 展覽會

10. 포장도 해 주세요. 請幫我包成禮品。

11. 이거하고 저거 주세요. 我要這個和那個。

12. 모두 얼마예요? 總共多少錢？

13. 신용카드로 결재해도 돼요? 可以刷卡嗎？

14. 봉투는 유료예요? 무료예요? 袋子要另外買還是免費的？

15. 여기 있습니다. 감사합니다. 안녕히 계세요. 好了，謝謝，再見。

你知道嗎？

完美結合現代文化與傳統藝術的場所—仁寺洞

在韓國，既可參觀展覽又可選購傳統紀念品的場所，首推인사동 거리 [in-sa-dong geo-ri]（仁寺洞街道）。這是朝鮮王朝（1392~1910）六百年間京城的核心區域，目前是外國人喜愛的購物勝地。這裡有其他地方看不到的的古董，價格落在數萬韓元到數百萬韓元。除此之外，還有古書、相片、書藝紀念品、陶瓷、木工藝、珠寶等各式各樣的傳統工藝品；或是三、四層樓規模的個展，展售個人創作獨特、玲瓏美麗的物品。인사동 [in-sa-dong]쌈지길 [ssam-ji-kkil]（仁寺洞森吉街，有些人稱之為人人廣場）是一條藝術氣息濃厚的街道，將現代文化與傳統藝術、工藝等完美融合在一起。

●私益大學大學路的波拉拉百貨

對觀光客來說，能夠聯想到弘益大學大學路的字眼就是게스트하우스（民宿）、버스킹（街頭表演）、술집（酒吧）、클럽（夜店）等。各位如果對韓國玩具，尤其是對早年的玩具有興趣的話，我想特別

推薦的就是這裡，漫畫家현태준的뽈랄라백화점（波拉拉百貨）。這裡長年展出令人懷念的玩具，是首爾唯一僅存的古典玩具博物館。當該館開始販售物品後，名稱便由「收藏館」改為「百貨」，不過來到這裡依然可以欣賞到別處看不到的 30、40 年代或更早期的玩具。如果您想在名勝古蹟觀光、美食觀光之外來個異樣色彩的觀光行程時，不妨到這裡來走走。

Instagram：www.instagram.com/pollalla_store/

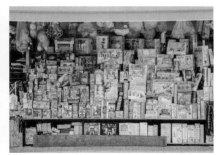

미용실 美容院

這些應該怎麼說？

Part08_17

① 미용실/헤어숍

[mi-yong-sil/he-eo-syop] n. 美容院

② 카운터 [ka-un-teo] n. 櫃台

③ 화분 [hua-bun] n. 盆栽

④ 벽걸이형 거울

[byeok-kkeo-ri-hyeong geo-ul] n. 壁鏡

⑤ 미용실 의자 [mi-yong-sil ui-ja] n.
美髮椅

⑥ 탁상 거울 [tak-ssang geo-ul] n. 桌鏡

⑦ 미용 도구 박스

[mi-yong do-gu bak-sseu] n.
美髮推車

8 헤어 에센스 [he-eo e-sen-seu] n.
護髮精華素

9 헤어 스프레이 [he-eo seu-peu-re-i] n.
定型噴霧

10 높이 조절대 [no-pi jo-jeol-ttae] n.
氣壓棒

11 샴푸실 [syam-pu-sil] n. 沖水區

12 염색약 [yeom-saeng-nyek] n. 染劑

13 샴푸실 전용 의자
[syam-pu-sil jeo-nyong ui-ja] n.
洗髮沖水椅

14 샴푸실 전용 세면대
[syam-pu-sil jeo-nyong se-myeon-dae]
n. 洗髮沖水台

15 샴푸 [syam-pu] n. 洗髮精

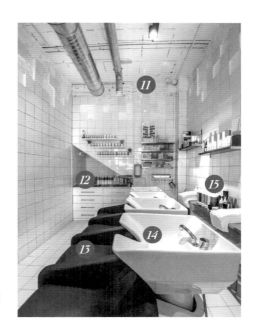

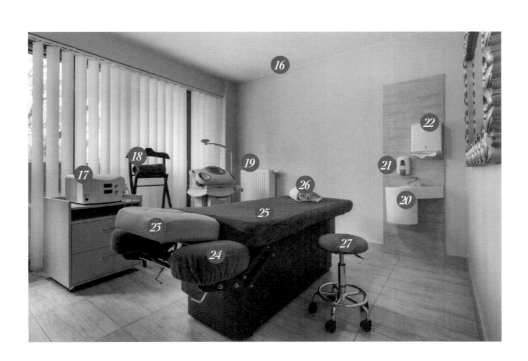

16 마사지실 [ma-sa-ji-sil] n. 按摩室

17 마사지 전류 기계 [ma-sa-ji jeol-ryu gi-gye] n. 電流按摩儀

18 보조 타월 [bo-jo ta-wol] n. 補充毛巾

19 난방 히터 [nan-bang hi-teo] n. 暖氣

20 세면대 [se-myeon-dae] n. 洗手台

21 손 세정제 [son se-jeong-je] n. 洗手乳

22 종이 타월 [jong-i ta-wol] n. 擦手紙

23 얼굴 대는 곳 [eol-gul dae-neun got] ph. 臉枕、趴枕

24 팔걸이 [pal-geo-ri] n. 扶手

25 마사지 침대 [ma-sa-ji chim-dae] n. 按摩床

26 타월 [ta-wol] n. 毛巾

27 마사지사 의자 [ma-sa-ji-sa ui-ja] n. 按摩師椅

◆ **Tips** ◆

慣用語小常識：美容篇

머리에 꽃을 꽂다 頭上插花

這不是官方認定的韓語慣用語，但從社會語言學角度來看，只要是韓國人，似乎一聽就能理解。머리에 꽃을 꽂다直譯是「頭上插花」，這是指愛花更甚於愛男人的女人。有關這句話的來源說法雖有待考據，但這是指日帝強佔期、韓戰中忽然喪失家人、朋友等親愛的人而茫然若失、幾近瘋狂之人的行為。

"저 여자 좀 봐. 머리에 꽃을 꽂았네. 혹시 미친 거 아니야？
-> 看看她，頭上插花呢，是不是瘋了呢？

在美容院會做什麼呢？

▪▪▪ 01 — 洗髮、護髮、保養

Part08_18

在美容院裡會看到哪些人呢？

이발사
[i-bal-ssa]
n. 理髮師

헤어 디자이너
[he-eo di-ja-i-neo]
n. 髮型設計師

메이크업 아티스트
[me-i-keu-eop a-ti-seu-teu]
n. 彩妝師

피부 관리사
[pi-bu gwal-ri-sa]
n. 皮膚管理師

아로마 테라피스트
[a-ro-ma te-ra-pi-seu-teu]
n. 芳療師

네일 아티스트
[ne-il a-ti-seu-teu]
n. 美甲師

洗髮、護髮時常見的基本對話

헤어디자이너 : 어서 오세요. 무엇을 도와드릴까요?
髮型設計師：歡迎光臨，請問您今天想做什麼消費？
고객 : 네, 머리 염색 좀 하려고 하는데요.
顧客：我想染髮。

Chapter4 ◆ 미용실 美容院

319

헤어디자이너 : 네, 이쪽으로 안내해 드리겠습니다. 음료수는 무엇으로 준비해 드릴까요 ?

髮型設計師：好的，請坐這裡，您想喝什麼飲料？

고객 : 시원한 아이스 커피 부탁드리겠습니다.

顧客：請給我冰咖啡。

헤어디자이너 : 네, 준비해 드리겠습니다. 염색은 미리 생각해 두신 색상이 있으세요 ?

髮型設計師：好的，我為您準備。您想染什麼顏色？

고객 : 그냥, 지금과 같은 색상으로 해 주세요.

顧客：就和現在的顏色一樣。

헤어디자이너 : 네, 그럼 먼저 샴푸실에서 머리를 감아 드리겠습니다. 이쪽으로 이동해 주시겠습니까 ? 물의 온도 괜찮으세요 ?

髮型設計師：好的，那我們先到沖水區幫您洗頭髮。請往這邊走。請問水溫還可以嗎？

고객 : 네, 좋아요. 그런데 살살 감아 주세요.

顧客：嗯，溫度剛好，請幫我輕輕洗。

헤어디자이너 : 네, 알겠습니다. （잠시 후）

髮型設計師：好的，我明白了。（稍後）

　　　　　　다 됐습니다. 다시 본래 자리로 이동해 주십시오.

　　　　　　洗好了，請回到原本的座位。

（染髮後）

헤어디자이너 : 어떠세요 ? 염색 정도가 마음에 드세요 ?

髮型設計師：怎麼樣？染的顏色喜歡嗎？

고객 : 네, 아주 잘됐는데요. 마음에 들어요. 감사합니다. 얼마예요 ?

顧客：嗯，非常好。很喜歡，謝謝。多少錢呢？

헤어디자이너 : 고객님께서는 머리 길이가 길지 않아서 기본 비용만 계산해 주시면 됩니다.

髮型設計師：您的頭髮不長，算基本費用就好。

고객 : 정말이요 ? 감사합니다. 여기 카드로 계산해 주세요.

顧客：真的嗎？謝謝，請幫我用信用卡結帳。

Part08_19

02 造型設計

造型設計會用到什麼呢？

1 가위 [ga-wi] n. 剪刀

2 숱 가위 [sut ga-wi] n. 打薄剪刀

3 염색 브러쉬
[yeom-saek beu-reo-swi] n. 染髮梳

4 꼬리빗 [kko-ri-bit] n. 尖尾梳

5 헤어 브러쉬 [he-eo beu-reo-swi] n.
排骨梳

6 헤어 드라이어 [he-eo deu-ra-i -o] n.
吹風機

7 헤어 분무기 [he-eo bun-mu-gi] n.
髮型噴霧

8 헤어 스트레이트기
[he-eo seu-teu-re-i-teu-gi] n.
離子夾

9 쿠션 브러쉬 [ku-syeon beu-reo-swi]
n. 橢圓梳、百匯梳

10 헤어롤 브러쉬
[he-eo-rol beu-reo-swi] n. 圓梳

11 헤어 핀셋 [he-eo pin-set] n. 水晶夾

12 헤어롤 구르프
[he-eo-rol gu-reu-peu] n. 摩根燙

13 세팅롤 구르프
[se-ting-rol gu-reu-peu] n. 絨毛捲

14 실핀 [sil-pin] n. 小黑夾

15 파마 구르프 [pa-ma gu-reu-peu] n.
熱塑捲、磁波捲

16 집게 머리핀 [jip-kke meo-ri-pin] n.
蝴蝶夾

◆ Chapter4 미용실 美容院

머리를 감다
ph. 洗頭髮

머리를 말리다
ph. 吹頭髮

머리를 빗다
ph. 梳頭髮

머리를 묶다
ph. 綁頭髮

머리를 풀다
ph. 披髮、鬆綁頭髮

머리를 기르다
ph. 留頭髮

머리를 땋다
ph. 編髮

머리를 말다
ph. 捲頭髮

가르마를 하다
ph. 分線、分邊

머리를 다듬다

ph. 修頭髮

머리를 자르다

ph. 剪頭髮

머리를 밀다

ph. 剃髮

앞머리를 자르다

ph. 剪瀏海

염색을 하다

ph. 染頭髮

뿌리 염색을 하다

ph. 染根髮、補染

파마를 하다

ph. 燙頭髮

세팅 파마를 하다

ph. 陶瓷燙

스트레이트 파마를 하다

ph. 離子燙

◆◆◆ 03 — 美甲

做美甲的時候常見的工具有哪些？

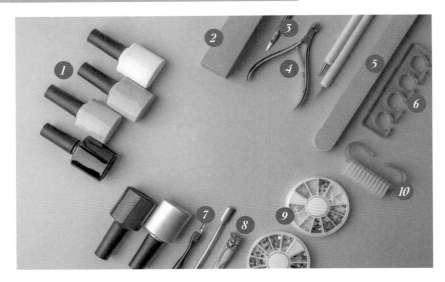

1. 매니큐어 [mae-ni-kyu-eo] n. 指甲油
2. 샌딩블럭 [saen-ding-beul-reok] n.
   指甲拋光磚
3. 손톱 가위 [son-top ga-wi] n.
   指甲剪刀
4. 큐티클 니퍼 [kyu-ti-keul ni-peo] n.
   甘皮剪
5. 네일 버퍼 [ne-il beo-peo] n.
   指甲銼、拋光棒
6. 발가락 교정기
   [bal-kka-rak kyo-jeong-gi] n.
   指甲分指套
7. 네일 트리머 [ne-il teu-ri-meo] n.
   雙頭鋼推
8. 손톱깎이 [son-top-kka-kki] n. 指甲剪
9. 네일 큐티클 [ne-il kyu-ti-keul] n.
   美甲裝飾
10. 네일 브러쉬 [ne-il beu-reo-swi] n.
    指甲刷
11. 젤램프 [jel-raem-peu] n. 光療機

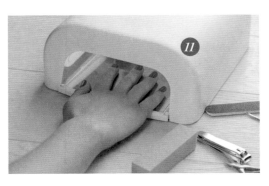

네일 아티스트 : 어서 오세요. 이쪽으로 앉으시겠어요 ?

美甲師：歡迎光臨，請坐！

고객 : 네, 감사합니다. 네일 아트 좀 하려고요.

顧客：謝謝，我要做美甲。

네일 아티스트 : 손을 이쪽으로 올려 주시겠어요 ?

美甲師：手請放這上面。

고객 : 네, 두 달 전에 했는데, 색상만 좀 바꾸려고요.

顧客：好的，我兩個月前做過，想換個顏色。

네일 아티스트 : 무슨 색상으로 하시겠어요 ?

美甲師：您想換什麼顏色？

고객 : 음, 가을이니까 갈색 계통으로 해 주세요.

顧客：嗯，現在是秋天，請幫我做褐色系列的。

네일 아티스트 : 그럼, 이 색상하고 이 색상을 혼합해서 하시는 것은 어떠세요 ?

美甲師：那麼，這個顏色和這個顏色混和您覺得怎麼樣？

고객 : 와, 좋은데요. 특이하면서도 그렇게 튀지 않을 것 같네요.

顧客：哇，不錯耶，既特殊又不太突兀。

네일 아티스트 : 네, 많이 튀지 않아요. 그럼 이 색상으로 준비해 드리겠습니다.

美甲師：是的，不會很突兀，那我就幫您準備這個顏色。

고객 : 시간이 얼마 정도 걸려요 ?

顧客：會花多久時間呢？

네일 아티스트 : 그냥 기본만 하시는 것이기 때문에 1시간 정도면 충분합니다.

美甲師：只是做基本的，大概一個鐘頭左右。

고객 : 네, 바로 해 주세요. 메니큐어가 쉽게 벗겨지거나 깨지지 않게 좀 부탁드릴게요.

顧客：好的，請現在就幫我用。麻煩幫我做得不要太容易脫落或裂掉。

325

놀이공원 遊樂園

這些應該怎麼說？

Part08_22

遊樂園配置

① 놀이공원 [no-ri-gong-won] n.
遊樂園

② 실내 어드벤처
[sil-rae eo-deu-ben-cheo] n.
室內遊樂場

③ 돔 [dom] n. 圓屋頂

④ 열기구 레일 [yol-gi-gu re-il] n.
熱氣球軌道

⑤ 열기구 [yeol-gi-gu] n. 熱氣球

⑥ 가든 스테이즈 [ga-deun seu-te-i-jeu]
n. 庭園舞台

⑦ 바이킹 [ba-i-king] n. 海盜船

⑧ 레일 [re-il] n. 鐵軌

⑨ 모노레일 [mo-no-re-il] n. 單軌列車

⑩ 회전목마 [hoe-jeon-mong-ma] n.
旋轉木馬

⑪ 관람객[gwal-ram-gaek] n. 遊客

⑫ 말[mal] n. 馬

⑬ 탑승객[tap-seung-gaek] n. 乘客

⑭ 조명 장식[jo-myeong jang-sik] n. 燈飾

⑮ 안전 바리케이트
[an-jeon ba-ri-ke-i-teu] n. 安全柵欄

⑯ 의자 [ui-ja] n. 椅子

⑰ 휴식 공간 [hyu-sik gong-gan] n. 休息空間

⑱ 지상 공간 [ji-sang gong-gan] n. 地上空間

⑲ 쓰레기통 [sseu-re-gi-tong] n. 垃圾桶

⑳ 롯데월드 [rot-tte-wol-deu] n. 樂天世界

Part08_23

◆ Tips ◆

韓國文化小常識：遊樂園篇

韓國兩大主題樂園「롯데월드」和「에버랜드」

●롯데월드

롯데월드（樂天世界）是位於서울（首爾）的테마파크（主題樂園），由韓國大企業樂天集團所屬樂天酒店經營。遊樂設施分室內的어드벤처（冒險世界）、민속박물관（民俗博物館）、아이스링크（溜冰場）、롯데월드타워서울스카이（樂天世界塔）、아쿠아리움（水族館）以及室外的매직아일랜드（湖畔公園魔幻島），大家可以到롯데월드體驗多樣文化。

●에버랜드

에버랜드（愛寶樂園）位於경기도（京畿道），是韓國規模最大的테마파크（主題樂園）。遊樂設施依主題分為유러피안 어드벤처（歐洲探險）、주토피아（野生動物園 Zootopia）、글로벌페어（環球市集）、아메리칸 어드벤처（美洲探險）、매직랜드（魔術天地）等，其中最受韓國人喜愛的就是水上樂園캐리비안베이（加勒比海灣）。如果您夏天有到韓國旅遊的計畫，這是值得一去的地方。

327

▶▶▶ ▶ ▶ ▶ ▶ ▶ ▶ ▶

01 搭乘遊樂器材

Part08_24

搭乘遊樂器材會用到的單字

1. 무섭다 [mu-seop-tta] adj. 害怕的
2. 고소공포증이 있다
   [go-so-gong-po-jeung-i it-tta] ph. 有懼高症
3. 재미있다 [jae-mi-it-tta] adj. 有趣的
4. 재미없다 [jae-mi-eop-tta] adj. 無趣的
5. 시시하다 [si-si-ha-da] adj. 無聊的
6. 공포스럽다 [gong-po-seu-reop-tta] adj.
   恐怖的
7. 어지럽다 [eo-ji-reop-tta] adj. 暈眩的
8. 멀미가 나다 [meol-mi-ga na-da] ph. 頭暈
9. 토하다 [to-ha-da] v. 嘔吐
10. 긴장되다 [gin-jang-doe-da] v. 緊張
11. 심장이 떨리다 [sim-jang-i tteol-ri-da] ph. 好緊張
12. 다리에 힘이 풀리다 [da-ri-e hi-mi pul-ri-da] ph. 腿軟
13. 줄을 서다 [ju-reul seo-da] ph. 排隊
14. 차례를 기다리다 [cha-rye-reul gi-da-ri-da] ph. 等順序
15. 기구에 탑승하다 [gi-gu-e tap-sseung-ha-da] ph. 搭乘遊樂器材
16. 기구에서 내리다 [gi-gu-e-seo nae-ri-da] ph. 從遊樂器材上下來
17. 안전벨트를 착용하다 [an-jeon-bel-teu-reul cha-gyong-ha-da] ph. 繫安全帶
18. 안전벨트를 풀다 [an-jeon-bel-teu-reul pul-da] ph. 解開安全帶

在遊樂園裡有什麼可以玩？

Part08_25

회전목마
[hoe-jeon-mong-ma]
n. 旋轉木馬

열기구
[yeol-gi-gu]
n. 熱氣球

회전 관람차
[hoe-jeon gwal-ram-cha]
n. 摩天輪

모노레일
[mo-no-re-il]
n. 單軌列車

자이언트 루프
[ja-i-eon-teu ru-peu]
n. 室內雲霄飛車

롤링 엑스 트레인
[rol-ring ek-sseu teu-re-in]
n. 雲霄飛車

바이킹
[ba-i-king]
n. 海盜船

자이로 스윙
[ja-i-ro seu-wing]
n. 新高空旋轉、龍捲風

더블 락스핀
[deo-beul rak-sseu-pin]
n. 雙岩自旋

범퍼카
[beom-peo-ka]
n. 碰碰車

회전컵
[hoe-jeon-keop]
n. 咖啡杯

비행 접시
[bi-haeng jeop-ssi]
n. 飛碟

자이로드롭
[ja-i-ro-deu-rop]
n. 自由落體

퍼레이드
[peo-re-i-deu]
n. 遊行

가든 스테이지
[ga-deun seu-te-i-ji]
n. 庭園舞台

夏天去水上樂園「加勒比海灣」

Part08_26

玩膩了名勝古蹟的旅遊行程後，我想為各位介紹最受韓國人歡迎的水上樂園캐리비안베이（加勒比海灣）。這裡除了可以游泳之外，也有可以戲水的水上遊樂設施。캐리비안베이分為五大區塊，分別是有知名실외 파도풀（室外波浪池）的씨 웨이브（海浪）、有메가스톰（超級風暴）的베이 슬라이드（海灣滑道）、有아쿠아 루프（水上滑梯）的와일드리버（野生河）、有어드벤처풀（衝浪）的포트리스（堡壘）、有실내파도풀（室內波浪池）跟사우나（桑拿）的아쿠아틱 센터（水上遊樂中心）。遊客不只可以體驗各項水上遊樂設施，玩累了還可以到桑拿休息或是做做 SPA，是個遊樂與休憩兼備的度假場所。

우리 이번 여름 여행은 한국의 캐리비안 베이에 가 보자.
-> 今年夏季旅遊我們去韓國的加勒比海灣吧

Part08_27

搭乘遊樂器材會用到的單字

1. 캐릭터 [kae-rik-teo] n. 角色
2. 마스코트 [ma-seu-ko-teu] n. 吉祥物
3. 캐릭터 의상 [kae-rik-teo ui-sang] n. 角色服裝
4. 포토존 [po-to-jon] n. 拍照區
5. 포토라인 [po-to-ra-in] n. 拍照區線
6. 사진을 찍다 [sa-ji-neul jjik-tta] ph. 拍照
7. 함께 사진을 찍다 [ham-kke sa-ji-neul jji-tta] ph. 一起合照

8. 안고 찍다 [an-kko jjik-tta] ph. 擁抱拍照
9. 나란히 찍다 [na-ran-hi jjik-tta] ph. 並肩拍照
10. 팔짱을 끼고 찍다 [pal-jjang-eul kki-go jjik-tta] ph. 抱胸拍照
11. 상반신만 찍다 [sang-ban-sin-man jjik-tta] ph. 只拍上半身
12. 전체로 찍다 [jeon-che-ro jjik-tta] ph. 拍全身
13. 하나, 둘, 셋 [ha-na, dul, set] n. 一、二、三（拍照時）
14. 살짝 웃다 [sal-jjak ut-tta] ph. 微笑
15. 미소를 짓다 [mi-so-reul jit-tta] ph. 微笑
16. 다시 찍다 [da-si jjit-tta] ph. 重拍一次
17. 좀 멀리에서 찍다 [jom meol-ri-e-seo jjik-tta] ph. 遠一點拍
18. 좀 가까이에서 찍다 [jom ga-kka-i-e-seo jjik-tta] ph. 近一點拍
19. 인물 위주로 찍다 [in-mul wi-ju-ro jjik-tta] ph. 以人物為主拍
20. 배경 위주로 찍다 [bae-gyeong wi-ju-ro jjik-tta] ph. 以背景為主拍
21. 너무 어둡다 [neo-mu eo-dup-tta] ph. 太暗了
22. 너무 밝다 [neo-mu bal-tta] ph. 太亮了
23. 역광이다 [yeok-kkwang-i-da] v. 逆光了
24. 조명을 켜다 [jo-myong-eul kyo-da] ph. 開閃光燈
25. 조명을 끄다 [jo-myong-eul kkeu-da] ph. 關閃光燈

拍照時會用到的基本句子

1. 사진 좀 찍어 주시겠어요？可以幫我拍個照嗎？
2. 여기를 눌러 주시면 돼요．按這裡就可以了。
3. 캐릭터하고 함께 사진을 찍어도 돼요？我們可以和卡通人物一起拍嗎？
4. 가로로 찍어 주시겠어요？可以幫我拍橫的嗎？
5. 세로로 한 번 더 찍어 주시겠어요？可以直的再拍一張嗎？
6. 상반신만 나오게 찍어 주시겠어요？可以幫我拍上半身就好嗎？
7. 조그만 더 멀리에서 찍어 주시겠어요？可以麻煩您站遠一點拍嗎？
8. 조금만 더 앞에서 찍어 주시겠어요？可以麻煩您靠近一點拍嗎？
9. 여기가 중심이 되게 찍어 주시겠어요？可以麻煩您以這裡為中心點拍嗎？
10. 너무 어두워서요．다시 한번 더 찍어 주시겠어요？太暗了，可以再拍一張嗎？
11. 원하시면 저희도 사진을 찍어 드릴까요？要不要我們幫您拍？
12. 살짝 왼쪽으로 이동하시겠어요？可以稍微往左邊移動一下嗎？
13. 자, 찍겠습니다．웃으세요．하나, 둘, 셋！來，要拍了，笑一個，一、二、三。
14. 잘 찍었는지 한번 확인하시겠어요？您看看有沒有拍好。
15. 정말 잘 나왔네요．찍어 주셔서 감사합니다．拍得太好了，謝謝您幫我拍照。
16. 사진을 정말 잘 찍으시네요．실물보다 더 잘 나왔는데요．您拍得太好了，照片比本人還漂亮。

Part 9
체육 활동&경기 體育活動和競賽

농구장 籃球場

Part09_01

這些應該怎麼說？

籃球場配置

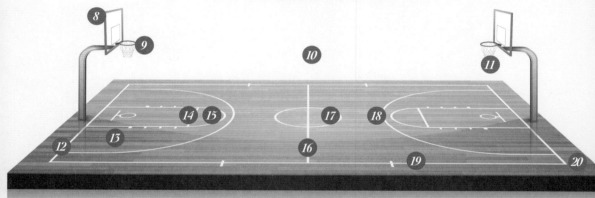

1 점수판 [jeom-su-pan] n.
計分板

2 남은 시간 [na-meun si-gan] n.
剩餘時間

3 홈팀 [hom-tim] n. 主隊

4 쿼터 [kwo-teo] n.（比賽）節次

5 원정팀 [won-jeong-tim] n. 客隊

6 점수 [jeom-su] n. 得分

7 반칙/파울 [ban-chik/pa-ul] n.
犯規（次數）

8 바스켓 보드 [ba-seu-ket bo-deu] n.
籃板

⑨ 골 포스트 림 [gol po-seu-teu rim] n. 籃框

⑩ 농구장 [nong-gu-jang] n. 籃球場

⑪ 네트 [ne-teu] n. 籃網

⑫ 앤드 라인 [aen-deu ra-in] n. 底線

⑬ 골밑 사이드 라인
[gol-mit sa-i-deu ra-in] n. 油漆區、禁區

⑭ 프리슬로 라인 [peu-ri-seul-ro ra-in]
n. 罰球線

⑮ 프리슬로 서클
[peu-ri-seul-ro seo-keul] n. 罰球圈

⑯ 중앙선 [jung-ang-seon] n. 中線

⑰ 센터 서클 [sen-teo seo-keul] n. 中圈

⑱ 3점 라인 [sam-jjeom ra-in] n. 3分線

⑲ 사이드 라인 [sa-i-deu ra-in] n. 邊線

⑳ 농구장 바닥 [nong-gu-jang ba-dak]
n. 籃球場地板

籃球場人員

❶ 공격수 [gong-gyeok-ssu] n. 攻方

❷ 수비수 [su-bi-su] n. 守方

❸ 관중 [gwan-jung] n. 觀眾

❹ 선발 선수 [seon-bal seon-su] n. 先發球員

❺ 치어리더 [chi-eo-ri-deo] n. 啦啦隊

❻ 기록원 [gi-ro-gwon] n. 紀錄台人員

❼ 후보 선수 [hu-bo son-su] n. 候補球員

❽ 감독 [gan-dok] n. 教練

在籃球場或做什麼呢？

01 打全場比賽

球員場上角色的韓文要怎麼說？

1. 팀 벤치 구역 [tim ben-chi gu-yeok] n. 球隊席區
2. 기록석 [gi-rok-sseok] n. 紀錄席
3. 포인트 가드 [po-in-teu ga-deu] n. 控球後衛
4. 슈팅 가드 [syu-ting ga-deu] n. 得分後衛
5. 스몰 포워드 [seu-mol po-wo-deu] n. 小前鋒
6. 파워 포워드 [pa-wo po-wo-deu] n. 大前鋒
7. 센터 [sen-teo] n. 中鋒
8. 식스맨 [sik-sseu-maen] n. 第六人、最佳替補球員
9. 신인 선수 [si-nin seon-su] n. 新秀
10. 용병 선수 [yong-byeong seon-su] n. 傭兵

裁判會比出哪些手勢呢？

Basketball Referee Signals

1. Referee
2. Start clock
3. Stop clock
4. Time-out
5. Jump Ball
6. Substitution
7. Beckoning

8 1 Point	9 2 Point
10 3 Point	11 3 Point (success)
12 Cancel Score	13 24 Second Reset
14 Player Foul	
15 Travelling	16 Technical Foul
17 Pushing	18 Blocking
19 3-Second Violation	20 Intentional Foul
21 Control Foul	22 Double Foul

❶ 심판 [sim-pan] n. 裁判

❷ 경기 시작 [gyeong-gi si-jak] n.
比賽開始

❸ 경기 종료 [gyeong-gi jong-nyo] n.
比賽結束

❹ 타임 아웃 [ta-im a-ut] n.
（比賽）暫停

❺ 점프 볼 [jeom-peu bol] n. 爭球

❻ 선수 교체 [seon-su gyo-che] n. 換人

❼ 손동작 지시 [son-ttong-jak ji-si] n.
招呼示意

❽ 1점 [il-jjeom] n. 一分

❾ 2점 [i-joem] n. 兩分

❿ 3점 [sam-jeom] n. 三分

⓫ 3점 슛 성공
[sam-jjeom syut seong-gong] n.
三分球進

⓬ 점수 무효 [jeom-su mu-hyo] n.
得分不算

⓭ 24초가 다시 주어지다

[i-sip-sa-cho-ga da-si ju-eo-ji-da] ph.
重新計算進攻時間

⓮ 반칙/파울 [ban-chik/pa-ul] n.
（球員）犯規

⓯ 걷다 [geot-tta] n. 走步

⓰ 기술적인 파울 [gi-sul-jjeo-gin pa-ul]
ph. 技術犯規

⓱ 밀치다 [mil-chi-da] n. 推人

⓲ 블로킹 파울 [beul-ro-king pa-ul] n.
（進攻、防守時）阻擋犯規

⓳ 3세컨드 바이얼레이션
[sseu-ri-se-keon-deu ba-i-eol-re-i-
syeon] n. 3 秒違例

⓴ 고의적인 파울 [go-i-jeo-gin pa-ul] n.
惡意犯規

㉑ 플레이어 컨드롤 파울
[peul-re-i-eo keon-teu-rol pa-ul] n.
出手犯規

㉒ 더블 파울 [deo-beul pa-ul] n.
雙方犯規

야구장 棒球場

Part09_04

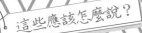
這些應該怎麼說？

棒球場配置

1. 타자 [ta-ja] n. 打者
2. 포수 [po-su] n. 捕手
3. 주심 [ju-sim] n. 主審
4. 3루수 [sam-nu-su] n. 3 壘手
5. 투수 [tu-su] n. 投手
6. 2루수 심판 [i-ru-su sim-pan] n. 2 壘審
7. 2루수 [i-ru-su] n. 2 壘手
8. 1루수 [il-ru-su] n. 1 壘手
9. 부심 / 1루수 심판 [bu-xim] / [il-ru-su sim-pan] n. 副審（1 壘審）

   ※ 一壘審會被視副審。

10. 대기 투수 [dae-gi tu-su] n. 牛棚投手
11. 내야수 [nae-ya-su] n. 內野手
12. 외야수 [oe-ya-su] n. 外野手
13. 좌익수 [jwa-ik-ssu] n. 左外野手
14. 중견수 [jung-gyon-su] n. 中外野手
15. 우익수 [u-ik-ssu] n. 右外野手
16. 3루수 심판 [sam-nu-su sim-pan] n. 3 壘審
17. 2루수 심판 [i-ru-su sim-pan] n. 2 壘審
18. 유격수 [yu-gyok-ssu] n. 游擊手
19. 대기심 [dae-gi-sim] n. 備用裁判
20. 지명타자 [ji-myong-ta-ja] n. 指定打擊

計分板上的韓文有哪些？

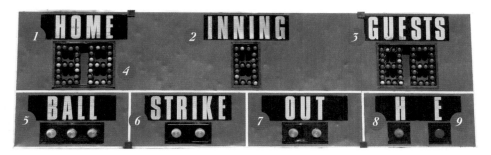

1. 홈팀 [hom-tim] n. 主場球隊
2. 이닝 [i-ning] n. 局次
3. 원정팀 [won-jeong-tim] n. 客場球隊
4. 점수 [jeom-su] n. 得分
5. 볼 [bol] n. 壞球
6. 스트라이크 [seu-teu-ra-i-keu] n. 好球
7. 아웃 [a-ut] n. 出局
8. 안타 [an-ta] n. 安打
9. 에러 [e-reo] n. 失誤

◆ Tips ◆

慣用語小常識：棒球篇

9 회말 2 아웃「9 局下半 2 出局」

一場正規棒球比賽共有 9 局，每局可分為上半局跟下半局。雖說少棒通常比 6 局、青少棒通常比 7 局，但國際間一般正規的成棒賽事都是 9 局，而 9 局下半是整場比賽中主場球隊能夠反攻的最後機會。因此若 9 局下半局已經有兩人出局，不出意外的話，比賽也差不多要結束了；不過，即使已經到了 9 局下半局 2 出局的時候，有時也會發生打出全壘打一棒追平或逆轉的情形。因此在棒球比賽來說，不到最後第三人出局的那一刻，都無法斷言誰勝誰負。就算當下看起來即將輸球，依然有扳回劣勢的可能。球場局勢瞬息萬變，這股堅持不放棄的精神也被引用到日常生活中。9 회말 2 아웃自然也成為用來鼓勵別人的慣用語。

9회말 2아웃일 뿐이에요. 내일 하루 더 시간이 있으니 좋은 소식을 기다려 봐요.
→事情不到最後一刻都不曉得結果，明天還有一天的時間，再等等看好消息吧。

01 日常練習

棒球場上常做的事有哪些？韓文怎麼說？

Part09_05

공을 던지다
ph. 投手投球

공을 치다
ph. 擊球

공을 잡다
ph. 救球、接球

공을 받다
ph. 接球

공을 패스하다
ph. 傳球

달리다
v. 跑壘

슬라이딩을 하다
ph. 滑壘

아웃되다
v. 出局

터치 아웃을 시키다
ph. 觸殺

••• 02 比賽

Part09_06

棒球比賽裡會用到哪些韓文單字呢?

1. 공격 [gong-gyeok] n. 攻方
2. 수비 [su-bi] n. 守方
3. 전반전 [jeon-ban-jeon] n. 上半局
4. 후반전 [hu-ban-jeon] n. 下半局
5. 연장전 [yeon-jang-jeon] n. 延長賽
6. 파울볼 [pa-ul-bol] n. 界外球
7. 번트 [beon-teu] n. 觸擊
8. 안타 [an-ta] n. 安打
9. 내야 안타 [nae-ya an-ta] n. 內野安打

◆ Chapter2 야구장 棒球場

10. 외야 안타 [oe-ya an-ta] n. 外野安打
11. 좌전 안타[jwa-jeon an-ta] n. 左外野安打
12. 우전 안타 [u-jeon an-ta] n. 右外野安打
13. 중전 안타 [jung-jeon an-ta] n. 中外野安打
14. 1루 안타 [il-ru an-ta] n. 一壘安打
15. 2루 안타 [i-ru an-ta] n. 二壘安打
16. 3루 안타 [sam-nu an-ta] n. 三壘安打
17. 홈런 [hom-neon] n. 全壘打
18. 솔로 홈런 [sol-ro hom-neon] n. 陽春全壘打
19. 투런 홈런 [tu-reon hom-neon] n. 兩分全壘打

20. 쓰리런 홈런 [sseu-ri-reon hom-neon] n. 三分全壘打
21. 만루 홈런 [mal-ru hom-neon] n. 滿壘全壘打
22. 장외 홈런 [jang-oe hom-neon] n. 場外全壘打
23. 아웃 [a-ut] n. 出局
24. 테그 아웃 [te-geu a-ut] n. 觸殺
25. 플라이 아웃 [peul-ra-i a-ut] n. 高飛球接殺
26. 번트 아웃 [beon-teu a-ut] n. 短打出局
27. 도루 아웃 [to-ru a-ut] n. 盜壘出局
28. 삼진 아웃 [sam-jin a-ut] n. 三振出局

글러브

[geul-reo-beu]

n. 手套

야구방망이

[ya-gu-bang-mang-i]

n. 球棒

야구공

[ya-gu-gong]

n. 棒球

마스크

[ma-seu-keu]

n. 面罩

공격수 모자

[gong-gyeok-ssu mo-ja]

n. 打擊頭盔

야구 모자

[ya-gu mo-ja]

n. 棒球帽

유니폼

[yu-ni-pom]

n. 球衣

야구화

[ya-gu-hwa]

n. 棒球釘鞋

포수 장비

[po-su jang-bi]

n. 捕手裝備

◆ Tips ◆

慣用語小常識：삼진 아웃（三振出局）

삼진 아웃是指三次機會中已錯過兩次機會，第三次再失誤的話就完全沒有機會的意思。在韓國社會裡，好像大家都約好了一般，不管好壞通常都給三次機會，從比賽規則到法令皆是如此。2001 年 7 月，韓國制定了一個음주운전 삼진아웃제 [eum-ju-un-jeon sam-jin-a-ut-je]

（酒駕三振法案）。這是酒駕被抓兩次後，再犯時要加重處分的法令。意即第三次就是最後一次，再也沒有機會了。應用到日常生活裡，若是談論法令會講삼진아웃제；不過若是引用到法令以外的日常口語中，則習慣講삼진 아웃。

우리 지각할 때 서로에게 삼진아웃 적용하자.
→我們給彼此三次遲到的機會吧。

이번이 삼진아웃이니까 약속 대로 오늘 밥값은 네가 계산해.
→這次你三振出局了，按照約定今天的飯局你來買單吧。

Part09_08

棒球還有哪些相關單字呢？

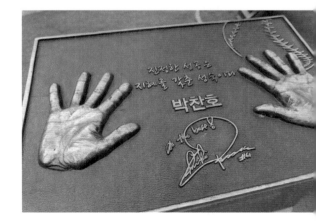

1. 야구장 [ya-gu-jang] n. 棒球場
2. 전광판 [jeon-gwang-pan] n. 記分板
3. 관중 [gwan-jung] n. 觀眾
4. 외야 [oe-ya] n. 外野
5. 내야 [nae-ya] n. 內野
6. 심판 [sim-pan] n. 裁判
7. 파울 라인 [pa-ul ra-in] n. 界外線
8. 타석 [ta-seok] n. 右打打擊區
9. 볼펜 [bol-pen] n. 打擊預備區
10. 팀 벤치 [tim baen-chi] n. 選手休息處
11. 관중석 [gwan-jung-seok] n. 觀眾席

육상 경기장 田徑場

這些應該怎麼說？

Part09_09

田徑場配置

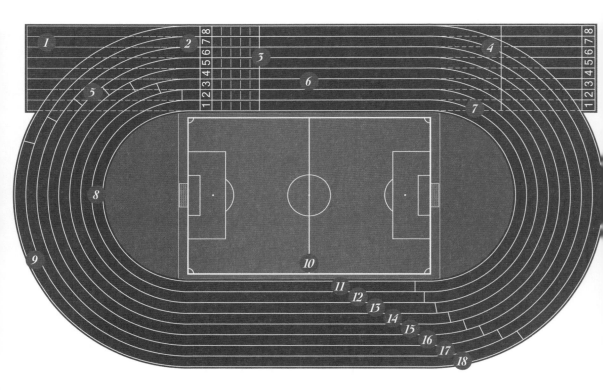

---

1 육상 트랙 [yuk-sang teu-raek] n.
跑道

2 트랙 번호 [teu-raek beon-ho] n.
跑道號碼

3 결승선 [gyeol-sseung-seon] n. 終點線

4 출발선 [chul-bal-seon] n.
起跑線

5 장거리 출발선
[jang-geo-ri chul-bal-seon] n.
長跑起跑線

⑥ 직선 코스 [jik-sseon ko-seu] n.
直線跑道

⑦ 커브 코스 [keo-beu ko-seu] n. 彎道

⑧ 인 코스 [in ko-seu] n. 內側跑道

⑨ 아웃 코스 [a-ut ko-seu] n. 外側跑道

⑩ 잔디 운동장 [jan-di un-dong-jang] n.
運動場草皮

⑪ 1번 레인 [il-beon re-in] n. 1 號跑道

⑫ 2번 레인 [i-beon re-in] n. 2 號跑道

⑬ 3번 레인 [sam-beon re-in] n. 3 號跑道

⑭ 4번 레인 [sa-beon re-in] n. 4 號跑道

⑮ 5번 레인 [o-beon re-in] n. 5 號跑道

⑯ 6번 레인 [yuk-ppeon re-in] n.
6 號跑道

⑰ 7번 레인 [chil-beon re-in] n. 7 號跑道

⑱ 8번 레인 [pal-beon re-in] n. 8 號跑道

※ 트랙與레인中文都是跑道，但트랙比較像跑道的總稱；레인則指跑道的分道。雖然各分道通常會講 X 번 레인，但若講 X 번 트랙也是 OK 的。

◆ Tips ◆

慣用語小常識：肢體動作篇

손발이 맞다「手腳對？」

손발的意思是「手跟腳」；맞다的意思是正確、對、合適、符合。兩個字合在一起指的是手腳搭配得宜、肢體協調的意思。我們都知道，運動也是需要天分的，不管什麼運動都講求肢體協調。倘若今天手跟腳配合不起來，不是同手同腳就是手忙腳亂，這樣的人在田徑場上賽跑一定跑不出什麼好成績。然而손발이 맞다除了字面上的意思之外，還有另一個最常被人使用的衍生意義—形容共事者彼此之間有默契。韓國是一個非常講求團體行動、團體榮耀、團體歸屬感的國家，這點從語言的用詞遣字上便能看出端倪。此時的손발指的不再單單只是某個人的手腳，而是許多人的手和腳。當 A 動手時其他人也動手；當 C 動腳時其他人也動腳。就像兩人三腳比賽一樣，大家的行動一致，衍伸指群體之間彼此有默契、配合得很好。韓國人講求群體，話裡話外時常強調「我們是一體的」。如此講求團結的社會風氣，自然也非常重視人與人之間的合作，因此韓國對於手腳配的慣用語使用頻率非常高。

저희 팀원들 간의 손발이 맞아서 일을 순조롭게 빨리 끝냈어요.
我們組員間彼此互相配合，所以做事都很順利，非常有效率。

01 徑賽運動

Part09_10

常見的徑賽項目有哪些？韓文怎麼說？

달리기
[dal-ri-gi]
n. 跑步

단거리달리기
[dan-geo-ri-dal-ri-gi]
n. 短跑

장거리달리기
[jang-geo-ri-dal-ri-gi]
n. 長跑

마라톤
[ma-ra-ton]
n. 馬拉松

허들 경기
[heo-deul kyeong-gi]
n. 跨欄

장애물달리기
[jang-ae-mul-dal-ri-gi]
n. 障礙賽跑

이어달리기
[i-eo-dal-ri-gi]
n. 接力賽

경보
[gyeong-bo]
n. 競走

◆ Tips ◆

慣用語小常識：馬拉松篇

　　一般我們說的馬拉松（馬拉松）指的是 42.195km 的풀코스（全程馬拉松／全馬）跟 21.0975km 的하프코스（半程馬拉松／半馬），而距離超過 42.195km 的馬拉松則稱為울트라마라톤（超級馬拉松／超馬）。常見的울트라마라톤有 50 公里、100 公里、50 英里（80.47km）、100 英里（160.93 km）以及 84.4km 的더블마라톤（雙倍馬拉松）、6 小時，12 小時，24 小時，48 小時 코스（6、12、24、48 小時超級馬拉松）、극지 마라톤（極地超級馬拉松）等。韓國常說인생은 마라톤이다 [in-saeng-eun ma-ra-to-ni-da]（人

生如馬拉松），因為在長距離的耐力賽跑中，常會碰到下雨、颱風、爬坡、下坡等情況；就像人生不單單只有歡樂，還會遭遇苦惱、憤怒、哀傷等各種情境。比賽中遇到的突發狀況，就如同人生隨時會面臨問題一般，故以馬拉松來形容人的一生再貼切也不過了。

인생은 마라톤이라고 하잖아. 다음에는 분명 더 좋은 기회가 있을 거야.
→ 不是有句話說人生如馬拉松嗎？下次一定會有更好的機會的。

한 번 실패했다고 세상이 끝난 게 아니잖아. 인생은 마라톤, 희망을 가져 보자.
→ 一次的失敗又不是世界末日，人生就像馬拉松一樣，讓我們懷抱希望吧。

◆◆◆ 02 田賽運動

常見的田賽項目有哪些？韓文怎麼說？

멀리뛰기
[meol-ri-ttwi-gi]
n. 跳遠

3단뛰기
[sam-dan-ttwi-gi]
n. 3 級跳遠

높이뛰기
[no-pi-ttwi-gi]
n. 跳高

장대높이뛰기
[jang-ttae-no-pi-ttwi-gi]
n. 撐杆跳

창던지기
[chang-deon-ji-gi]
n. 擲標槍

원반던지기
[won-ban-deon-ji-gi]
n. 擲鐵餅

포환던지기
[po-hwan-deon-ji-gi]
n. 擲鉛球

해머던지기
[hae-meo-deon-ji-gi]
n. 擲鏈球

허들
[heo-deul]
n. 跨欄

매트리스
[mae-teu-ri-seu]
n. 安全墊

철봉
[chel-bong]
n. 單槓

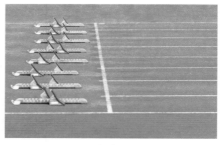

스타팅 블록
[seu-ta-ting beul-rok]
n. 起跑器

바통
[ba-tong]
n. 接力棒

장대
[jang-ttae]
n. 長杆

창

[chang]

n. 標槍

모래사장

[mo-rae-sa-jang]

n. 沙坑

원반

[won-ban]

n. 鐵餠

포환

[po-hwan]

n. 鉛球

해머

[hae-meo]

n. 鏈球

기록 표시

[gi-rok pyo-si]

n. 紀錄板

축구장 足球場

這些應該怎麼說？

Part09_13

足球場配置

① 축구장 [chuk-kku-jang] n.
　足球場

② 코너 에어리어 [ko-neo e-eo-ri-eo]
　n. 角球區

③ 터치라인 [teo-chi-ra-in] n. 邊線

④ 하프라인 [ha-peu-ra-in] n. 中線

⑤ 골대 [gol-ttae] n. 球門

⑥ 골 에어리어 [gol e-eo-ri-eo] n.
　（小禁區）球門區

⑦ 페널티 에어리어
　[pe-neol-ti e-eo-ri-eo] n.
　（禁區）罰球區

8 페널티마크 [pe-neol-ti-ma-keu] n. （點球）罰球點
9 아크서클 [a-keu-seo-keul] n. 罰球區弧線
10 센터서클 [sen-teo-seo-keul] n. 中圈
11 센터마크 [sen-teo-ma-keu] n. 中點
12 잔디구장 [jan-di-gu-jang] n. 草皮
13 골네트 [gon-ne-teu]
n. 球門網
14 크로스바 [keu-ro-seu-ba]
n. 橫木
15 골포스트 [gol-po-seu-teu]
n. 球門柱

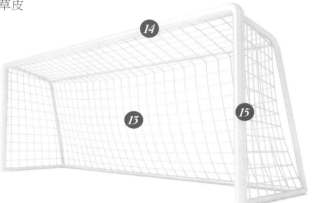

◆ Tips ◆

慣用語小常識：足球篇

골키퍼 있다고 골 안 들어가나? 「有守門員難道就踢不進球嗎？」

골키퍼 있다고 골 안 들어가나?（有守門員難道就踢不進球嗎？）這句話一般是男人說的，是慫恿人去挖別人牆角；或自己有意挖他人牆角的一句話。已經有男友的女生，她的男友被喻為골키퍼（守門員）。有些人明知對方已有交往對象或另一半，偏偏只考慮自己，認為如果

鼓起勇氣向對方告白，鍥而不捨的追求，凡事都有可能。我們都知道這是不好的行為，開玩笑講講沒什麼，但千萬別這麼做喔。

골키퍼 있다고 골 안 들어가나? 그렇게 좋아하면 고백이라고 해 보고 포기해.
→有守門員難道就踢不進球嗎？你如果真的那麼喜歡就去告白再說。

在足球場會做什麼呢？

••• 01 幫隊伍加油

Part09_14

국기에 대한 경례
[guk-kki-e dae-han gyeong-nye]
n. 向國旗行禮

애국가 제창
[ae-guk-kka je-chang]
n. 唱國歌

단체 사진을 찍다
[dan-che sa-ji-neul jjik-tta]
n. 拍團體照

응원을 하다
[eung-won-neul ha-da]
n. 加油

韓國的加油團 붉은 악마

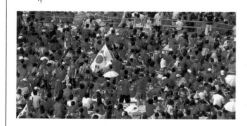

붉은 악마（紅魔鬼）是韓國國家足球代表隊的正式加油團。1997年春天，PC 通信足球相關同好會認為在 1998 年 FIFA 世界盃亞洲預賽前，應該要有組織性的替國家

代表隊加油打氣。在大眾都有此共識的情形下，붉은 악마因此成立。2002年世界盃足球賽首次在亞洲舉行，由韓國與日本兩個國家聯合舉辦。當時在붉은 악마的全力加油下，韓國隊首度進入四強。

● 表韓國的世界級足球選手 3 人

1. 차범근 車範根（1953 年生）

차범근總教練可說是韓國足球界的傳奇人物。早年韓國足球尚未盛行，他已於1980年代活躍於분데스리가（德國足球甲級聯賽／德甲），是韓國足球史上第一位踏入德國職業足球聯盟的選手。除了身為韓國足球國家代表隊的윙어（鋒線球員）外，也在歐洲足壇十分活躍。차범근總教練自1978至1989年間共參加過308場比賽，踢進98球，一度創下德甲外籍球員最多進球數的紀錄。雖然這項紀錄於1999年被斯特凡納・查普伊薩特打破，但차범근總教練在1985-1986賽季中共踢進17球，迄今為止依然是德甲歷史上單季進球數最多的亞洲選手。韓國的足球能有今天的成就，若說是由차범근總教練足尖底下開始發跡也不為過。

2. 박지성 朴智星（1981 年生）

박지성選手是2002年한일 월드컵（韓日世界盃）中韓國進入四強的主角之一，他同時也是首位曾在UEFA 챔피언스리그（歐冠盃）和FIFA 클럽 월드컵（世界盃）中贏得比賽的亞洲球員。他最有名的就是體力及耐力驚人，也因耐力十足宛如有三個肺一樣而有著폐 3 개 가진 박（朴三肺）、산소탱크（氧氣瓶）的綽號。

3. 손흥민 孫興慜（1992 年生）

손흥민選手在16歲加入德甲함부르크 SV（漢堡）青年隊，18歲被選為韓國足球國家代表隊選手。目前作為윙어（鋒線球員）活躍於프리미어리그（英格蘭足球超級聯賽／英超），隸屬토트넘 홋스퍼 FC（托特

納姆熱刺足球俱樂部／熱刺），是第十一位被選為英超最佳球員的選手，也是第一位獲得該獎項的亞洲選手。隨著在英超 2019-2020 賽季中進球數超過兩位數，손흥민成為連續 8 個賽季皆取得兩位數進球的球員，也是熱刺首位進球數突破 100 球的非英國球員。

저는 차범근 선수가 역대 가장 훌륭한 한국 축구 선수라고 생각해요.
-> 我認為車範根選手是歷年來韓國最優秀的足球選手。

박지성 선수는 '영원한 캡틴'과 '산소탱크'라는 별명으로 유명해요.
-> 朴智星選手以「永遠的主將」、「氧氣瓶」名號而出名。

유럽 리그 관계자들이 손흥민 선수에게 눈독을 들이고 있다고 해요.
-> 聽說歐洲聯盟相關人士對孫興慜選手大感興趣。

Part09_15

這些加油道具，韓文怎麼說呢？

응원 나팔
[eung-won na-pal]
n. 加油喇叭

부부젤라
[bu-bu-jel-la]
n. 巫巫茲拉

손짝짝이
[son-jjak-jja-gi]
n. 拍拍手／鼓掌手拍

응원 방망이	머플러 슬로건	응원 티셔츠
[eun-gwon bang-mang-i]	[meo-peul-reo seul-ro-geon]	[eung-won ti-syeo-cheu]
n. 加油棒	n. 圍巾口號	n. 加油 T 恤

태극기	응원 머리띠	사물놀이
[tae-geuk-kki]	[eung-won meo-ri-tti]	[sa-mul-no-ri]
n. 國旗（太極旗）	n. 加油髮箍	n. 四物農樂

02 比賽

要怎麼用韓文説足球員的位置？

Part09_16

SOUTH KOREA

골키퍼 守門員

① 골키퍼 [gol-ki-peo] n. 守門員（GK）

수비수 後衛

② 레프트 백 / 왼쪽 측면 수비수

[re-peu-teu baek] / [wen-jjok cheung-myon su-bi-su] n. 左後衛（LB）

③~④ 센터백 / 중앙 수비수

[sen-to-baek] / [jung-ang su-bi-su] n. 中後衛（CB）

⑤ 라이트 백 / 오른쪽 측면 수비수

[ra-i-teu baek] / [o-reun-jjok cheung-myon su-bi-su] n. 右後衛（RB）

미드필더 中場

⑥ 레프트 미드필더 / 왼쪽 측면 미드필더

[re-peu-teu mi-deu-pil-deo] / [wen-jjok cheung-myon mi-deu-pil-deo] n.
左中場（LM）

⑦ 라이트 미드필더 / 오른쪽 측면 미드필더

[ra-i-teu mi-deu-pil-deo] / [o-reun-jjok cheung-myon mi-deu-pil-deo] n.
右中場 -（RM）

⑧ 중앙 미드필더 [jung-ang mi-deu-pil-deo] n. 中中場（CM）

공격수 前鋒

⑨ 센터 포워드 / 중앙 공격수

[sen-to po-wo-deu] / [jung-ang gong-gyok-ssu] n. 主前鋒／中前鋒（CF）

⑩ 라이트 윙 / 오른쪽 윙 포워드 / 오른쪽 측면 공격수

[ra-i-teu wing] / [o-reun-jjok wing po-wo-deu] /
[o-reun-jjok cheung-myon gong-gyok-ssu] n. 右邊鋒／右前鋒（RW）

⑪ 레프트 윙 / 왼쪽 윙 포워드 / 왼쪽 측면 공격수

[re-peu-teu wing] / [wen-jjok wing po-wo-deu] /
[wen-jjok cheung-myon gong-gyok-ssu] n. 左邊鋒／左前鋒（LW）

※ 這裡提到的球員位置，實際在比賽時會因為戰術不同而有所調整。

足球積分表上會出現哪些韓文？

Pos	Team	PLD	W	D	L	F	A	GD	PTS
1	Germany								
2	Mexico								
3	Sweden								
4	South Korea								

① 전광판 [jeon-gwang-pan] n. 積分表

② 그룹 표시 [geu-rup pyo-si] n. 組別

③ 순위 [su-nwi] n. 排名

④ 팀 [tim] n. 隊名

⑤ 종료된 경기 [jong-nyo-doen gyeong-gi] n. 已完成的比賽數

⑥ 승리 전적 [seung-ni jeon-jeok] n. 贏

⑦ 비긴 전적 [bi-gin jeon-jeok] n. 和局

⑧ 패배 전적 [pae-bae jeon-jeok] n. 輸

⑨ 득점 [deuk-jjeom] n. 進球數

⑩ 실점 [sil-jjeom] n. 失球數

⑪ 골 득실차 [gol deug-ssil-cha] n. 淨勝球

⑫ 누계 점수 [nu-gye jeom-su] n. 積分

수영장 游泳池

這些應該怎麼說？

Part09_18

游泳池配置

1. **수영장** [su-yeong-jang] n. 游泳池
2. **벤치** [ben-chi] n. 長椅
3. **탈의실 입구** [ta-ri-sil ip-kku] n. 更衣室入口
4. **테이블** [te-i-beul] n. 桌子
5. **수영 도구 진열장** [su-yeong do-gu ji-nyeol-jjang] n. 泳具櫃
6. **수영 풀** [su-yeong pul] n. 游泳池
7. **레인** [re-in] n. 水道繩
8. **레인 표시** [re-in pyo-si] n. 泳道編號
9. **수영 킥판** [su-yeong kik-pan] n. 浮板
10. **배수구** [bae-su-gu] n. 排水口

⑪ 수영장 계단 / 사다리 계단

[su-yong-jang gye-dan] / [sa-da-ri gye-dan]

n. 梯子

⑫ 수위 경계 표시 [su-wi gyeong-gye pyo-si]

n. 標示警戒水位

⑬ 1번 레인 [il-bon re-in] n. 第一水道

⑭ 2번 레인 [i-bon re-in] n. 第二水道

⑮ 3번 레인 [sam-bon re-in] n. 第三水道

⑯ 구명 튜브 [gu-meong tyu-beu] n. 救生圈

⑰ 인명구조원 [in-myeong-gu-jo-won] n. 救生員

◆ **Tips** ◆

慣用語小常識：游泳篇

개헤엄을 치다「狗游泳？」

韓國有句俗語叫「양반이 물에 빠져도 개헤험은 안 친다」，意思是「兩班即使溺水也不游狗爬式」。大家都曉得，狗爬式是人類或動物憑藉本能學會的最簡單的游泳方式。游泳時胸部下俯，手腳交替反覆划水，就像狗或其他哺乳動物游泳一樣前進。大概是游泳姿勢單純，沒有正式學過游泳的人，也可以藉由自己領悟到的方法亂游，因此在韓國稱為「개헤엄을 치다 [gae-he-eo-meul chi-da]（狗爬式）」。然而兩班是什麼身分地位，怎麼可以游狗爬式呢？這種游泳格調太不適合穩重、高高在上的兩班了。因此對非常注重體面的兩班來說，如此沒形象、有失穩重的泳姿當然不能游，才會說兩班即使溺水了也不游狗爬式。而這句俗語有時也會被人拿來揶揄某人過於堅持自己認定的行事標準，不肯變通妥協。

제 수영 실력은 개 헤엄 치는 정도예요.

→我只會狗爬式游泳。

그 정도 개헤엄 실력이면, 수영 금방 배우겠는데.

→狗爬式游到那個程度的話，你很快就會學好游泳的。

在游泳池會做什麼呢？

••• 01 換上泳具

Part09_19

常見的裝備有哪些？韓文怎麼說？

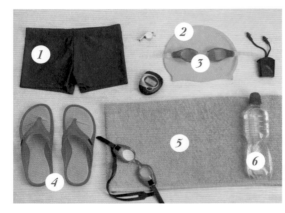

1 남자 수영복

[nam-ja su-yeong-bok] n. 泳褲

2 수영모 [su-yeng-mo] n. 泳帽

3 수경 [su-kyeong] n. 泳鏡

4 수영장 슬리퍼

[su-yeong-jang seul-ri-peo] n. 游泳池穿的拖鞋

5 타올 [ta-ol] n. 毛巾

6 생수 [saeng-su] n. 礦泉水

7 호루라기 [ho-ru-ra-gi] 哨子

8 원피스 수영복

[won-pi-seu su-yeong-bok] n. 連身泳衣

9 초시계 [cho-si-gye] n. 碼表

10 물통 [mul-tong] n. 水壺

11 오리발 [o-ri-bal] n. 蛙鞋

12 잠수복 [jam-su-bok] n. 潛水衣

13 스노클 [seu-no-keul] n. 潛水呼吸管

14 고글 [go-geul] n. 潛水目鏡

Part09_20

해먹 튜브
[hae-meok tyu-beu]
n. 氣墊筏

원형 튜브
[won-heyong tyu-beu]
n. 游泳圈

물놀이 튜브
[mul-no-ri tyu-beu]
n. 造型游泳圈

팔 튜브
[pal tyu-beu]
n. 充氣臂圈

구명 조끼
[gu-myeong jo-kki]
n. 救生衣

수영 킥판
[su-yeong kik-pan]
n. 浮板

···02— 游泳

Part09_21

常見的泳姿有哪些？韓文怎麼説？

자유영
[ja-yu-yeong]
n. 自由式

배영
[bae-yeong]
n. 仰式

접영
[jeo-byeong]
n. 蝶式

평영
[pyeong-yeong]
n. 蛙式

다이빙을 하다
[da-i-bing-eul ha-da]
n. 跳水

잠수하다
[jam-su-ha-da]
n. 潛水

Part09_22

奧運的 수상스포츠（水上運動）有哪些比賽項目呢？

● 싱크로나이즈 水上芭蕾

水上芭蕾早期稱為싱크로나이즈드 스위밍 [sing-keu-ro-na-i-jeu-deu seu-wi-ming]（Synchronized Swimming），韓文簡稱싱크로나이즈，2017 年國際游泳總會將項目名稱改為아티스틱 스위밍 [a-ti-seu-tik seu-wi-ming]（artistic swimming）。這是一種結合游泳、芭蕾、體操等各種技巧並搭配音樂演出的奧運比賽項目。依人數分為個人、雙人、團體等，也可稱為수중 발레（水上芭蕾）或예술 수영（藝術游泳）。此項目自 1984 年成為奧林匹克運動會比賽項目，強隊主要有俄羅斯、美國、加拿大、西班牙、中國等。

●다이빙 **跳水**

다이빙 [da-i-bing] 分為스프링
보드 다이빙 [seu-peu-ring-bo-
deu da-i-bing]（跳板跳水）
和하이 다이빙 [ha-i da-i-bing]
（跳臺跳水），運動員須在 1～
10 米高度的跳台或跳板做出
比賽指定動作後躍入水中。此項目是在 1904 年第三次聖路易奧會被指
定為正式比賽項目。

●조정 **賽艇**

조정 [jo-jeong] 是坐在舟艇裡比賽
速度的水上運動項目之一，可分為
單人、雙人、四人、八人賽等，是
單次比賽會消耗 1.5 公斤體重的耗
體力運動，同時具有全身運動的優
點。조정在奧運中是男子 8 項、女
子 6 項運動的正式競賽項目。

●카누 **獨木舟**

不太知道카누 [ka-nu] 的人常
會把카누和조정混淆，카누是
船身兩頭尖，不使用船槳而是
使用槳葉划水前進的水上運
動。

스키장 滑雪場

這些應該怎麼說？

Part09_23

滑雪場配置

① 스키장 [seu-ki-jang] n. 滑雪場

② 활강장 [hwal-gang-jang] n. 滑雪道

③ 리프트 [ri-peu-teu] n. 吊椅纜車

④ 안전망 [an-jeon-mang] n. 防護網

⑤ 리프트 타는 곳 [ri-peu-teu ta-neun got] ph. 纜車乘車處

⑥ 줄을 서다 [ju-reul seo-da] ph. 排隊

⑦ 안전 펜스 [an-jeon pen-seu] n. 安全 圍欄

⑧ 곤돌라 [gon-deol-ra] n. 箱型纜車

⑨ 곤돌라 레인 [gong-dol-ra re-in] n. 箱 型纜車道

⑩ 스키 인구 [seu-ki in-gu] n. 滑雪者

⑪ 스키 폴 [seu-ki pol] n. 雪杖

⑫ 플레이트 [peul-re-i-teu] n. 雪板

⑬ 고글 [go-geul] n. 滑雪鏡

⑭ 헬맷 [hel-maet] n. 安全帽

⑮ 스키 장갑 [seu-ki jang-gap] n. 手套

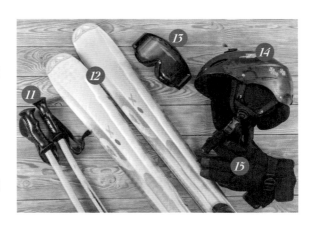

在滑雪場會做什麼呢?

01 滑雪比賽

Part09_24

常見的滑雪比賽有哪些?

● **알파인스키** 高山滑雪

활강
[hwal-gang]
n. 落山賽
（Downhill）

슈퍼대회전
[syu-peo-dae-hwe-jon]
n. 超級大曲道
（Super G）

대회전
[dae-hoe-jeon]
n. 大曲道
（Giant-slalom）

회전
[hoe-jeon]
n. 曲道賽
（Slalom）

복합
[bo-kap]
n. 混合式滑雪賽
（Alpine Combined）

혼성단체전
[hon-song-dan-che-jeon]
n. 混和團體賽
（Team Event）

● 노르딕스키 北歐式滑雪

크로스컨트리 스키
[keu-ro-seu-keon-teu-ri
seu-ki]
n. 越野滑雪
(Cross-country skiing)

스키점프
[seu-ki-jeom-peu]
n. 跳台滑雪
(Ski jumping)

노르딕 복합
[no-reu-dik bo-kap]
n. 北歐混合式滑雪
(Nordic combined)

● 프리스타일스키 自由式滑雪

모굴
[mo-gul]
n. 貓跳滑雪
（Mogul）

에어리얼
[e-o-ri-eol]
n. 空中技巧
（Aerial）

스키크로스
[seu-ki-keu-ro-seu]
n. 趣味追逐賽
（Ski cross）

하프파이프
[ha-peu-pa-i-peu]
n. U 型池賽（Half-pipe）

슬로프스타일
[seul-ro-peu-seu-ta-il]
n. 障礙滑雪（Slopestyle）

會用到的片語

Part09_25

1. 스키를 타다 [seu-ki-reul ta-da] ph. 滑雪

2. 장갑을 끼다 [jang-ga-beul kki-da] ph. 戴手套

3. 헬맷을 쓰다 [hel-mae-seul sseu-da] ph. 戴安全帽

4. 고글을 쓰다 [go-geu-reul sseu-da] ph. 戴滑雪鏡

5. 스키복을 입다 [seu-ki-bo-geul ip-tta] ph. 穿雪衣雪褲

6. 스키복을 대여하다 [seu-ki-bo-geul dae-yeo-ha-da] ph. 租雪衣雪褲

7. 스키 장비를 대여하다 [seu-ki jang-bi-reul dae-yeo-ha-da] ph. 借滑雪裝備

8. 스키 장비를 반납하다 [seu-ki jang-bi-ruel ban-na-pa-da] ph. 還滑雪裝備

◆ Tips ◆

文化小常識：韓國的滑雪票

韓國滑雪場的票券種類繁多，以비발디파크 스키월드（洪川大明滑雪場）來說，一次性的票券有단일권（當日票）、복합권（複合票）、새벽／밤샘（夜票）、타임패스（計時票）、1회권（一次性票券）、시즌권（季票）等。단일권（當日券）又分為오전권（早上券）、오후권（下午券）、야간권（夜間券）；복합권（複合票）分為주간권（平日票）、반종일권（半日券）；새벽／밤샘（夜票）分為凌晨 12 點到清晨 4 點的새벽권（凌晨票）跟 20:30 到清晨 4 點的밤샘권（通宵票）；타임패스（計時

票）可分為 2 시간권（2 小時票）、4 시간권（4 小時票）、6 시간권（6 小時票）。以上這些都是只可使用一次的票券，就像大家平常到遊樂園玩，只要入場票券就算使用過，以後便無法再使用。假如買的是주간권（平日票），一旦平日間使用該票券入場，那麼這張票券以後就無法再使用。

通常滑雪場的費用會分成兩個部分：一是纜車使用費，二是雪具的費用。假如買的是오전권（早上券），那麼在오전권（早上券）的使用時段就可不限次數搭乘纜車。假如買的是 1 회권（一次性票券），你就只能搭乘一次纜車。滑雪場的入口就像一般遊樂園出入口，纜車通常位於入口處。由於滑雪是由上往下滑，所以纜車會載滑雪的人上山。假如你買的是 1 회권，那麼你搭乘纜車上去再滑下來，就無法再繼續滑了。因為要再滑，就得再搭纜車上去；假如你買的是반종일권（半日券），那麼在반종일권的時間限制內都可不限次數搭乘纜車。這就是上面各種一次性票券的差異。不過各家滑雪場的收費方式不一，每年都有可能改變。購買滑雪票時，還是得仔細看票券費用是否包含纜車使用費。

如果你是滑雪愛好者，常常滑雪，那麼你一定不能錯過시즌권（季票）。如同前面所說的，비발디파크 스키월드的票價包含纜車使用費，如果你買的是시즌권，你就可以在季票期限內不限次數的搭乘纜車。通常시즌권又會再細分成전일권（全日票）、주중권（平日票）跟야간권（夜票）。전일권從開場到閉場可以不限次數使用吊椅纜車和箱型纜車，주중권和야간권則是在指定時間內可無限次數使用。季票貼有相片，只限自己使用。雖有些不方便，但如果是經常滑雪的人，購買季票就可以以較低廉的價格在期限內滑到開心為止。

···02─其他冬季運動

Part09_26

其他冬季運動有哪些？韓文怎麼說？

스키
[seu-ki]
n. 滑雪

스노우보드
[seu-no-u-bo-deu]
n. 滑雪板

368

쇼트트랙

[syo-teu-teu-raek]

n. 短道速滑

눈썰매

[nun-sseo-mae]

n. 雪橇

썰매보트

[sseol-mae-bo-teu]

n. 雪橇船

피겨 스케이팅

[pi-gyo seu-ke-i-ting]

n. 花式滑冰

你知道嗎？

롯데월드 아이스링크 樂天世界室內溜冰場

• 롯데월드 아이스링크 **樂天世界室內溜冰場**

在韓國有一個地方可讓任何人溜冰，那就是롯데월드 아이스링크（樂天世界溜冰場）。這個場地位於樂天世地下3樓，全年無休。雖然是在地下室，但因為是和樂天世界遊樂場連接的開闊空間，所以是天然採光，有在室外溜冰場溜冰的感覺。溜冰場周圍有美食街、保齡球場、電動遊樂場等設備。

피겨 여왕 김연아 花滑女王金妍兒

김연아是韓國已退休的피겨 스케이팅（花式滑冰）選手，是韓國花式滑冰史上第一位獲得奧運獎牌的選手，也是世界選手權的獎牌得主。在眾多比賽紀錄中，김연아選手最令人矚目的是在 2009 年세계선수권대회（世界選手權大會）中獲得 207.71 分的高分，刷新世界紀錄，也是花式滑冰史上第一位突破 200 分關口的女子單人滑選手。2014 年，她在退休前的最後一場比賽 – 俄羅斯奧林匹克上獲得銀牌，也是花式滑冰 100 年史上女子單人項目最早達成올포디움（All Podium）的選手。所謂的올포디움，是指在參賽的所有比賽上都獲得前三名的意思。對韓國人來說，김연아退休後仍舊是永遠的피겨 여왕（花式溜冰女王）。她之所以受到大家愛戴，大概是因為在沒有專用花式溜冰場的韓國，卻憑著自己努力而擁有華麗紀錄的緣故，其中或許也有韓國人對她的歉意、憐惜、榮耀等情緒。

Part 10
특별 장소 特殊場合

◆◆◆ Chapter1

결혼식 婚禮

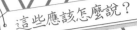
這些應該怎麼說？

Part10_01

西式婚禮布置

1 예식장 [ye-sil-jjang] n. 禮堂

2 샹들리에 [syang-deu-ri-e] n. 枝形吊燈

3 주례석 [ju-rye-seok] n. 主婚人席

4 초 [cho] n. 蠟燭

5 피아노 [pi-a-no] n. 鋼琴

6 신랑측 하객석 [sil-rang-cheuk ha-gaek-sseok] n. 男方親友席

7 신부측 하객석 [sin-bu-cheuk ha-gaek-sseok] n. 女方親友席

8 꽃장식 [kkot-jjang-sik] n. 花藝

9 웨딩 카펫 [wae-ding ka-pet] n. 婚禮地毯

10 입구 꽃장식 [ip-kku kkot-jjang-sik] n. 入口花藝

婚禮中常做的事有哪些？韓文怎麼說？

Part10_02

양가 모친 화촉 점화
[yang-ga mo-qin hwa-chok jeom-hwa]
n. 雙方母親舉行點蠟燭

신랑 입장
[sil-rang ip-jjang]
n. 新郎進場

신부 입장
[sin-bu ip-jjang]
n. 新娘進場

신랑 신부 맞절
[sil-rang sin-bu mat-jjeol]
n. 新郎新娘對拜

성혼선언문 낭독
[song-hon-seo-neon-mun nang-dok]
n. 宣讀結婚誓言

주례사
[ju-rye-sa]
n. 致詞

결혼 축가
[gyeol-hon chuk-kka]
n. 婚禮祝歌

웨딩케이크 커팅
[we-ding-ke-i-keu keo-ting]
n. 切結婚蛋糕

신랑 신부 행진
[sil-rang sin-bu haeng-jin]
n. 新郎新娘退場

▶▶▶▶▶▶▶▶▶▶▶▶▶

01 傳統婚禮

Part10_03

傳統婚禮常見的人事物有哪些？

① **전통 혼례** [jeon-tong hol-rye] n.
傳統婚禮

② **신부 부모님** [sin-bu bu-mo-nim] n.
新娘父母

③ **신부** [sin-bu] n. 新娘

④ **녹원삼 (신부 예복)** [no-gwon-sam]
n. 綠圓衫（新娘禮服）

⑤ **집사** [jip-ssa] n. 執事

⑥ **세숫대야** [se-sut-ttae-ya] n. 臉盆

⑦ **수건** [su-geon] n. 手巾

⑧ **초례상** [cho-rea-ssang] n. 婚禮桌

⑨ **닭** [dak] n. 雞

⑩ **대나무** [dae-na-mu] n. 竹子

⑪ **소나무** [so-na-mu] n. 松樹

⑫ **표주박** [pyo-ju-bak] n. 瓢瓜

⑬ **주례** [ju-rye] n. 主婚人

⑭ **남자 집사** [nam-ja jip-ssa] n.
男子執事

⑮ 신랑 [sil-rang] n. 新郎

⑯ 단령포 (신랑 예복) [dal-ryeong-po] n. 團領袍 (新郎禮服)

⑰ 술 [sul] n. 酒

⑱ 술잔 [sul-jjan] n. 酒杯

※ 婚禮桌上主要物品的意義

1. 닭：傳統農耕社會祝福多子多孫的象徵

2. 표주박：祝福夫妻相處和諧的象徵

3. 대나무：祝福家門興盛與繁榮的象徵

4. 소나무：祝福新郎、新娘互信的象徵

Part10_04

這些婚宴場地的韓文要怎麼說呢？

궁중 혼례
[gung-jung hol-rye]
n. 宮中婚禮

전통 혼례
[jeo-tong hol-rye]
n. 傳統婚禮

호텔 예식장
[ho-tel ye-sik-jjang]
n. 酒店禮堂

웨딩홀
[we-ding-hol]
n. 婚禮大廳

야외 예식장
[ya-oe ye-sik-jjang]
n. 露天禮堂

성당 예식장
[seong-dang ye-sik-jjang]
n. 教堂婚禮

在婚禮中有哪些常見的東西？韓文怎麼説？

청첩장

[cheng-cheop-jjang]

n. 喜帖

예물 반지

[ye-mul ban-ji]

n. 婚戒

축의금

[chu-gi-geum]

n. 禮金

웨딩드레스

[we-ding-deu-re-seu]

n. 婚紗

턱시도

[tek-ssi-do]

n. 晚宴服

웨딩 케이크

[we-ding ke-i-keu]

n. 結婚蛋糕

부케

[bu-ke]

n. 捧花

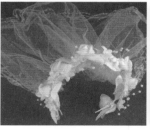

면사포

[myeon-sa-po]

n. 頭紗

티아라

[ti-a-ra]

n. 頭冠

스노우 스프레이	파티 폭죽	웨딩카
[seu-no-u su-peu-re-i]	[pa-ti pok-jjuk]	[we-ding-ka]
n. 乾冰噴霧	n. 拉炮	n. 結婚禮車

參加宴席時會用到的話

1. 결혼 축하합니다. 행복하게 사시기를 바랄게요. 恭喜你結婚，祝你幸福。

2. （신부님）오늘 정말 아름다우세요. 新娘今天好漂亮。

3. （신랑님）오늘 정말 멋지세요. 新郎今天帥極了。

4. 두 분 정말 잘 어울리세요. 兩位太速配了。

5. 백년해로 하시기를 바라겠습니다. 祝百年和好。

6. 검은 머리 파 뿌리가 될 때까지 행복하게 사시기를 바랄게요. 祝新娘新郎白頭偕老。

7. 행복한 가정 이루시기를 바랄게요. 祝你們組成幸福的家庭。

8. 즐거운 신혼 여행 다녀오세요. 祝你們蜜月旅行愉快。

장례 喪禮

這些應該怎麼說？

Part10_06

喪禮配置

1 분향실 [bun-hyang-sil] n. 靈堂

2 근조 화환 [geun-jo hua-huan] n. 喪禮花籃

3 화환 띠 [hua-huan tti] n. 花籃緞帶

4 제단 장식 [je-dan jang-sik] n. 靈桌裝飾

5 제단 꽃 장식 [je-dan kkot jang-sik] n. 靈桌花朵裝飾

6 영정 사진/신위 [yeong-jeong sa-jin/si-nwi] n. 遺照

7 검은색 띠 [geo-meun-saek tti] n. 黑緞帶

8 제단 [je-dan] n. 靈桌

9 초 [cho] n. 蠟燭

10 촛대 [chot-ttae] n. 燭臺

11 향로 [hyang-no] n. 香爐

⑫ 향 [hyang] n. 香

⑬ 분향대 [bun-hyang-dae] n. 祭桌

⑭ 조문객 [jo-mun-gaek] n. 賓客

⑮ 돗자리 [tot-jja-ri] n. 草蓆

⑯ 상주 [sang-ju] n. 喪家

⑰ 상복 [sang-bok] n. 孝服

⑱ 상장 [sang-jang] n. 孝章

⑲ 대추 [dat-chu] n. 紅棗

⑳ 생밤 [saeng-ban] n. 生栗子

㉑ 포 [po] n. 肉脯

㉒ 곶감 [got-kkam] n. 柿餅

㉓ 고기 [go-gi] n. 肉

㉔ 배 [bae] n. 梨子

㉕ 전 [jeon] n. 煎餅

㉖ 사과 [sa-gwa] n. 蘋果

㉗ 밥 [bap] n. 飯

㉘ 탕 [tang] n. 湯

㉙ 약과 [yak-kkwa] n. 蜜油餅

㉚ 생선전 [saeng-seon-jeon] n.
鮮魚煎餅

㉛ 생선 [saeng-seon] n. 鮮魚

㉜ 전통 사탕 [jeon-tong sa-tang] n.
傳統糖果

㉝ 전통 과자 [jeon-tong gwa-ja] n.
傳統餅乾

㉞ 떡 [tteok] n. 糕

㉟ 한과 [han-gwa] n. 韓菓子

㊱ 정종 [jeong-jong] n. 清酒

㊲ 퇴줏그릇 [toe-jut-kkeu-reut] n.
退酒器（祭祀酒具）

㊳ 향합 [hyang-hap] n. 香盒

俗語小常識：鬼神篇

먹고 죽은 귀신은 때깔도 곱다「吃飽後死掉的鬼，外觀也很美？」

때깔 [ttae-kkal] 是外觀的意思，곱다 [gop-tta l] 是好看、漂亮、美麗的意思。먹고 죽은 귀신은 때깔도 곱다這句話直譯是「吃飽後死掉的鬼，外觀也很美」，意指不管在哪種情況下都要吃得飽飽的才好，類似中文說的「民以食為天」、「吃飯皇帝大」。假如身旁有朋友生活過得非常辛苦，或感覺前途茫茫而食不下嚥，這時就可以講這句俗語勸勸對方，天大地大吃飯最大，不要因此傷了身體。

먹고 죽은 귀신은 때깔도 곱다고 하는데,먹기 싫어도 좀 한 술 떠 봐！
-> 民以食為天，就算你不想吃多少也吃一點吧！

Part10_07

一般常見的埋葬方式有哪些？韓文怎麼說？

在可用土地面積逐漸縮小的今天，後代不知去向的무연고 무덤 [mu-yeon-go mu-deom]（無主孤墳）逐漸增多，成為國家棘手的問題之一。現代韓國仍有重視매장 [mae-jang]（土葬）的家族，但隨著時代變遷，年輕一代因重視實用性紛紛選擇화장 [hwa-jang]（火葬），並將骨灰置於납골당 [nap-kkol-ttang]（靈骨塔）、절 [jol]（寺廟）或選擇수목장 [su-mok-jjang]（樹葬）、해장 [hae-jang]（海葬）。

喪葬場合常用的句子

1. 삼가 고인의 명복을 빕니다. 謹求冥福
2. 슬픈 마음을 금할 길이 없습니다. 不勝悲愴
3. 심심한 애도를 표하는 바입니다.
   表示深切的哀悼
4. 심심한 조의를 표하는 바입니다. 節哀順變
5. 심심한 위로와 조의를 표합니다.
   表示深深的慰問和哀悼
6. 분명 좋은 곳으로 가셨을 거예요.
   肯定去了好地方
7. 너무 상심 마시고 몸 잘 챙기십시오.
   不要太難過了，照顧好身體
8. 어서 기력 회복하시기를 바라겠습니다.
   希望恢復體力

你知道嗎？

韓國的葬禮形式有哪些？

常看韓劇的人應該都對 3 일장 [sa-mil-jjang]（三日葬）這個詞不陌生，3 일장顧名思義就是從往生者過世起三天內將一切後事辦妥並完成出殯。第一日為장례식 준비 [jang-nye-sik jun-bi]（準備葬禮）；第二日為입관식 [ip-kkwan-sik]（裝殮儀式）；第三日為발인 [ba-rin]、출상 [chul-ssang]（出殯）。但韓國的喪禮可不只有 3 일장，還有 5 일장 [o-il-jjang]（五日葬）跟 7 일장 [qi-ril-jjang]（七日葬）。那為何會有不同天數的喪禮形式呢？談到這個，不得不提一下古代的傳統喪禮了。以前兩班貴族的喪禮主要以 5 일장跟 7 일장為主；平民百姓由於經濟考量，皆以 3 일장為主。不過，如今的韓國早已不是古代那種階級社會。之所以普遍選擇 3 일장，僅是因為傳統的喪禮形式並不是那麼適合現代社會罷了。

01 參加告別式

Part10_08

在告別式時會用到的單字與片語

1. 고인 [go-in] n. 故人
2. 돌아가시다 [do-ra-ga-si-da] v. 去世
3. 영면하시다 [yeong-myeon-ha-si-da] v. 長眠
4. 장례식 [jang-nye-sik] n. 葬禮
5. 조문을 드리다 [jo-mu-neul deu-ri-da] ph. 弔唁
6. 분향하다 [bun-hyang-ha-da] v. 上香
7. 헌화하다 [heon-huwa-ha-da] v. 獻花
8. 묵념하다 [mung-nyeom-ha-da] v. 默哀
9. 절하다 [jeol-ha-da] v. 鞠躬、行禮
10. 애도하다 [ae-do-ha-da] v. 哀悼、悼念
11. 슬퍼하다 [seul-peo-ha-da] v. 悲傷
12. 명복을 빌다 [myeong-bo-geul bil-da] ph. 願逝者安息
13. 매장하다 [mae-jang-ha-da] v. 埋葬
14. 관을 묻다 [gwa-neul mut-tta] ph. 下葬
15. 비석 [bi-seok] n. 墓碑
16. 무덤 [mu-deom] n. 墳墓

在喪禮中常見的人有哪些？韓文怎麼說？

상주
[sang-ju]
n. 喪家

조문객
[jo-mun-gaek]
n. 賓客

장례식 도우미
[jang-nye-sik do-u-mi]
n. 禮儀師

◆ Chapter2
장례 喪禮

在喪禮中可能會看到什麼呢？要怎麼用韓文說呢？

영정 사진
[yong-jong sa-jin]
n. 遺照

유골함
[yu-go-lam]
n. 骨灰罈

부의금
[bu-i-geum]
n. 奠儀

조화
[jo-hwa]
n. 弔唁用的花

관
[gwan]
n. 棺材

장의차
[jang-i-cha]
n. 靈車

告別式中常做的事有哪些？韓文怎麼說？

입관하다
[ip-kkwan-ha-da]
v. 入殮

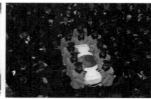

발인하다
[ba-rin-ha-da]
v. 出殯

안장하다
[an-jang-ha-da]
v. 下葬

Part10_11

···02 參加追思會

參加追思會會用到的單字與片語

1. 추도식 [chu-do-sik] n. 追思會

2. 추도사 [chu-do-sa] n. 追悼詞

3. 죽은 자 [ju-geun ja] ph. 逝世的人

4. 산 자 [san ja] ph. 活著的人

5. 영혼 [yeong-hun] n. 靈魂

6. 천국 / 천당 [cheo-guk] / [cheon-dang] n. 天堂

7. 친인척 [chi-nin-cheok] n. 親屬

8. 기억하다 [gi-eo-ka-da] v. 記憶

你知道嗎？ ▶▶ ◀▶▶▶▶ ▶▶▶▶ ▶ ▶▶▶

若前往參加喪禮，應注意哪些禮節呢？

●服裝儀容

弔唁時最重要的是穿著。男士女士都以黑色為主。男士襯衫以不要有線條的白色為宜。其他鞋子、襪子、絲襪、手提包等也都以黑色配色為佳，尤其女士宜避免濃妝豔抹。

●奠儀

弔唁時在相互扶持的美德之下，宜準備奠儀前往，並將奠儀裝在白色信封內。那麼奠儀應該包多少才不會太失禮呢？通常普通交情包 5 萬韓元、好朋友包 10 萬韓元、近親包 20 萬韓元。信封正面寫「삼가 고인의 명복을 빕니다（願逝者安息）」謹求冥福，背面寫「OOO 드림（某某人敬輓）」。

◆◆◆ Chapter3
파티/잔치 派對

這些應該怎麼說?

Part10_12

生日派對

1 생일 파티 [saeng-il pa-ti] n.
生日派對

2 장식 [jang-sik] n. 派對旗

3 풍선 [pung-seon] n. 氣球

4 생일상 [saeng-il-ssang] n. 生日宴席

5 꼬깔모자 [kko-kkal-mo-ja] n. 派對帽

6 케이크 [ke-i-keu] n. 蛋糕

7 생일초 [saeng-il-cho] n. 生日蠟燭

8 머핀 [meo-pin] n. 馬芬蛋糕

9 파티 컵 [pa-ti keop] n. 派對用杯子

⑩ 사탕 [sa-tang] n. 糖果

⑪ 주스 [jeu-seu] n. 果汁

⑫ 파티 테이블보 [pa-ti te-i-beul-bo] n.
派對桌布

⑬ 접이식 글자 [jeo-bi-sik geul-jja] n.
生日字母串

Part10_13

舉辦派對時會用到的單字與片語

1. 파티를 하다 [pa-ti-reul ha-da] ph.
舉行派對

2. 파티를 준비하다 [pa-ti-reul jun-bi-ha-da]
ph. 準備派對

3. 선물 교환 [seon-mul gyo-hwan] ph.
交換禮物

4. 주인공 [ju-in-gong] n. 壽星

5. 초대 손님 [cho-dae son-nim] n. 受邀的客人

6. 파티 장식 [pa-ti jang-sik] n. 派對裝飾

7. 장식을 꾸미다 [jang-si-geul kku-mi-da] ph. 布置裝飾

8. 초대장 [cho-dae-jjang] n. 邀請函

9. 파티 시간 [pa-ti si-gan] n. 派對時間

10. 파티가 끝나다 [pa-ti-ga kkeun-na-da] ph. 派對結束

Part10_14

除了生日派對之外，還有哪些派對？

백일잔치
[bae-gil-jan-chi]
n. 百日宴

돌잔치
[dol-jan-chi]
n. 周歲宴

회갑잔치
[hoe-gap-jan-chi]
n. 花甲筵

집들이

[jip-tteu-ri]

n. 喬遷宴

송별회

[song-byeol-hoe]

n. 送別會

송년회

[song-nyeon-hoe]

n. 送年會（尾牙）

수영장 파티

[su-yeong-jang pa-ti]

n. 泳池派對

잠옷 파티

[ja-mot pa-ti]

n. 睡衣派對

할로윈 파티

[hal-ro-win pa-ti]

n. 萬聖節派對

티 파티

[ti pa-ti]

n. 茶派對

칵테일 파티

[kak-te-il pa-ti]

n. 雞尾酒派對

크리스마스 파티

[keu-ri-seu-ma-seu pa-ti]

n. 聖誕節派對

●傳承古代文化的돌잡이（抓周儀式）

受到中華文化深遠影響，韓國也有替出生滿一年的孩子舉辦돌잔치（周歲宴）的風俗習慣，具有祝福幼童前途無量的涵義在內。不過韓國的돌잡이充滿濃厚的韓國氣息，除了抓周的孩子都會換上華美的韓服之外，提供給孩子抓周的物品也都陳列在小桌子上。돌잔치的돌是十二個月繞了一圈的意思。從前未滿周歲不幸夭折的孩子很多，為了告訴大家孩子好不容易養活了這件可喜可賀的事，特地舉辦돌잔치慶祝一下。돌잔치當天有個돌잡이（抓周儀式）的節目，讓孩子去抓眼前的米、筆、弓、錢、線等，藉預卜孩子的未來走向。近年來除了傳統的抓週物品，還多了麥克風、聽診器等富含現代元素的新選項。雖然都說看孩子抓到什麼，以後大概就會往那個方向發展。但對現代人而言，大家反而比較把돌잡이當成是增添生活樂趣的習俗活動，不會過太過較真。

●喬遷宴特別的送禮文化

韓國人舉辦집들이 [jip-tteu-ri]（喬遷宴）的風氣非常盛行，只要搬家，等新家整理好多半會舉辦집들이宴請朋友到家中慶祝。傳統上受邀前往參加집들이的人會攜帶양초 [yang-cho]（蠟燭）當作喬遷禮物，象徵新家如火焰般繁榮興盛。只是如今大家不太使用蠟燭，便改送세제 [se-je]（洗衣粉）或화장지 [hwa-jang-ji]（衛生紙）。집들이的禮物主要以生活必需品為主，세제、화장지這些消耗品大受歡迎。세제象徵祝對方好運如泡沫般旺盛；화장지則象徵不如意的事情清除殆盡。

389

韓國廁所用的衛生紙都是두루마리 화장지（捲筒衛生紙），因此送化妝紙
當喬遷禮物除了前面所說的意義之外，也有祝賀對方好運源源不絕的意
思。知道禮品象徵的涵義，送起禮來就格外有意義。以後若有機會參加韓
國朋友的집들이卻不知道送什麼禮物好時，只要往生活必需品方面考慮，
多半就不會送錯囉。

在派對會做什麼呢？▶▶▶▶▶▶▶▶▶▶▶▶▶

⋯01 — KTV 唱歌

Part10_15

KTV 裡常見的物品有哪些？韓文怎麼說？

1. 노래방 [no-rae-bang] n. KTV
2. 마이크 [ma-i-keu] n. 麥克風
3. 마이크 덮개
   [ma-i-keu deop-kkae]
   n. 麥克風頭套
4. 노래방 기계
   [no-rae-bang gi-gye] n. 點歌機
5. 입력 버튼 [im-nyeok beo-teun]
   n. 點歌鍵盤
6. 노래방 책 [no-rae-bang chaek]
   n. 點歌本

7. 탬버린 [taem-beo-rin] n. 鈴鼓
8. 미러볼 조명 [mi-reo-bol jo-myeong] n. 鏡球吊燈
9. 노래 점수 [no-rae jeom-su] n. 唱歌分數
10. 선곡 [seon-gok] n. 選歌
11. 예약 곡 [ye-yak kkok] n. 預約歌曲
12. 시간 연장 [si-gan yeon-jang] n. 延長時間
13. 시간 초과 [si-gan cho-gwa] n. 超時
14. 시간 서비스 [si-gan seo-bi-seu] n. 贈送時間

◆ Tips ◆

生活小常識：노래방 문화（KTV 文化）

KTV 早期多稱為卡拉 OK，是日本人 1970 年代的創意。「卡拉」在日語裡是「空」的意思；「OK」是管絃樂隊「ORCHESTRA」前三個英文字的發音，日文加英文合在一起創造的字就是「卡拉 OK」，指沒有樂隊只有伴奏的意思。這個創意在 1980 年代登陸釜山後瞬間傳遍韓國，初期是禁止未成年者出入的；但整體環境改善後，已成為各種聚餐、活動必去的聚會地點。在韓國，노래방原為大眾活動場所，2015 年起方出現코인 노래방 [ko-in no-rae-bang]（投幣式 KTV）。想唱歌的人只要進入包廂投幣選歌，就可以盡情嘶吼，是青少年和 20、30 歲年輕人喜愛的場所。對韓國文化感興趣的旅客不妨前往코인 노래방一探究竟，是個可以盡情高唱韓文歌的地方，值得體驗看看喔。

◆◆◆ 02 玩遊戲

Part10_16

常玩的派對遊戲有哪些？韓文怎麼説？

장기를 두다
ph. 下象棋

바둑을 두다
ph. 下圍棋

화투를 치다
ph. 玩花鬪

| 포커를 치다 | 보드게임을 하다 | 젠가를 하다 |
| ph. 玩撲克牌 | ph. 玩桌遊 | ph. 玩疊疊樂 |

Part10_17

1. 화투 [hwa-tu] n. 花鬪
2. 화투를 치다 [hwa-tu-reul chi-da] ph. 玩花鬪
3. 패를 돌리다 [pae-reul dol-ri-da] ph. 發牌
4. 청단 [cheong-dan] n. 青緞
5. 홍단 [hong-dan] n. 紅緞
6. 광 [gwang] n. 光牌
7. 피 [pi] n. 皮牌

8. 점수를 놓다 [jwom-su-reul no-ta] n. 得分數
9. 고를 하다 [go-reul ha-da] ph. 繼續玩
10. 패를 뒤집다 [pae-reul dwi-jip-tta] ph. 把牌翻過來
11. 스톱 [seu-top] n. 停止
12. 돈을 따다 [do-neul tta-da] ph. 贏錢
13. 돈을 잃다 [do-neul il-ta] ph. 輸錢

◆ Tips ◆

生活小常識：화투（花鬪）

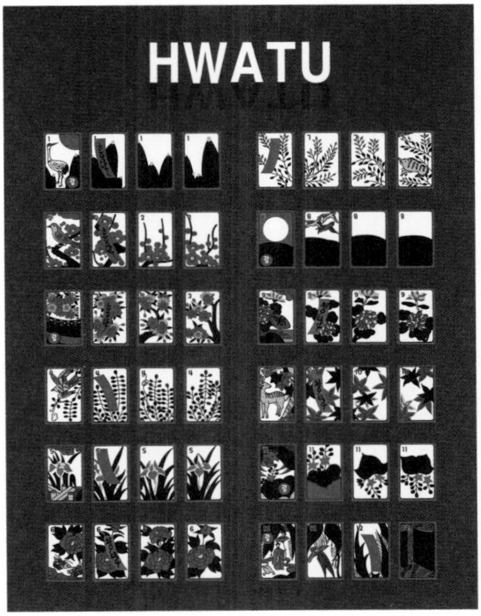

화투（花鬪）的確切來源不得而知，但可推知源自葡萄牙的카르타 [ka-reu-ta]（骨牌）。隨著葡萄牙商人傳到日本，日本人仿造出하나후다 [ha-na-hu-da]（花札）。這個紙牌大約在朝鮮末期到日據時代之間傳入韓國。整副牌總共 48 張牌，分為 1 ～ 12 月，每個月 4 張牌。一月是송학（松鶴）；二月是매조（梅鳥）；三月是벚꽃（櫻花）；四月是흑싸리（黑胡枝子）；五月是난초（蘭花）；六月是모란（牡丹）；七月是홍싸리（紅胡枝子）；八月是공산（空山）；九月是국진（菊花）；十月是단풍（楓葉）；十一月是오동（梧桐）；十二月是비（雨）。

十二個月每個月都有代表性植物，而 48 張牌總共可分為四種牌。就像撲克牌有紅心、方塊、黑桃與梅花；화투的四種牌分別是피（皮牌）、단（緞牌）、끗（動物牌）跟광（光牌）。화투早期也是紙牌，後來逐漸發展出塑膠製作的塑膠牌卡。現代普遍使用的화투（花鬪）大約是在開港前後由日本傳入韓國。此遊戲的玩家三人，每個人手拿 7 張，6 張覆蓋，按順序取牌拼牌。

기념일 紀念日

這些應該怎麼說？

太極旗配置

1 태극기 [tae-geuk-kki] n. 太極旗	**6** 감괘 [gam-gwae] n. 坎卦
2 괘 [gwae] n. 卦	**7** 양 [yang] n. 陽
3 건괘 [geon-gwae] n. 乾卦	**8** 음 [eum] n. 陰
4 이괘 [i-gwae] n. 離卦	
5 곤괘 [gon-gwae] n. 坤卦	

你知道嗎？ ▷▷ ◁ ▷▷ ▷▷ ▷▷ ▷▷ ▷▷

韓國國定紀念日

● 삼일절 [sa-mil-jjeol]（三一節）

這是為了承繼 1919 年 3 月 1 日독립운동
[dong-nib-un-dong]（獨立運動）精神訂定的
紀念日。일제강점기（日本帝國強佔時期）33
人的民族代表於 1919 年 3 月 1 日朗讀독립 선
언 [dong-nip son-on]（獨立宣言），同年 5 月
독립운동蔓延全國。其後每年 3 月 1 日政府都會舉辦各種紀念儀式來弔念
這些為祖國獨立而不畏強權壓制，甚至犧牲性命的愛國運動家們，回顧他
們的遺願。這一天不只街道，家家戶戶都會懸掛國旗以緬懷先烈。

● 제헌절 [je-heon-jeol]（制憲節）

7 月 17 日是紀念大韓民國制定並公布憲法的日子。
這天雖是國定假日，但自 2003 年 9 月起因實施週休
二日，為顧及企業生產效率及減少人事費用等負擔，
政府採納業界意見，公佈自 2008 年起本日不放假。

● 광복절 [gwang-bok-jjeol]（光復節）

광복절是紀念 1945 年 8 月 15 日韓國脫離日本
帝國統治的日子，這天독립기념관（獨立紀念
館）、국립중앙박물관（國立中央博物館）等
機構會舉辦各種紀念典禮，懷念表揚독립유공
자 [dong-nip-yu-gong-ja]（獨立有功人士）的
愛國精神，共同分享國家光復的喜悅。地方
政府也會舉辦各種紀念慶祝活動。

● 개천절 [gae-cheon-jeol]（開天節）

10 月 3 日是紀念단군왕검（檀君王儉）公元前 2333 年建立고조선（古朝鮮）的日子，除了慶祝國家建國，也象徵一個民族文化的誕生。개천절是韓國原有的전통적 명절 [jeon-tong-jeok myeong-jeol]（傳統佳節），和其他政府舉辦的慶典不同。這一天。단군숭모단체 [dan-gun-sung-mo-dan-che]（檀君崇慕團體）會主導舉辦各類祭天儀式。

● 한글날 [han-geul-ral]（韓文節）

10 月 9 日韓文節是為了紀念世宗大王創制並頒布훈민정음 [hun-min-jeong-eum]（訓民正音）而訂定的國定假日，其目的在鼓勵普及、研究韓文。한글날當天會舉行紀念儀式，頒發世宗文化獎，舉辦全國學術研究會及各種作文比賽。

國慶大會時會用到的單字與片語

Part10_20

1. 태극기 [tae-geuk-kki] n. 太極旗
2. 국기에 대한 경례 [guk-kki-e dae-han gyeong-nye] ph. 向國旗敬禮
3. 국민의례 [gung-min-ui-rye] n. 國民禮儀
4. 애국가 [ae-guk-kka] n. 國歌
5. 애국가 제창 [ae-guk-kka je-chang] ph. 唱國歌
6. 자리에서 일어나다 [ja-ri-e-seo i-reo-na-da] ph. 起立
7. 자리에 앉다 [ja-ri-e an-tta] ph. 坐下
8. 만세 삼창 [man-se sam-chang] n. 三呼萬歲

韓國還有哪些紀念日呢？

▶▶▶▶▶▶▶▶▶▶▶▶

01 傳統節日

Part10_21

韓國比較大的傳統節日有哪些？韓文怎麼說？

설날

[sel-ral]

n. 春節

정월대보름

[jeong-wol-dae-bo-reum]

n. 元宵節

한식절

[han-sik-jjol]

n. 寒食節

단오절

[da-no-jjol]

n. 端午節

추석

[chu-seok]

n. 中秋節

동지

[dong-ji]

n. 冬至

傳統節日分別會吃什麼食物？

설날 떡국
[seol-ral tteok-kkuk]
n. 春節年糕湯

정월대보름 오곡밥
[jeong-wol-dae-bo-reum o-gok-ppap]
n. 元宵節五穀飯

추석 송편
[chu-seok song-pyeon]
n. 中秋節松餅

동지 팥죽
[dong-ji pat-jjuk]
n. 冬至紅豆粥

02 其他紀念日

1 到 12 月其他重要的節日與紀念日

1. 밸런타인데이（2.14）[bael-reon-ta-in-de-i] n. 情人節
2. 화이트데이（3.14）[hwa-i-teu-de-i] n. 白色情人節
3. 식목일（4.5）[sing-mo-gil] n. 植樹節
4. 4・19혁명 [sa-il-gu hyeong-myoeng] n. 419 革命

5. 근로자의날 (5.1) [geul-ro-ja-ui-nal] n. 勞動節

6. 어린이날 (5.5) [eo-ri-ni-nal] n. 兒童節

7. 어버이날 (5.8) [eo-beo-i-nal] n. 父母節

8. 스승의날 (5.15) [seu-seung-e-nal] n. 教師節

9. 5・18광주민주화운동기념일 [o-il-pal gwang-ju-min-ju-hwa-un-dong-gi-nyeo-mil] n. 518 光州民主化運動紀念日

10. 성년의날 (5.20) [seong-nyeo-ne-nal] n. 成年節

11. 현충일 (6.6) [hyeon-chung-il] n. 顯忠日

12. 6・10민주화항쟁기념일 [yug-sip min-ju-hwa-hang-jaeng-gi-nyeo-mil] n. 610 民主化抗爭紀念日

13. 6・25한국전쟁기념일 [yu-gi-o han-guk-jeon-jaeng-gi-neyo-mil] n. 625 韓國戰爭紀念日

14. 국군의날 (10.1) [guk-kku-ne-nal] n. 國軍日

15. 성탄절 / 크리스마스 (12.25) [seong-tan-jeol / keu-ri-seu-ma-seu] n. 聖誕節

◆ Tips ◆

文化小常識：韓國人的跨年

제야의 종 **33** 번 치는 이유「普信閣除夕鐘敲 **33** 下的原因」

如果你去韓國時曾經過종로（鐘路），是否有看到一口巨大的鐘呢？那口鐘就是知名的제야의 종 [je-ya-e-jong]（除夕鐘），存放於서울 종로 보신각（首爾鐘路普信閣），是觀光客常去的景點之一。

除夕夜，韓國人會齊聚보신각觀看타종 행사（除夕夜敲鐘儀式）。而보신각也只有除夕當天才會對外開放，並邀請市長和足以代表市的人士於子夜敲鐘，在此倒數計時迎接新的一年。

不過，古時候종각（鐘樓）敲鐘並非如今日這般是為了迎接新年，而是用來告訴大家「城門要開／關了」。以前交通不便，地廣人稀，也沒有現代的時鐘可以隨時看時間。朝鮮太祖時期，為了讓往返的人知道 4 대문（四大門）、4 소문（四小門）即將開啟、關閉，便以敲鐘的方式來告知。敲鐘有個好處，鐘聲可以傳得很遠。正在路上要進城的人只要聽到鐘聲就知道城門快關了，他們只須加緊腳步趕在最後一下敲完前進城即可。晚上十點（二更）連敲 28 下表示城門關閉；清晨四點（五更）連敲 33 下告訴大家城門要開了。因此當時二更到五更這段時間是禁止通行的。如今的타종行事源自 1953 年，如同古時候連敲 33 下告知城門即將開啟，即將迎接新的一天；作為跨年儀式，제야의 종連敲 33 下象徵即將迎接新的一年。

跨年時會用到的單字與片語

Part10_24

1. 새해 맞이 [sae-hae ma-ji] n. 跨年
2. 제야의 종 [je-ya-e jong] ph. 除夕的鐘
3. 타종식 [ta-jong-sik] n. 敲鐘儀式
4. 해돋이 / 일출 [ha-do-ji / il-chul] n. 日出
5. 새해 [sae-hae] n. 新年
6. 새해 소원을 빌다 [sae-hae so-won-neul bil-da] ph. 許新年願望
7. 해가 떠오르다 [hae-ga tto-o-reu-da] n. 太陽升起
8. 동해안 [dong-hae-an] n. 東海岸
9. 카운트다운 [ka-un-teu-da-un] n. 倒數計時
10. 새해 복 많이 받으세요 [sae-hae bok ma-ni ba-deu-se-yo] ph. 新年快樂
11. 행복하세요 [haeng-bo-ka-se-yo] ph. 祝您幸福
12. 건강하세요 [geon-gang-ha-se-yo] ph. 祝您健康

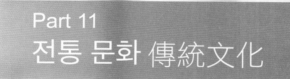

Part 11
전통 문화 傳統文化

Part11_01

這些應該怎麼說？

韓服各部位名稱

1 여자 한복 [yeo-ja han-bok] n.
女子韓服

2 동정 [dong-jeong] n. （韓服）領邊

3 겉저고리 [geot-jjeo-go-ri] n.
外衣上衣

4 고름 [go-reum] n. 外衣上衣衣帶

5 속저고리 고름 [sok-jjeo-go-ri go-reum] n. 中衣上衣衣帶

6 치마 [chi-ma] n. 裙子

7 남자 한복 [nam-ja han-bok] n.
男子韓服

8 배자 [bae-ja] n. （韓服）背心

9 바지 [ba-ji] n. 褲子

韓服有哪些配件呢？

◆◆◆ 01 身上的裝飾品

Part11_02

◆ Chapter1
한복 韓服

댕기

[daeng-gi]

n. 髮帶

비녀

[bi-nyeo]

n. 髮簪

족두리

[jok-ttu-ri]

n. 女冠

아얌

[a-yam]

n. 額掩／防寒帽

도령모

[do-ryeong-mo]

n. 公子帽

갓

[gat]

n. （成年男子戴的）紗帽

고무신

[go-mu-sin]

n. 膠鞋

버선

[beo-seon]

n. 布襪

노리개

[no-ri-gae]

n. （女性衣物上佩戴的）
掛飾

403

◆ **Tips** ◆

慣用語小常識：韓服篇

小孩子、女孩的撒嬌叫아양을 떨다 [a-yang-eul tteol-da]，這個慣用語來自아얌 [a-yam]（防寒帽）的裝飾帶。戴着防寒帽走路時，帽子上紅穗和絲綢飾帶搖晃的模樣不知不覺吸引著旁人的目光。因此小孩子或女孩為引人注意而撒嬌的時候，就稱為아양을 떨다。

Part11_03

···02─上衣

細節部位的韓文怎麼說？

❶ 고대 [go-dae] n. （韓服）後領

❷ 동정 [dong-jeong] n. （韓服）領邊

❸ 소매 [so-mae] n. （韓服）袖子

❹ 앞길 [ap-kkil] n. （韓服）前襟

❺ 끝동 [kkeut-ttong] n. （韓服）袖口鑲邊

❻ 고름 [do-reum] n. 衣帶

穿戴配件常用的片語有哪些？

1. 댕기를 묶다 ph. 繫髮帶
2. 비녀를 꽂다 ph. 插髮簪
3. 족두리를 쓰다 ph. 戴防寒帽
4. 갓을 쓰다 ph. 戴紗帽
5. 노리개를 달다 ph. 配戴掛飾

한복 韓服 ◆ Chapter1

> 聽過 절하는 방법（行禮法）嗎？
> 你知道男生跟女生應該如何行大禮嗎？

●男子

1. 공수(남자는 왼손이 위로 가게 포게 잡는 것)를 한다. 拱手（男生左手交疊在右手上）。
2. 공수한 손을 눈 높이까지 올렸다가 내리면서 허리를 굽혀 공수한 손을 바닥에 짚는다. 拱手抬至齊眼的位置然後拱手往下移，同時彎腰跪地雙手保持拱手貼地。
3. 왼쪽 무릎을 먼저 꿇고 오른쪽 무릎을 꿇어 엉덩이를 깊이 내려앉는다. 先跪左膝再跪右膝，坐下。
4. 팔꿈치를 바닥에 붙이며 이마를 공수한 손 등 가까이에 댄다. 手肘貼地，額頭靠近拱手的手背。
5. 공손함이 드러나도록 잠시 머물러 있다가 머리를 들며 일어난다. 恭敬地停留片刻再抬頭起身。
6. 공수한 손을 눈 높이까지 올렸다가 내린 후 묵례한다. 拱手再抬至眼睛的高度後放下，然後低頭行禮。

●女子

1. 공수한 손(여자는 오른손이 위로 가게 포개 잡는 것)을 들어 어깨 높이 만큼 올리고 시선은 손등을 본다 . 拱手（女生右手在上與左手交疊）抬至肩膀高度，視線看著手背。
2. 왼쪽 무릎을 먼저 꿇고 오른쪽 무릎을 가지런히 꿇은 다음 엉덩이를 깊이 내려앉는다 . 先跪左腳，再跪右腳，然後坐在腳跟上。

3. 윗몸을 45°쯤 앞으로 굽힌 다음 잠시 머물러 있다가 윗몸을 일으킨다 . 上身前傾 45 度，停留片刻再抬起上身。
4. 오른쪽 무릎을 먼저 세우고 일어나 두 발을 모은 후 올렸던 두 손을 내려 공수한 후 가볍게 묵례한다 . 起身時右腳先踩地站起來兩腳併攏，這時才將抬著的手放下，然後恭敬地低頭行禮。

你知道嗎？

觀光旅遊熱門行程——穿著韓服參觀景福宮

近年來韓國政府為推廣傳統文化，只要穿韓服或生活韓服前往景福宮即可免票入場，在觀光客中掀起一股文化旅遊風潮。隨著時代變遷，現代人穿

傳統韓服的機會越來越少，僅新年、中秋等重大節日或婚宴、周歲宴等特殊場合才會穿起傳統服飾。除了時代演變這項因素之外，便利性也是影響現代人少穿韓服的原因之一。韓服製作成本高，價格昂貴，一般婚禮用的韓服價格大約在35萬韓幣～75萬韓幣不等。隨著民眾對韓服的需求降低，業者另闢出路，將賣不出去的韓服轉做租賃服務，讓大家可以用便宜的價格就能穿到華麗的韓服。

景福宮一帶周邊有許多韓服出租店，大家前往旅遊前可以稍微搜尋一下租賃韓服。有些店家僅單純提供韓服租借，有些店家卻包含一條龍服務，從服飾搭配到編髮一併包辦。對觀光客來說，一條龍服務的店家可能會比較方便。以한복남 경복궁점（HANBOKNAM 景福宮店）來說，他們家的服務就包括韓服租賃與編髮。費用部分會依照挑選的韓服種類而有所不同。大家可以參考一下他們家的價格，通常租賃的價錢會在這個上下，可貨比三家再決定也不遲。

傳統韓服	改良式韓服	唐衣
10,000 韓元 /1.5 小時	20,000 韓元 /1.5 小時	35,000 韓元 /1 小時（限傳統韓服）
15,000 韓元 /2.5 小時	30,000 韓元 /2.5 小時	45,000 韓元 /3 小時（傳統韓服、改良式韓服、唐衣三選一）
20,000 韓元 /4 小時	40,000 韓元 /4 小時	
30,000 韓元 /24 小時	50,000 韓元 /24 小時	100,000 ～ 200,000 韓元 /24 小時（僅限部分婚禮韓服）

資料來源：HANBOKNAM 景福宮店　한복남 (hanboknam.com)

♦♦♦ **Chapter2**

전통 예술 傳統藝術

這些應該怎麼說？

四物農樂配置

Part11_05

① 사물놀이 [sa-mul-ro-ri] n. 四物農樂
② 부채 [bu-chae] n. 扇子
③ 징을 치는 사람 [jing-eul chi-neun sa-ram] ph. 大鑼演奏者
④ 장고를 치는 사람 [jang-go-reul chi-neun sa-ram] ph. 長鼓演奏者
⑤ 꽹과리를 치는 사람 / 상쇠

[kkwaeng-gwa-ri-reul chi-neun sa-ram / sang-swe] ph. 小鑼演奏者／敲小鑼的樂隊指揮

⑥ 북을 치는 사람 [bu-geul chi-neun sa-ram] ph. 鼓演奏者

⑦ 사물놀이 한복 [sa-mul-ro-ri han-bok] n. 四物農樂韓服

408

8　상모 [shang-mo] n. 象帽

9　진자 [jin-ja] n. 振子
　※ 表演者象帽上可旋轉擺動的物品

10　생피지 [shaeng-pi-ji] n. 生皮脂
　※ 表演者象帽上掛著的白色彩帶

11　소고 [so-go] n. 小鼓

12　더거리 [deo-geo-ri] n. （象帽服裝）

上衣

13　삼색띠 [sam-saek-tti] n. 三色帶

14　바지 [ba-ji] n. 褲子

15　행전 [haeng-jeon] n. 綁腿

16　미투리 [mi-tu-ri] n. 麻鞋

17　버선 [beo-seon] n. 布襪

文化小常識：김덕수 사물놀이패（金德壽四物農樂團）

사물놀이表演是韓國最廣為人知的傳統樂舞。所謂的사물（四物）原是佛教儀式使用的법고（法鼓）、운판（雲板）、목어（木魚）、범종（梵鐘）這四樣物品，隨著時代變遷曾一度用來表示用於범패（梵唄）的태평소（太平蕭）、징（大鑼）、북（鼓）、목탁（木魚）；之後演變為專指꽹과리、

북、징、장고這四種農樂樂器。韓國的사물놀이以김덕수 사물놀이패（金德壽四物農樂團）最知名。1978 年，김덕수先生創立김덕수 사물놀이패，加入現代元素並編製多種主題，將사물놀이發揚光大，公演頗受好評。

四物農樂有哪些樂器呢？

⋯ 01 代表性樂器

Part11_06

你有仔細看過這些樂器嗎？韓文名稱怎麼說？

북	장고 / 장구	징	꽹과리
[buk]	[jang-go / jang-gu]	[jing]	[kkwaeng-gwa-ri]
n. 鼓	n. 長鼓	n. 大鑼	n. 小鑼

◆ Tips ◆

慣用語小常識：傳統藝術篇

북 치고 장고 치다「敲鼓又敲長鼓？」

북 치고 장고 치다直譯是敲鼓又敲長鼓，用來嘲諷一個人既敲鼓又敲長鼓引領著整個樂曲，有點「都讓你做就好了、都讓你說就好了」的意味在內，原用於負面情況。可是流傳至今，除了原先的負面意義之外，另有指一個人多才多藝，完成多樣事情的正面意義。如今這句慣用語有可能是正面的，也有可能是負面的，端看說話的人想表達什麼意思罷了。

→ 혼자서 북 치고 장고 치고, 정말 많은 재능이 있네요.
　一個人敲鼓又敲長鼓，真的很有才華呢！（正面意義）

→ 욕심쟁이처럼 너무 혼자서 북 치고 장고 치는 거 아니에요?
　你不覺得自己像個貪心鬼似的這也要那也要嗎？（負面意義）

四物農樂會用到的單字與片語

Part11_07

1. 북을 치다 [bu-geul chi-da] ph. 打鼓
2. 징을 치다 [jing-eul chi-da] ph. 敲大鑼
3. 꽹과리를 치다 [kkwaeng-gwa-ri-reul chi-da] ph. 敲小鑼
4. 장고 / 장구를 치다 [jang-go / jang-gu-reul chi-da] n. 打長鼓
5. 상모를 돌리다 [sang-mo-reul dol-ri-da] ph. 搖象帽
6. 장단을 치다 [jang-da-neul chi-da] ph. 打拍子
7. 얼씨구 좋다 [eol-ssi-gu jo-ta] ph. 哎嗨，好啊！
　※ 演出時的助興詞
8. 지화자 좋다 [ji-hwa-ja jo-ta] ph. 哎嗨，好啊！
　※ 演出時的助興詞

411

你知道嗎？

삼색띠 怎麼綁呢？

藍紅黃三色帶隨著地方、曲調不同而有不同的綁法：

1. 將藍色帶、黃色帶中一條披過右肩，調整幅度後在對角線腰部打結。
2. 左肩披上藍色帶或黃色帶，以同樣方法打結。
3. 紅色帶束於腰後，在後腰打結。
4. 其餘帶子也在臀部打花結並調整各條帶子的長度讓帶子長度一致。

韓國國樂有哪些樂器呢？

02 傳統樂器

Part11_08

常見的傳統樂器有哪些？韓文怎麼說？

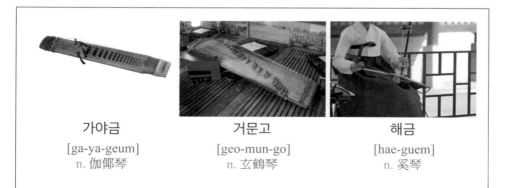

가야금	거문고	해금
[ga-ya-geum]	[geo-mun-go]	[hae-guem]
n. 伽倻琴	n. 玄鶴琴	n. 奚琴

대금
[dae-geum]
n. 大笒

단소
[dan-so]
n. 短簫

단피리
[dan-pi-ri]
n. 短笛

태평소
[tae-pyeong-so]
n. 太平簫

장고
[jang-go]
n. 長鼓

소고
[so-go]
n. 小鼓

편경
[pyeon-gyeong]
n. 編磬

편종
[pyeon-jong]
n. 編鐘

박
[bak]
n. 竹板

◆ Tips ◆

文化小常識：申聞鼓

在韓國的各官署、學校都可以看見寫著 신문고 [sin-mun-go]（申聞鼓）三個字的盒子，類似台灣校園或公司行號設置的內部意見箱。朝鮮時期，太宗大王李芳遠體諒百姓有冤情無處可申訴，於是仿造中國宋朝的鳴冤鼓設立 신문고。以前真的就是一顆大鼓，不過時至今日，提供員工、民眾申訴

管道的大鼓已改成木盒子，讓不便透漏真實姓名的人表達各種生活不便或申訴事項。

韓國的傳統舞蹈有哪些呢？

03 傳統舞蹈

Part11_09

常見的傳統舞蹈舞碼有哪些？韓文怎麼說？

부채춤
[bu-chae-chum]
n. 扇子舞

화관무
[hwa-gwan-mu]
n. 花冠舞

태평무
[tae-pyeng-mu]
n. 太平舞

탈춤

[tal-chum]

n. 假面舞

장고춤

[jang-go-chum]

n. 長鼓舞

소고춤

[so-go-chum]

n. 小鼓舞

승무

[seung-mu]

n. 僧舞

진주검무

[jin-ju-geom-mu]

n. 晉州劍舞

살풀이

[sal-pu-ri]

n. 避煞舞

傳統表演 마당놀이（廣場戲）

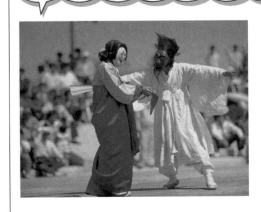

韓國的마당놀이類似西洋的歌舞劇，觀眾圍坐廣場四周，內容主要取自民眾生活哀歡。演員們透過表演的方式吐露、諷刺對現實生活的不滿，藉此引起民眾共鳴。마당놀이在表演上沒有特定腳本，主要是演員即興表演，因此非常考驗演員的功力。若想知道了解時下民眾的心聲，不妨看一場마당놀이，也許會發現出乎你意料之外的事情喔。

전통 가옥 傳統建築

Part11_10

這些應該怎麼說？

韓屋配置

① 기와집 [gi-wa-jip] n. 瓦房

② 기와 [gi-wa] n. 瓦

③ 항아리 [hang-a-ri] n. 甕、缸

④ 담벼락 [dam-ppyeo-rak] n.
牆壁、牆面

⑤ 담 [dam] n. 牆、圍牆

⑥ 중문 [jung-mun] n. 中門

⑦ 청사초롱 [cheong-sa-cho-rong] n.
青紗燈籠

⑧ 아궁이 [a-gung-i] n. 灶坑

⑨ 가마솥 [ga-ma-sot] n. 大鐵鍋

⑩ 솥뚜껑 [sot-ttu-kkeong] n. 鍋蓋

⑪ 입구 [ip-kku] n. 灶口

⑫ 우물 [u-mul] n. 井

你知道嗎？

기와집 跟 초가집 除了使用的建材不同，
還代表著居住者的身分地位。

Part11_11

● 기와집（瓦房）

기와집 [gi-wa-jip] 是指屋頂用瓦片蓋的房子。古時候一般 기와집 用的是覆蓋黏土製作的黑色瓦片；但兩班、官宦世家這種身分地位崇高的高門大戶則會使用上了釉的青色瓦片。除了瓦片的不同之外，另有一項特點是朝鮮時期深受儒教影響，男人和女人的生活空間嚴格區分。如同中國古代男子生活在前院，而女眷生活在後院那般，기와집 的院落配置也是如此。

● 초가집（茅草屋）

초가집 [cho-ga-jip] 是指屋頂覆蓋 볏짚 [byeot-jjip]（稻草）或 갈대 [gal-ttae]（蘆葦）的房子。這種房子隔熱效果好，冬暖夏涼，但因屋頂容易腐爛、長蟲，每年都要換新屋頂。通常會住 초가집 的人都是平民百姓或貧窮書生，直到二十世紀中期，초가집 依然是韓國民眾的代表性房子。

◆ Chapter3
전통 가옥 傳統住家

417

◆ **Tips** ◆

文化小常識：요강「夜壺」

以前因為嫌髒，傳統房子家裡的廁所通常都設置在離住屋一段距離的地方。大半夜的如果想上廁所，要不就是摸黑走段路到外面，要不就是使用요강（夜壺），因此基本上每個房間夜裡都會擺放這個東西以解決大小便問題。如今요강雖然少見，但依然可在古董店看見，而且鄉下仍有人在使用요강。

Part11_12

⋯ ◯1 ─韓屋的結構─

外觀部分的韓文要怎麼説呢？

418

1 한옥 [ha-nok] n. 韓屋
2 서까래 [so-kka-rae] n. 椽木
3 용마루 [yong-ma-ru] n. 屋脊
4 기와 [gi-wa] n. 瓦
5 망와 [mang-wa] n. 滴水瓦
6 추녀 [chu-nyeo] n. 飛簷
7 분합문 [bun-ham-mun] n. 隔門（分閤門）
8 문고리 [mun-kko-ri] n. 門環

9 대들보 [dae-deul-ppo] n. 大梁
10 쪽마루 [jjong-ma-ru] n. 木檐廊
11 주춧돌 [ju-chut-ttol] n. 柱基石
12 디딤돌 [di-dim-ttol] n. 石階
13 띠살문 [tti-sal-mun] n. （上中下有三處欞格的）細欞格門
14 담벼락 [dam-ppyeo-rak] n. 牆面
15 돌쩌귀 [dol-jjeo-gwi] n. 合頁絞鍊
16 마당 [ma-dang] n. 大院

屋內擺飾的韓文要怎麼説呢？

Part11_13

●양반 집（兩班家）

1 병풍 [byeong-pung] n. 屏風
2 분합문 [bun-ham-mun] n. 隔門（分閤門）
3 사방침 [sa-bang-chim] n. （靠墊的）方枕
4 안석 [an-seok] n. 背墊
5 요 [yo] n. 褥子
6 서안 [seo-an] n. 書桌
7 촛대 [chot-ttae] n. 燭台

8 도자기 [do-ja-gi] n. 陶瓷器
9 벽걸이 그림 [byeok-kkeo-ri geu-rim] n. 壁畫
10 방석 [bang-seok] n. 坐墊
11 곰방대 [gom-bang-dae] n. 菸斗
12 합 [hap] n. 盒
13 궤 [gwe] n. 櫃子
14 문갑 [mun-gap] n. 文件箱

●평민 집 （平民百姓家）

1 옷걸이 [ot-kkeo-ri] n. 衣架

2 창문 [chang-mun] n. 窗戶

3 등대 [deung-dae] n. 臺燈

4 목침 [mok-chim] n. 木枕

5 반닫이 [ban-da ji] n. 半開櫃

6 베개 [be-gae] n. 枕頭

7 요와 이불 [yo-wa i-bul] n. 褥子和被子

8 머릿장 [meo-rit-jjang] n. 床頭櫃

◆ **Tips** ◆

俗語小常識：梁柱篇

●기둥을 치면 대들보가 운다「敲柱子的話大樑響？」

當責備、打擊主要對象時，其他相關對象也跟著受到牽連。這句話是指講話並未直接了當，而是拐了彎用比較隱晦的方式表達，對應的中文是「旁敲側擊、指桑罵槐、拐彎抹角」。通常家裡的主人不是丈夫就是長子，當要勸人給一家之主面子時，就可以說：

옛말에 기둥을 치면 대들보가 운다고 했다. 어디 네 남편에게 대들어 ?
→古人都說旁敲側擊，妳怎麼直接頂撞妳丈夫呢？

●우리 집 대들보「我們家的大樑」

대들보 [dae-deul-ppo]（梁柱）是橫跨在柱子間使之直立的樑木。韓語慣用語以大樑表示國家、家庭裡擔負重任的人物，如우리 집 대들보（我們家的大樑）。대들보在傳統韓國文化裡是指家族的大族長、家長、長子、長孫等男丁。

나는 괜찮으니, 우리 집 대들보인 아버지께 잘 해 드려라.
→我是沒關係，請好好照顧我們家的大樑父親。

아이고, 귀여운 내 손자. 네가 우리 집 대들보다. 대들보.
→唉啊，我可愛的孫子，你是我們家的棟梁啊！棟樑。

> 기와집 跟 초가집 的大門有什麼不同？

솟을대문（挑山頂大門）

兩班貴族家的大門會比圍牆更高，這叫솟을대문 [so-seul-dae-mun]（挑山頂大門）。主要是兩班家不容他人窺視，注重隱私；另一個考量是為讓轎子自由進出，因此大門理所當然就得做得高一點。

사립문（柴門、籬笆門）

一般民眾的居住的초가집大門都做得很矮，方便和路過的人打招呼、閒聊。然而也有許多초가집根本就沒有圍牆或大門。如果你去過韓屋村或是曾看過韓國史劇，就知道古時候百姓居住的초가집基本上是沒有門的，家家戶戶之間沒有明顯的界線。通常초가집的門會以樹枝、稻草編織而成，這叫사립문 [sa-rim-mun]（柴門、籬笆門）。

你知道嗎？ ▶▷◀▶▶▶▷▶▶▶▶▷▶▶

都市裡的韓屋旅店

如果您想在千篇一律的酒店、旅館之外來個另類體驗的話，筆者想推薦一家韓國市心中的전통 한옥 [jeon-tong han-nok]（傳統韓屋旅館）락고재（樂古齋）。這是取自義大利鄉村民宿的概念。전통 한옥有著韓國特有的정 [jeong]（情）與풍류 문화 [pung-nyu wen-hua]（風流文化），對想從冷酷數位文化中獲得紓解的現代人來說，這將是一次充滿古風、悠閒的奇幻之旅。

궁 王宮

這些應該怎麼說？

Part11_14

宮殿建築

1. **궁궐** [gung-gwol] n. 宮殿
2. **용마루** [yong-ma-ru] n. 屋脊、正脊
3. **추녀마루** [chu-nye-ma-ru] n. 戧脊
4. **편액** [pyen-naek] n. 匾額
5. **추녀** [chun-nye] n. 角脊
6. **처마** [che-ma] n. 屋檐
7. **서까래** [seo-kka-rae] n. 椽木
8. **기둥** [gi-dung] n. 柱子
9. **기단** [gi-dan] n. 基壇
10. **답도** [dap-tto] n. 踏跺
11. **잡상** [jap-ssang] n. 戧獸
12. **어도** [eo-do] n. 御路
13. **문반 길**[mun-ban ggil] n. 文臣走的路
14. **무반 길**[mu-ban ggil] n. 武將走的路

五大王宮的由來

朝鮮時代的五大王宮均位於首爾，即경복궁（景福宮）、창덕궁（昌德宮）、창경궁（昌慶功）、덕수궁（德壽宮）與경희궁（慶熙宮）。궁궐（宮廷）是王和臣子處理公務之處，也是王一家人居住的地方。五大王宮保存最完整是창덕궁，1997 年登錄為聯合國文教組織指定的세계문화유산（世界文化遺產）。前往首爾旅遊參觀宮殿時，不妨將창덕궁、창경궁與종묘（宗廟）排在一起，因為창덕궁與창경궁是相連的，而창경궁又與종묘相連。

● 경복궁 [gyeong-bok-kkung]（景福宮）
경복궁建於太祖元年（西元 1395 年），是朝鮮建國後最早興建的皇宮，此後國家便以경복궁為中心建立新首都한양（漢陽）。경복궁之名取自《詩經・大雅・既醉》，擷取「既醉以酒、既飽以德。君子萬年、介爾景福」

的景福二字。這段話的白話文是「神靈既已喝你準備的酒喝到醉，吃你準備的食物飽受恩德，那麼神靈也祝君王長命百歲，施予君王洪福」。태조대왕藉由替這座新皇宮取名的同時，期許朝鮮王朝世世代代都能發光發熱。

● 창덕궁 [chang-deok-kkung]（昌德宮）

창덕궁是朝鮮王朝第三代王 – 太宗所建，為歷代最多王居住過的皇宮。這是一座依據地形建造，保留自然環境的環保宮殿。宮內的낙선재（樂善齋）是王室圖書館，末代公主덕혜옹주（德惠翁主）歷經顛沛流離的生活好不容易回到祖國之後，最後就是在낙선재度過餘生。

● 창경궁 [chang-gyeong-gung]（昌慶宮）

창경궁原稱수강궁（壽康宮），是 1418 年登上王位的世宗大王為侍奉太上王太宗建立的宮殿。1482 年，朝鮮第九代王 – 成宗在討論수강궁修繕事宜時，為侍奉대비전（大妃殿）的三位大妃 – 世祖的王妃정희왕후（貞熹王后）、德宗（懿敬世子）的王妃소혜왕후（昭惠王后）與睿宗的繼妃안순왕후（安順王后），決定將如同廢棄般遺留的수강궁重新整修並改名為창경궁。창경궁曾經歷임진왜란（壬辰倭亂）等戰火而多次修葺，1908 年甚至被強佔朝鮮的日本人拆除改建為動物園、植物園並改名為창경원（昌慶苑）。1945 年光復後到 1986 年間，창경원一直被當作首爾代表性的遊樂公園。1984 年，창경원開始進行復原工程，並將名稱改回창경궁。

● 덕수궁 [deok-ssu-gung]（德壽宮）

덕수궁原本是成宗哥哥월산대군（月山大君）後代居住的宅邸，後來發生임진왜란（壬辰倭亂），避難的宣祖便將這裡當成臨時王宮，當時稱정릉동 행궁（貞陵洞行宮）。1608 年光海君在此即位，並於 1611 年將정릉동 행궁改名為경운궁（慶運宮）。1618 年光海君將인목대비（仁穆大妃）幽禁於此，경운궁貶稱為서궁（西宮）。1907 年高宗受日本逼迫禪位給兒子李坧，被日本人軟禁於경운궁內。即位後的純宗為祈求太上王長壽，將경

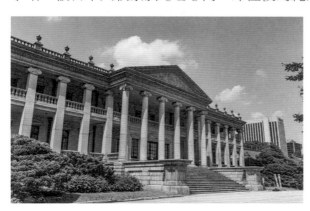

운궁改名為덕수궁。值得一提的是，덕수궁內有一幢西洋建築석조전（石造殿）原為 1910 年竣工的新宮殿，2014 年已作為대한제국역사관（大韓民國歷史館）開館至今，是덕수궁中相當特別的景致。

● 경희궁 [gyeong-hi-gung]（慶熙宮）

1623 年竣工的경희궁原址是宣祖第五子定遠君的個人住處。仁祖即位初期原居住在창경궁，但次年（1624 年）發生이괄의 난（李适之亂），창경궁焚毀，仁祖便遷居到경희궁。朝鮮後期경희궁被當作離宮，到了純祖年間宮廷大火頻傳，경희궁也是在這段時間遭大火燒毀。純組三十年開始修復燒毀的경희궁，次年竣工。後來日帝強佔期，日本人又將경희궁全部拆除改建成中學，直至 1980 年才部份復原。而경희궁殘存的遺址也被韓國政府列為第 271 號古蹟。

德壽宮守門將換崗儀式

一般提到수문장 교대식（守門將換崗儀式），大家都只想到경복궁，但其實덕수궁也有수문장 교대식。수문장 교대식是重現朝鮮時期守城將士換崗情境的交接儀式，表演時間為開館日每日 11:00 ／ 14:00 ／ 15:30，一天三場，每場約 20 分鐘。除了觀看수문장 교대식，遊客還可以向首爾市政府申請體驗當一日守門將，跟著其他演員一起演出。遊客可以體驗的場次僅限每天下午兩點那場，欲體驗的遊客須先上網申請。首先請打開首爾市政府為덕수궁 수문장교대식架設的網站（http://www.royalguard.or.kr/index.php），網頁右上方可選擇顯示語言。若想挑戰看韓文網頁，就請直接把網頁拉到最下方，左方區塊會看到「나도 수문장이다（我也是守門將）」。假如不確定看到的是否正確，請留意一下「나도 수문장이다」上方會有小小的字寫著「참여신청（申請參與）」。點進去之後會看到一個日曆，由於덕수궁週一休館，日曆上禮拜一都寫著「예약불가（不可預約）」。除了週一之外，大家可以依照自己的行程挑選時間。不過，這項體驗活動並非有申請皆可參與。「나도 수문장이다」每日僅限兩人參加，申請後會依照優先順序開放遊客體驗。雖說是體驗活動但也是正式表演，因此參加體驗的遊客必須於下午一點整至「왕궁수문장 교대의식 대기실（王宮守門將換崗儀式休息室）」著裝並接受特訓。有興趣的讀者下次前往韓國旅遊時，不妨提前申請，體驗如何當守門將也是個很特別的旅遊經驗喔。

♦ Tips ♦

景福宮觀光客的韓服，是對傳統的破壞？抑或嶄新的文化

한복（韓服）是韓國傳統的服飾，可是身為韓國人有點憂慮的地方，就是網路社群網站上旅客在경복궁觀光時拍攝的照片。她們所穿的한복究竟是不是韓國傳統的衣裳？或者是另一個角度的改良式한복？這並非筆者一人的疑慮，也是韓國新聞報導的論題。한복從什麼時候起腰際有了레이스 [re-i-sseu]（絲帶）？何時起有了像洋裝撐起裙擺的링 [ring]（環架）？而레이스上無從得知的花紋又是什麼？讓它看起來華麗的緞帶素材又是什麼？

觀光客穿着單純只為了看起來華麗而華麗的租用한복，拍照後上傳社群網站就結束了。可是身為韓國人的筆者覺得必須讓讀者知道，那並不是韓國傳統的服飾。以下是在경복궁前穿着租賃한복所拍的照片，裡面的한복絕對不是傳統的한복。應該說，那是改良式的한복，這點各界都有不同的看法。

總之，希望可以透過本書讓讀者了解，商業化的한복不是傳統한복，請大家千萬別誤會了。

◆◆◆ **Chapter5**
제사 祭祀

這些應該怎麼說？

Part11_15

供桌配置

1 병풍 [byeong-pung] n. 屏風

2 초 [cho] n. 蠟燭

3 촛대 [chot-ttae] n. 燭台

4 육류 [yung-nyu] n. 肉類

5 시접 [si-jeop] n. 匙楪
　※ 供桌上的湯匙和筷子

6 전 [jeon] n. 煎餅

7 생선 [saeng-seon] n. 魚

8 포 [po] n. 肉脯

9 한과 [han-gwa] n. 韓菓子、油炸蜜果

10 나물 [sa-mul] n. 野菜

11 약과 [yak-kkwa] n. 藥果、蜜油餅

12 과일 [gwa-il] ph. 水果

13 대추 [dae-chu] n. 紅棗

14 밤 [bam] n. 栗子

15 제기 [je-ki] n. 祭器

祭祀時都會準備哪些東西呢？

••• 01 準備供品

Part11_16

• 供桌的食物有哪些？韓文怎麼説？

시금치 나물
[si-geum-chi na-mul]
n. 涼拌菠菜

고사리 나물
[go-sa-ri na-mul]
n. 涼拌蕨菜

도라지 나물
[do-ra-ji na-mul]
n. 涼拌桔梗

어전
[eo-jeon]
n. 魚煎餅

동그랑땡
[dong-geu-rang-ttaeng]
n.（圓形）煎肉餅

두부전
[du-bu-jeon]
n. 煎豆腐

배
[bae]
n. 梨子

사과
[sa-gwa]
n. 蘋果

감
[gam]
n. 柿子

떡
[tteok]
n. 糕餅

약과
[yak-kkwa]
n. 藥果、蜜油餅

곶감
[got-kkam]
n. 柿餅

어포
[eo-po]
n. 魚脯（魚乾）

옥춘
[ok-chun]
n. 玉春（祭祀用糖果）

한과
[han-gwa]
n. 韓菓子、油炸蜜果

祭祀時會用到的單字與片語

Part11_17

1. 제사를 모시다 ph. 舉行祭祀
2. 제사상을 차리다 ph. 準備供桌
3. 향을 피우다 ph. 焚香
4. 초에 불을 부치다 ph. 點蠟燭
5. 절을 하다 ph. 鞠躬祭拜
6. 제기를 닦다 ph. 擦拭祭器
7. 술을 따르다 ph. 斟酒
8. 술을 올리다 ph. 敬酒

供桌供品的忌諱與注意事項

禁忌事項	原由
水果中不放桃子。	桃子會驅趕邪惡之氣,具有驅趕鬼神的力量。
不 放 꽁치(秋 刀魚)、갈치(帶魚)、삼치(鯖魚)等名字有「치」字的魚類。	「치」字結尾的魚如 꽁치(秋刀魚)、갈치(帶魚)、삼치(鯖魚)等屬於下等魚種,但祭祀祖先依照禮儀應祭拜最上等的食物,故供桌上不會擺放「치」字結尾的魚。
不放鯉魚、鯽魚等有厚鱗片的魚類。	鯉魚、鯽魚屬於神聖的靈性動物,因此祭祀時不會呈上鯉魚、鯽魚製作的料理。
不放紅辣椒粉等紅色調味料。	如同冬至煮紅豆粥預防妖魔鬼怪的道理,驅鬼符咒以紅色書寫的原因也是因為紅色是驅鬼的顏色。因此供桌上的食物不放紅辣椒粉等同色調味料,以免祖先們不敢靠近。
不放蒜等濃味的調味料。	在儒教、佛教、道教等宗教的立場上大蒜象徵「淫慾」;檀君神話裡大蒜是可以讓熊變成人的藥草;而宗教認為如果吃了大蒜,會強化人的精力。因此供桌上不會擺放味道濃郁的香料或食材(如大蒜、蔥、辣椒、韭菜、芹菜等)。
只用醬油調味而不使用鹽巴。	鹽巴有淨化效果,會驅趕鬼神。

※ 每個家庭、地區供桌上忌諱的物品都不太一樣,這邊只列舉大家共通的禁忌品項。

台灣廣廈 國際出版集團
Taiwan Mansion International Group

國家圖書館出版品預行編目（CIP）資料

實境式照單全收！圖解韓語單字不用背 / 朴芝英著. -- 初版. -- 新
北市：國際學村，2021.10
　面；　公分
ISBN 978-986-454-163-8(平裝)
1. 韓語　2. 詞彙

803.22　　　　　　　　　　　　　　　　110009088

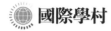
國際學村

實境式照單全收！圖解韓語單字不用背

作　　　者／朴芝英　　　　　編輯中心編輯長／伍峻宏・編輯／邱麗儒
　　　　　　　　　　　　　　封面設計／曾詩涵・內頁排版／菩薩蠻數位文化有限公司
　　　　　　　　　　　　　　製版・印刷・裝訂／東豪・弼聖・紘億・明和

行企研發中心總監／陳冠蒨　　媒體公關組／陳柔彣
　　　　　　　　　　　　　　綜合業務組／何欣穎

發　行　人／江媛珍
法律顧問／第一國際法律事務所 余淑杏律師・北辰著作權事務所 蕭雄淋律師
出　　　版／國際學村
發　　　行／台灣廣廈有聲圖書有限公司
　　　　　　地址：新北市235中和區中山路二段359巷7號2樓
　　　　　　電話：（886）2-2225-5777・傳真：（886）2-2225-8052

代理印務・全球總經銷／知遠文化事業有限公司
　　　　　　地址：新北市222深坑區北深路三段155巷25號5樓
　　　　　　電話：（886）2-2664-8800・傳真：（886）2-2664-8801
郵政劃撥／劃撥帳號：18836722
　　　　　　劃撥戶名：知遠文化事業有限公司（※單次購書金額未滿1000元需另付郵資70元。）

■出版日期：2021年10月
ISBN：978-986-454-163-8　　　版權所有，未經同意不得重製、轉載、翻印。